vous avez avec

ction vous donn

LA FIANCÉE

DU

FILS DU CIEL

LA FIANCÉE

DU

FILS DU CIEL

ROMAN CHINOIS INÉDIT

PAR

PIERRE ZACCONE

PARIS
Hte BOISGARD, LIBRAIRE-ÉDITEUR
10, RUE DU CLOÎTRE-NOTRE-DAME

1858

Paris. — Typ. Beaulé, rue Jacques de Brosse.

LA FIANCÉE

DU FILS DU CIEL

ROMAN CHINOIS

Une nuit d'orage

C'était par une nuit triste et sombre du mois de septembre de l'année 1838, sur les côtes du Fo-kien, à quelque distance de Quan-tong.

Le vent sifflait âpre et froid dans les ravins plaintifs, de lourds nuages couraient dans un ciel sans étoiles et sans lune, et quelques gouttes de pluie tombaient larges et sonores sur les rochers de la côte.

Une nuit sinistre.

Tout avait fui à l'approche de l'orage; un voile impénétrable s'était étendu comme un linceul sur la campagne déserte, et l'on n'entendait plus que les sifflements aigus de la rafale qui s'acharnait contre les arbustes du rivage.

A cette heure, et malgré la tempête qui s'annonçait par des symptômes si menaçants, un homme s'avançait à travers les sentiers détrempés par la pluie, paraissant peu se préoccuper, ni du temps qu'il faisait, ni de l'obscurité qui l'enveloppait.

C'était un homme d'une trentaine d'années, grand, robuste, et dont la physionomie anguleuse et pâle témoignait, par certains traits révélateurs, d'une vie active et laborieuse.

Il portait une robe d'étoffe brune, taillée à la mode chinoise, un chapeau de feutre noir à larges bords, et une croix d'or pendait sur sa poitrine.

C'était un missionnaire.

Il y avait cinq ans environ qu'il habitait la Chine ; il y était venu attiré par les glorieux dangers de l'apostolat, et depuis cinq années, il n'avait pas eu une minute de doute, ni une seconde de lassitude.

On connaît l'admirable dévoûment et l'infatigable enthousiasme de ces enfants perdus du christianisme, qui quittent périodiquement l'Europe pour aller jeter aux quatre coins du monde les semences fécondes et civilisatrices de la Foi. L'histoire de leurs travaux si souvent interrompus, des persécutions qu'ils ont eu à souffrir, de leurs luttes, de leurs martyres, est écrite partout en caractères ineffaçables, leur vie n'est qu'un long et douloureux sacrifice, et leur mort, bien souvent ignorée ou trop tôt oubliée, ne lègue même pas toujours un nom à l'admiration de la patrie absente.

L'homme dont nous parlons avait exercé son apostolat avec une ardeur et un zèle qui touchaient de bien près au fanatisme ; nature robuste, infatigable, rien ne le rebutait, il avait traversé mille dangers sans pâlir, et plus d'une fois, il avait vu la mort sans trembler.

Sa vie avait été semée de péripéties sans nombre ; il parcourait le pays seul, à pied, un bâton à la main, et une croix sur la poitrine... Aucun obstacle ne l'arrêtait quand il s'agissait de conquérir une âme à la Foi, et pendant ces cinq années, il avait réussi à force de persévérance, d'audace, d'activité, à réunir autour de lui un groupe considérable de Chinois, dont sa parole avait fait des chrétiens.

Malheureusement, son activité même et son ardeur de prosélytisme devaient attirer l'attention des mandarins. On s'était ému; les bonzes l'avaient dénoncé, et pour frapper plus sûrement un si redoutable adversaire, on avait répandu le bruit que, sous prétexte de prédications religieuses, il ne visait à rien moins qu'à former une vaste association politique, ayant pour but le renversement du gouvernement.

Ces insinuations étaient de nature à jeter l'inquiétude dans l'esprit des dignitaires de l'empire, et un jour, le père André trouva sa petite église ruinée de fond en comble, et ses fidèles dispersés et traqués comme des bêtes fauves.

Lui-même se vit obligé de fuir, pour se soustraire à une mort certaine. Mais à ce moment, quand tout l'abandonnait, quand il se trouvait seul, en butte aux persécutions les plus terribles, sans appui, sans ressources, son âme s'élevait encore vers Dieu, confiante et pleine d'aspirations saintes.

Cependant l'ouragan avait pris des proportions inouïes de violence et de désordre; le vent déchaîné tordait avec fureur les arbres du chemin, la pluie tombait maintenant avec une intensité torrentielle, et de temps à autre des éclairs déchiraient le flanc noir et sonore des nuages amoncelés dans le ciel.

Le missionnaire venait d'atteindre un endroit culminant de la côte, d'où l'on dominait toute la grève déserte et sombre.

La pluie avait mouillé ses vêtements; ses souliers étaient tachés de boue; il marchait depuis le matin, il était harassé de fatigue, mais non abattu.

Il prit un étroit sentier qui conduisait à la grève, et descendit.

Une fois là, et à l'aide de la rapide lumière que la foudre répandait autour de lui, il tenta de s'orienter de son mieux.

Enfin, après bien des tâtonnements et des hésitations, il parvint à l'ouverture d'une sorte de grotte naturelle, dans laquelle il se hâta de pénétrer.

La grotte était spacieuse, et comme le vent, en s'y engouffrant, en avait mouillé l'entrée, il gagna rapidement le fond.

C'était un abri sur lequel il ne comptait pas. Il en remercia

Dieu avec effusion, et s'étant couché sur le sol, il ferma les yeux, et ne tarda pas à s'endormir, au milieu des grondements menaçants de l'orage.

Combien de temps resta-t-il dans cet état, nous ne saurions le dire. Seulement, quand il se réveilla, tout bruit avait cessé au dehors, et à travers l'ouverture de la grotte, on pouvait apercevoir un coin du ciel que la lune éclairait en ce moment.

Il voulut se lever, mais à peine eut-il fait un mouvement qu'il s'arrêta.

Il n'était pas seul dans la grotte...

Non loin de l'entrée, à quelques pas de lui, deux hommes étaient assis et causaient.

Le missionnaire frissonna.

Ces deux hommes étaient peut-être deux ennemis... peut-être l'avait-on vu... peut-être l'épiait-on... tout était possible... il pensa un moment que sa dernière heure avait sonné!...

Instinctivement il retint sa respiration, et prêta l'oreille.

— Tu as raison, disait l'un des deux hommes, cette existence est pleine de dangers, et il faut qu'elle cesse.

— Pourquoi ne repartons-nous pas? objecte l'autre.

— Parce qu'elle ne veut pas quitter son époux.

— Tu veux donc l'emmener?

— Je l'aime!

Un silence de quelques secondes succéda à ces paroles, et le premier reprit bientôt après :

— Et cependant, poursuivit-il d'une voix ardente et pleine de colères mal contenues, et cependant, je sens que cet amour est insensé et qu'il nous perdra tous... Chaque nuit, je m'approche d'une côte où je sais que l'on me hait et que l'on me recherche... Les pirates ne sont pas aimés dans le Fo-kien... Mais une force plus puissante que ma volonté m'y pousse et m'y ramène.

L'homme auquel s'adressaient ces paroles parut réfléchir un instant.

— Et tu n'as pas songé encore, dit-il tout à coup, que quelques hommes déterminés pouvaient facilement venir à bout de cette femme, et l'emmener à notre bord, sans que son époux puisse s'y opposer?...

— J'y ai pensé.

— Et pourquoi n'as-tu pas agi?

— Parce qu'elle me maudirait.

— Tu crains sa colère?

— Je crains tout ce qui peut refroidir ou tuer son amour... As-say n'est point une femme comme une autre, sais-tu... elle m'aime, et subit près de moi l'influence d'un entraînement dont elle ne peut se rendre maîtresse; mais un lien plus fort que notre amour la retient sous le toit conjugal, et il y a quelqu'un là qu'elle aime encore plus que moi...

— Qui cela?

— Sa fille...

— L'enfant de When-ti?

— Elle peut haïr son époux; elle ne vit que pour son enfant.

Un petit rire sec et railleur accueillit ces paroles...

— Allons, dit l'homme d'un ton moqueur, je croyais avoir affaire à Fo-hi, le pirate redouté des côtes du Fo-kien, et je m'aperçois que c'est une femme pusillanime que j'accompagne.

— Que veux-tu dire? fit celui que l'on venait d'appeler Fo-hi.

— Une chose fort simple.

— Parle.

— Si tu veux me laisser faire, avant deux jours, As-say viendra d'elle-même te rejoindre.

— J'en doute.

— Moi, j'en suis sûr.

— Mais comment t'y prendras-tu?

— Ne m'as-tu pas dit toi-même que le seul sentiment qui retient encore As-say sous le toit conjugal, c'est l'amour qu'elle éprouve pour son enfant?

— Sans doute.

— Eh bien, si cette enfant disparaissait...

— Comment!

— Si à la place du berceau de sa fille, As-say ne retrouvait plus qu'une tombe, si la demeure de When-ti devenait tout à coup sombre et triste, penses-tu qu'elle hésiterait encore?

— En effet...

— Son cœur, violemment ébranlé par une grande douleur, aurait, au contraire, besoin de distraction; la vie active, aventureuse, que nous menons séduirait son esprit incertain, et avant une année, As-say deviendrait ta compagne inséparable.

— Tu as raison.

— Et tu consens?

Fo-hi hésita un moment.

— Je ne sais, répondit-il, j'y réfléchirai... mais voici que l'orage est calmé... As-say m'attend, ne restons pas plus longtemps dans cette grotte, et hâtons-nous de partir.

Or, pendant que cette conversation avait lieu entre ces deux hommes, As-say, la femme de When-ti, attendait, sombre et troublée, l'arrivée de son amant.

Les bruits violents de la tempête, le désordre de la nature, tout contribuait à jeter dans son cœur une inquiétude insolite.

As-say était jeune alors, elle était belle, on l'avait mariée à un homme plus âgé qu'elle, et qu'elle ne pouvait aimer... elle avait souffert d'abord, puis pleuré, puis enfin, un autre sentiment plus puissant était entré dans son cœur, et elle avait aimé.

Fo-hi était jeune aussi... il avait l'ardeur et l'enthousiasme de son âge; il était audacieux, entreprenant, et la vie d'aventures qu'il menait, donnait à sa physionomie un caractère particulier de fascination dont il était impossible de ne pas subir l'influence.

As-say résista longtemps cependant, elle lutta contre la parole de Fo-hi, et contre ses propres entraînements. Son amant voulait l'arracher à son époux, et lui faire partager la vie de corsaire qu'il menait lui-même, mais il y avait là une belle et gracieuse enfant qu'elle aimait plus que tout au monde, et cette enfant fut plus forte que Fo-hi, plus puissante que son amour.

Cette nuit, As-say était assise, pensive et triste, auprès de la fenêtre; elle était seule dans la chambre, et sa fille dormait à côté d'elle, dans son petit berceau de bambou; As-say écoutait, pendant les intermittences de l'orage, la respiration douce et tranquille de son enfant, et plus d'une fois des larmes amères coulèrent le long de ses joues.

Sans savoir pourquoi, mille pressentiments troublaient son esprit... elle avait peur, jamais encore elle n'avait rien éprouvé de semblable.

Que se passait-il?... Fo-hi allait-il courir quelque danger ; était-ce cet orage qui la troublait, n'était-ce pas plutôt cette enfant, dont le pur sommeil formait un contraste si frappant avec l'agitation fébrile de sa mère?

Quand l'orage se fut apaisé, et que la lune se leva à l'horizon, éclairant les tristes désordres de la nuit, As-say quitta la place qu'elle occupait, et alla embrasser sa fille.

Il était temps qu'elle partît. Fo-hi ne devait pas tarder d'arriver, elle ne voulait pas manquer à ce rendez-vous, auquel il accourait à travers mille dangers.

Elle resta quelques minutes, penchée sur le berceau, en proie à une inquiétude inexprimable; une pâleur fiévreuse s'était répandue sur ses traits, et quand elle approcha ses lèvres du front de son enfant, on eût dit qu'elle donnait tout son cœur dans ce baiser.

Elle jeta à la hâte un voile sur ses cheveux, baissa la lampe qu'elle laissait près du berceau de sa fille, et l'ayant embrassée une dernière fois, elle s'éloigna rapidement, sans même oser regarder en arrière.

Dix minutes plus tard, elle atteignait un pavillon dépendant de l'habitation de When-ti, mais situé à l'extrémité des jardins, et où personne ne pénétrait jamais.

As-say seule en avait la clef.

Elle ouvrit la porte, et comme elle allait y pénétrer, un homme vint à elle, et prononça son nom à voix basse.

— C'est vous, Fo-hi, dit As-say, en se retournant vivement.

— C'est moi, répondit l'homme.

Et ils entrèrent dans le pavillon.

L'obscurité la plus complète régnait de tous côtés, et cette circonstance empêcha As-say de remarquer, caché dans les massifs, un homme qui, dès qu'ils eurent disparu, se glissa mystérieusement dans les allées du jardin, et gagna le bâtiment que la coupable mère venait de quitter.

Mais elle venait de rencontrer Fo-hi, et désormais elle ne pensait plus à rien autre chose.

— Fo-hi, lui dit-elle en s'asseyant près de lui, j'ai eu bien peur cette nuit, et si j'avais pu prévoir une pareille tempête, je vous aurais défendu de venir.

— Qu'importe, dit le jeune homme avec passion et d'une voix qui savait trouver le cœur de sa maîtresse, qu'importent la pluie et les éclairs... J'irais vous trouver à travers mille morts, et nulle puissance humaine ou divine ne saurait m'arrêter quand je viens vers vous.

— Oui, je le sais, Fo-hi, vous m'aimez, et votre amour est la seule excuse à ma faute.

— Qui parle de faute...

— Ne suis-je pas coupable?

Fo-hi prit les mains d'As-say, qu'il baisa avec transport.

— Coupable! vous, As-say, s'écria-t-il avec feu, et qui donc osera le dire? N'êtes-vous pas unie à un homme que vous ne pouvez aimer? N'êtes-vous pas seule, abandonnée, sans plaisir, sans amour?... Non, non, As-say; ne regrettez pas ces quelques heures que vous donnez à mon amour, et laissez-moi plutôt vous gronder pour la résistance que vous opposez encore à mes prières.

— Quelle résistance? demanda As-say, inquiète.

Fo-hi l'attira plus près de lui.

— Eh! sans doute, poursuivit-il d'un ton passionné; tenez, pour vous, ne renoncerais-je pas à tout ce qui fait ma joie, à tout ce qui sera ma gloire?... Un mot de vos lèvres aimées, As-say, et j'abandonne tout; je quitte mes jonques redoutées, et je viens vivre près de vous, malgré les dangers qui peuvent m'y menacer.

Et comme As-say frissonnait d'épouvante à cette proposition pleine de périls pour son amant, celui-ci poursuivit:

— Vous au contraire, As-say, dit-il, vous me repoussez sans cesse; vous entretenez, par vos refus de me suivre, cette jalousie qui trouble ma pensée et me mord le cœur... Ah! nous serions heureux pourtant!... Libres, jeunes, aventureux, quel bonheur pourrait jamais être comparé au nôtre? dites, dites!

Mais As-say ne répondait pas; elle était émue jusqu'au plus profond de son cœur; ce n'était pas la première fois que Fo-hi abordait une pareille question, et chaque fois elle avait triomphé des instances de son amant.

— Et tenez, poursuivit ce dernier, pour ne parler que des craintes qui sont les vôtres, quelle existence menez-vous depuis que nous nous sommes connus? L'attente est toujours troublée de mille inquiétudes; la pensée des dangers auxquels je m'expose brise votre cœur et jette son amertume jusque dans nos plaisirs. Qui sait!... mes ennemis veillent peut-être; aujourd'hui, demain, bientôt, ils sauront l'heure à laquelle je viens, ou celle à laquelle je me retire; ils sont puissants, actifs, ils emploieront la ruse, et, par quelque nuit bien sombre, comme celle-ci, ils me suivront, ils me frapperont dans l'ombre... C'est le sort qui m'attend, As-say, et, sans le redouter, j'emporterai du moins le regret de n'avoir pas éveillé dans votre cœur assez d'amour pour vous faire, une heure seulement, oublier votre raison.

As-say écoutait avec mille émotions diverses; sa main rapide pressait son front brûlant, son cœur battait à se rompre; elle se débattait avec l'énergie du désespoir contre cet oubli de tous les devoirs que les paroles de Fo-hi sollicitaient avec tant de chaleur.

— Non, non! répondit-elle; ce que vous demandez est impossible, je le répète : en fuyant la demeure de mon époux, j'emporterais le remords avec moi!

— Le remords?

— Et mon enfant!

— Pourquoi ne pas l'emmener avec vous?

— Elle!

— C'est votre fille, As-say; je l'aimerais comme je vous aime.

— Non! n'insistez pas, ne parlez plus ainsi; vos paroles ébranlent mes meilleures résolutions... Je suis faible quand vous êtes là... je n'ai de courage que lorsque je me trouve auprès du berceau de mon enfant.

— Vous ne m'aimez donc pas?

— Par le ciel, Fo-hi, je vous aime!

— Et vous préférez exposer mes jours au couteau de quelque ténébreux assassin?

— Que dites-vous?

— N'y avez-vous jamais songé?

— Oh! souvent, au contraire...

— Ce serait la mort, As-say, la mort loin de vous, la mort sans gloire, sans amour.

As-say se tordait les mains avec violence; elle était devenue pâle, elle tremblait.

— Oh! pourquoi vous ai-je connu, s'écria-t-elle tout à coup avec une sorte d'amertume; je vivais sinon heureuse, du moins calme et respectée près de mon époux; ma fille était toute ma joie, tout mon amour, toute mon ambition; je n'avais rien autre chose dans le cœur ou dans la tête. Puis, vous êtes venu un jour vers moi; vous m'avez trouvée belle, vous me l'avez dit; je ne le savais pas encore. J'ignore ce qui se passa alors en moi; mais tout mon être tressaillit, et quand mon regard s'arrêta sur vos yeux ardents et noirs, je sentis que je ne m'appartenais plus. Ah! j'espérais encore en ma force : je croyais que je pourrais triompher toujours de votre amour et du mien; mais chaque jour m'enlève un peu de ma confiance; je souffre pour vous, pour moi, pour ma fille. Je pleure, j'ai honte, j'ai peur. Cette existence est devenue intolérable; vous avez raison, et mieux vaut peut-être briser d'un seul coup les liens qui m'y attachent encore.

— Eh quoi! s'écria Fo-hi avec joie, vous consentiriez à fuir avec moi?

— Peut-être.

— Bientôt?

— Demain.

— Oh! As-say, ce serait toutes les joies du paradis de Bouddha!

— Mais vous aimerez ma fille, Fo-hi?

— Pourquoi cette crainte?

— Je ne sais... tout à l'heure, en la quittant dans son berceau, j'ai été prise de cruels pressentiments.

— Pauvre mère... c'est votre position même qui éveille dans votre esprit toutes ces appréhensions... quand nous aurons fui, As-say, rien ne s'opposera plus à notre bonheur.

— Croyez-vous?

— Je vous le jure!

— Eh bien... soit, mon ami... Je vais y penser... demain nous nous retrouverons ici; mais d'ici là, soyez prudent, le jour va bientôt venir... partez.

— Vous le voulez?

— A demain.

— A demain.

Fo-hi s'éloigna, et gagna la campagne, pendant que As-say se dirigeait à pas lents vers la demeure de son époux.

Fo-hi était heureux... il aimait sincèrement, avec tout l'enivrement de son âge, il ne pensait qu'au bonheur que lui promettait la possession sans contrainte de sa jeune et belle maîtresse.

Il pressa le pas.

Il avait donné rendez-vous à son compagnon, non loin de l'habitation de When-ti, et se hâta de l'aller rejoindre pour préparer l'enlèvement de la nuit suivante.

Son compagnon venait d'arriver ; il l'attendait depuis quelques secondes seulement.

Fo-hi marcha vivement à lui.

— Eh bien, Fan-lée, dit Fo-hi, tu n'as rien vu?

— Rien.

— Nos ennemis ne veillent pas.

— Je n'en ai trouvé aucune trace.

— Bien ! allons, c'est la dernière fois que nous nous exposons à de pareils dangers ; demain, j'espère que nos excursions nocturnes auront cessé.

— Comment cela? dit Fan-lée avec un intérêt singulier.

— J'ai décidé As-say.

— Elle fuira !

— Demain.

— Seule?

— Non, avec son enfant.

L'homme tressaillit, et se leva précipitamment.

— Partons, dit-il d'une voix saccadée ; tu m'expliqueras cela en route, le jour va venir, et il n'est pas prudent de s'attarder dans ces parages.

— Tu as donc peur? dit Fo-hi.

— Je n'ai pas peur.

— Cependant, tu sembles bien pressé.

— C'est pour toi...

Fo-hi sourit :

— Oh ! s'il en est ainsi, répondit-il avec enjoûment, rassure-toi, car je ne crains pas nos ennemis, et le temps que je passe loin d'As-say me paraît toujours trop long...

Il achevait à peine ces paroles, quand un cri, parti à peu de distance, vint tout à coup éteindre son sourire sur ses lèvres, et glacer son sang dans ses veines.

— As-tu entendu? dit-il en se rapprochant de Fan-lée.

— Parfaitement, répondit ce dernier, partons.

— Tout à l'heure... écoute.

— Prends garde, Fo-hi, ton imprudence nous perdra tous.

— Tais-toi!

— Tu ne veux pas venir?

— Reste...

Fo-hi prêtait l'oreille avec une attention singulière; à tort ou à raison, il avait cru reconnaître dans ce cri la voix d'As-say, et il était prêt à s'élancer vers la demeure de When-ti.

Un second cri s'éleva bientôt, mais plus rapproché, et cette fois, Fo-hi ne douta plus; c'était bien la voix de sa maîtresse; une catastrophe était arrivée, il ne pouvait rester là, il fit un signe impérieux à Fan-lée, et s'élança au secours de la jeune femme.

Il n'avait pas fait cent pas, qu'il la rencontra... elle venait elle-même vers lui.

Elle était pâle, un certain égarement se lisait dans ses yeux, ses cheveux tombaient en désordre sur ses épaules.

— Fo-hi!... s'écria-t-elle, en se précipitant éperdue dans les bras de son amant, Fo-hi... il faut que tu me venges.

— Que se passe-t-il?... demanda Fo-hi.

— Ma fille...

— Où est-elle?

— Enlevée...

— C'est impossible.

As-say s'arracha les cheveux avec désespoir.

— Ah! le ciel m'a punie, dit-elle avec violence; j'ai été mère coupable, épouse adultère; je n'aurais pas dû la quitter... j'avais le cœur plein de pressentiments... Oh! tout mon cœur s'en est allé avec elle... Ma pauvre enfant!... ils l'ont prise... qui sait!... ils l'ont tuée peut-être.

— Mais quels sont les misérables qui ont commis le crime? insista Fo-hi.

— Eh! le sais-je?

— Tu n'as rien entendu?

— Rien.

— Rien vu?

— Ah! je n'ai vu que le berceau vide; puis un voile s'est étendu sur mes yeux; j'ai été prise de vertige, et je suis accourue vers toi...

Fo-hi se tourna sur ces mots vers Fan-lée, et lui lança un regard plein d'éclairs.

Les bords du canal

— Fan-lée, lui dit-il d'une voix sévère, tu étais là quand le crime a été commis ; n'as-tu pas quelques indices à nous donner?

— Moi!... fit le Chinois interdit.

— Parle, répéta Fo-hi.

Fan-lée parut réfléchir ; mais il était incertain, et on pouvait facilement voir qu'un combat se livrait en lui.

Enfin, une idée soudaine traversa tout à coup son cerveau, et il leva sur Fo-hi un regard ferme et assuré.

— En effet, dit-il en se frappant le front, je n'avais pas pris garde à cette particularité ; mais je me la rappelle maintenant parfaitement.

— Eh bien! dit Fo-hi.

— Oh! parlez! parlez! ajouta As-say, les mains jointes et les yeux pleins de larmes.

Fan-lée se recueillit.

— Il y a une heure environ, poursuivit-il tôt après, comme je passais près de la demeure de When-ti, j'ai aperçu un homme qui en sortait.

— Vous l'avez vu? dit As-say.

— Je l'ai vu.

— Et quel était cet homme?

— Il portait une longue robe noire et un large chapeau, et, si je ne me trompe, c'était un Tao-sze chrétien.

— Un Fan-kouei! s'écria As-say.

— Précisément, appuya Fan-lée.

La femme fit un mouvement de désespoir.

— Plus de doute, dit-elle, c'est un étranger-démon : ils volent nos enfants pour les offrir en sacrifice à leur Dieu de sang et de meurtre. Ma pauvre fille est perdue !

— Peut-être, répondit Fo-hi, car, avec un peu de célérité, on pourrait rejoindre le Tao-sze.

— Mais de quel côté s'est-il dirigé? demanda As-say, que cette lueur d'espoir ranimait.

— Du côté de la mer, répondit Fan-lée.

— Eh bien! dit Fo-hi, hâtons-nous ; venez, As-say, ne perdons pas une seconde, et, qui sait, peut-être arriverons-nous encore à temps pour arracher votre enfant des mains du Tao-sze.

Ils partirent donc, et As-say les suivit.

Elle savait à peine ce qu'elle faisait ; elle ne pleurait plus ; une fièvre ardente brûlait ses veines ; ses tempes battaient avec force ; elle avait tout oublié pour ne plus penser qu'à sa fille enlevée.

Ils marchèrent ainsi pendant le reste de la nuit ; mais, soit que Fan-lée se fût trompé, soit qu'il eût voulu tromper ses compagnons, ils ne découvrirent aucune trace du missionnaire, et se retrouvèrent sur la grève, seuls, harassés de fatigue, après mille recherches obstinées qui n'avaient eu aucun résultat.

Le jour était venu pendant ces recherches, et quand As-say vit le soleil sortir étincelant des flots lointains, elle parut revenir, seulement alors, au sentiment de la réalité.

Sa fille avait été enlevée pendant son absence, elle-même avait quitté, toute la nuit, la demeure conjugale ; quand, le jour venu, elle songea à y rentrer, une épouvante sans nom s'empara de son cœur, et elle se prit à frissonner et à trembler.

Elle faisait trêve, pour un instant, à sa douleur, et elle se demandait comment elle oserait se présenter désormais à When-ti.

Une sueur froide perla sur son front, et elle croisa les deux bras sur sa poitrine.

Elle avait épuisé toutes ses forces dans cette dernière douleur ; elle ne se sentait plus le courage de lutter, elle était vaincue.

Elle eût voulu mourir !

Fo-hi ne la perdait pas du regard ; il avait compris à quelles hésitations elle était livrée, et ses combats et ses remords, et ses épouvantes et sa douleur.

Il se rapprocha d'elle, et lui prit les mains :

— As-say, lui dit-il du ton le plus doux, vous souffrez.

La malheureuse femme tressaillit.

— J'ai peur, répondit-elle avec un frisson.

— Vous m'aimiez cependant.

— Et je vous aime encore.

— S'il en est ainsi, pourquoi donc hésiter encore?

— Le ciel m'a déjà punie, Fo-hi, vous le voyez; pourquoi voulez-vous encore attirer sur moi de plus terribles colères, et me ménager pour l'avenir de plus grandes douleurs?

Fo-hi attira As-say contre sa poitrine.

— As-say, poursuivit-il, c'est désormais la seule chance de bonheur qui nous reste.

— Ce serait un crime de plus.

— Qui dit cela?... Nous vivrions l'un près de l'autre; la mer a des distractions sans fin pour les tristesses comme la vôtre; les flots les bercent et les endorment... Et puis, nous serions deux à nous souvenir, nous parlerions de votre fille absente, nous la pleurerions ensemble, nous la vengerions ensemble.

— La vengeance! murmura As-say, les dents serrées et les poings crispés.

— Ne le voulez-vous pas?

— Oh! oui... me venger, Fo-hi... venger ma fille... car ils l'ont tuée, n'est-ce pas?

— Ce sont les Fan-kouei.

— Et nous les frapperons à notre tour.

— Et leur sang sera agréable à Bouddha!

As-say fit quelques pas sur la grève, en proie à une agitation des plus violentes, puis, elle revint vers Fo-hi les mains tendues :

— Soit!... dit-elle, avec entraînement, j'y consens, je te suivrai... à partir de cette heure, Fo-hi, je t'appartiens, je t'accompagnerai partout où tu iras, je partagerai tes dangers; j'oublierai tout pour ne me souvenir que de notre amour, mais à une condition cependant...

— Ah! parle! parle! répondit le pirate.

— C'est que tu chercheras ma fille avec une infatigable ardeur, sans trêve ni relâche, que nous parcourrons le pays dans tous les sens, et que nous frapperons sans pitié les Fan-kouei et les Tao-sze chrétiens.

— Mais je n'ai jamais eu d'autre religion, objecta Fo-hi.

— Ainsi tu me le jures?

— Je le jure!...

— Et maintenant, ajouta As-say, en se tournant vers l'habitation de son époux que l'on apercevait à quelque distance, adieu tout mon passé calme et chaste, je romps aujourd'hui les liens sacrés qui m'attachaient à mes devoirs d'épouse, je jette un voile sur tout ce qui a été la joie de mon enfance si pure... Adieu! adieu! je vais vers l'inconnu, vers le désordre, et je n'y porte qu'un esprit inquiet, et qu'un cœur brisé... Veuille le ciel, qu'au lieu du bonheur que l'on m'y promet, je n'y trouve pas le remords et le désespoir...

As-say essuya brusquement ses yeux qui s'étaient emplis de larmes, mit sa main dans celle de son amant, et fit quelques pas vers la mer.

— Tout est fini à cette heure, dit-elle encore, rien ne m'arrête plus... partons.

— Partons! répéta Fo-hi.

Une barque était amarrée dans une crique voisine, ils descendirent rapidement vers la grève, et sautèrent à la hâte dans la barque.

A une demi-lieue en mer, la barque de Fo hi attendait; on fit force de rames, et bientôt après, As-say et son amant étaient reçus par les pirates.

Pendant que ces faits s'accomplissaient, le missionnaire avait quitté la grotte où l'orage l'avait forcé de chercher un abri, et profitant du calme qui avait succédé à la tempête, il avait gagné la campagne.

Il était encore tout ému de la conversation qu'il avait entendue: il ne connaissait pas les deux hommes dont le hasard l'avait rapproché un instant, mais le crime qu'ils méditaient l'épouvantait et il faisait des vœux ardents pour qu'un obstacle imprévu vînt se jeter à la traverse de leurs plans.

Il avait hâte de gagner Quan-tong. Là seulement, les persécutions dont il était l'objet devaient s'apaiser, et il pensait y pouvoir attendre des jours meilleurs.

Mais les chemins qu'il suivait ne lui étaient pas familiers, et il craignait à chaque instant de tomber entre les mains de ses ennemis.

Il passa près de l'habitation de When-ti, et parvint peu après sur les bords d'un canal qui allait se jeter dans la rivière de Quan-tong, après avoir fécondé les grandes prairies qui entourent cette ville.

Il y avait, non loin de là, un petit bois qui partait de l'habitation pour aboutir au canal.

Le missionnaire s'y engagea.

L'ombre y était épaisse, le désordre de la végétation attestait que les habitants du pays y pénétraient rarement; il y avait donc tout lieu de présumer qu'il n'y serait pas recherché.

D'ailleurs, le bois communiquant au canal, c'était pour lui, en cas de poursuite, une chance de salut; il savait nager, et plus d'une fois, il avait pu échapper ainsi à ceux qui le poursuivaient.

Le jour commençait à poindre à l'horizon, quand il pénétra dans le bois, et il résolut d'y attendre la nuit.

Il s'installa donc le plus commodément possible, et près du canal, et s'apprêta à passer cette journée en prières.

Mais Dieu lui réservait une autre mission.

Il s'était à peine assis dans l'endroit qu'il avait choisi, qu'un bruit singulier se fit à peu de distance.

Il releva la tête et prêta l'oreille.

Un homme s'avançait de son côté, et l'on entendait le bruit rapide de ses pas sur les feuilles et les branches d'arbre, dont l'ouragan avait jonché le sol.

Le missionnaire tressaillit.

Ce pouvait être un indifférent, mais ce pouvait être aussi un ennemi; on l'avait vu peut-être, et l'on venait à sa recherche.

Il n'eut que le temps de se jeter derrière un massif d'arbustes touffus, et les mains jointes, la prière sur les lèvres, il attendit.

Le bruit approchait.

Le père André retint son haleine, et son regard se fit ardent et fixe.

C'était bien un homme qui venait vers lui ; il portait un fardeau dans ses bras, et marchait à pas précipités, sans se préoccuper d'autre chose que d'atteindre le but vers lequel il tendait.

Le missionnaire le vit passer, et à la pâle clarté de la lune, c'est à peine s'il put distinguer ses traits.

Mais ce coup d'œil lui suffit pour le reconnaître... C'était un des deux hommes qu'il avait rencontrés un instant auparavant dans la grotte.

Un frisson parcourut tout son corps.

Le crime était commis... le fardeau que portait cet homme, c'était un enfant... c'en était fait du pauvre petit être...

L'homme avait passé ; le missionnaire quitta sa retraite, et au risque d'être découvert, n'obéissant qu'à l'élan spontané de son cœur, il le suivait courageusement, en ayant soin, toutefois, de faire le moins de bruit possible.

Ils arrivèrent ainsi, l'un suivant l'autre, sur les bords du canal.

Une fois là, l'homme, qui n'était autre que Fan-lée, posa à terre l'enfant qu'il portait dans ses bras, noua plus fortement sur ses lèvres le mouchoir dont il l'avait bâillonné, et promenant, cette fois, un regard soupçonneux autour de lui, il le balança une seconde en l'air, et finit par le lancer dans le canal.

Puis, sans attendre davantage, il reprit à la hâte le chemin qu'il venait de parcourir, et disparut bientôt après dans la direction de la demeure de When-ti.

Cependant, le père André n'était pas resté inactif ; il s'était débarrassé rapidement de ses vêtements, et à peine Fan-lée s'était-il éloigné, qu'il se jeta résolûment à l'eau.

Le père André était excellent nageur ; de plus, il y avait là une bonne action à faire, Dieu le protégeait aussi sans doute, et après quelques secondes de recherches, il revint au bord, tenant à son tour dans ses bras une jolie petite enfant évanouie, mais vivant encore.

C'est cette enfant qui devait devenir plus tard la charmante jeune fille que nous avons présentée au lecteur sous le nom de Li-tsi.

Nous n'avons que peu de choses à ajouter pour clore ce prologue rétrospectif... une dernière scène nous reste cependant à raconter, et nous voulons la dire tout de suite.

Le lendemain du jour où ces événements s'étaient passés, Fo-hi se trouvait seul sur la côte avec Fan-lée, son ami.

Pendant toute la journée, Fo-hi avait été sombre et taciturne, et il était descendu à terre, dès les premières heures de la nuit, après avoir juré à As-say qu'il ne négligerait rien pour la venger.

Fo-hi était bien armé, et d'ailleurs Fan-lée l'accompagnait avec quelques pirates bien décidés.

Arrivés à terre, Fo-hi et Fan-lée laissèrent leurs hommes sur la grève, et gagnèrent la campagne.

Une heure s'écoula de la sorte, sans que Fo-hi parût rechercher autre chose que la distraction d'une promenade nocturne.

Enfin, il s'arrêta.

Ils se trouvaient alors dans un petit ravin solitaire, creusé entre deux rochers énormes, et à deux pas duquel s'ouvrait un gouffre profond et noir.

Fo-hi se tourna vers son compagnon étonné.

— Nous n'irons pas plus loin, dit le pirate.

— Quel est donc ton projet ? demanda Fan-lée.

— Je vais te l'expliquer.

— Mais pourquoi être venu jusqu'ici ?

— Pour que nous soyons bien seuls...

Fan-lée regarda Fo-hi sans comprendre.

— Voilà bien du mystère, dit-il, avec un vague soupçon de la vérité.

— Nous avons à causer, répliqua le pirate.

— Tu veux savoir ce qui s'est passé hier ?

— Précisément.

— Il s'agit de l'enfant d'As-say ?

— C'est cela même...

Il y eut un court silence : Fo-hi ne quittait pas son compagnon de l'œil, et ce dernier sentait une secrète épouvante le gagner.

Il reprit :

— N'as-tu pas compris ce que je ne pouvais te dire devant As-say ? dit-il à voix lente.

— J'ai cru le deviner, répondit Fo-hi.

— Eh bien ?...

— Tu as enlevé l'enfant.

— Nous en étions convenus.

— C'est une erreur.

— J'ai pensé te servir en agissant ainsi.

— Tu as eu tort.

— Cependant, je ne m'étais pas trompé... As-say est maintenant près de toi.

— Sans doute.

— J'ai donc bien fait.

— C'est selon.

Fan-lée réprima un mouvement d'impatience.

— Voyons, dit-il avec humeur, explique-toi; quelle est ta pensée, et que veux-tu que je fasse ?

— Tu as enlevé l'enfant, dit Fo-hi.

— C'était le seul parti à prendre.

— Et qu'en as-tu fait ?

— Qu'importe ?

— Il m'importe du moins de le savoir... Cette enfant peut revenir... As-say peut apprendre la manière dont elle a disparu.

— Quant à cela, repartit Fan-lée, tu peux bannir toute crainte, l'enfant ne reviendra pas.

— Tu l'as tuée.

— Je l'ai jetée au canal.

Fo-hi tressaillit, mais il se contint.

— Soit, dit-il ; cependant es-tu bien certain au moins que personne ne t'a vu ?

— Parfaitement certain...

— C'est un secret qu'As-say ne doit jamais pénétrer.

— Elle ne le saura pas.

— Il suffirait d'un indice, d'un mot, d'un regard... Son attention est éveillée, elle aimait cette enfant plus que sa vie... Son amour pour moi se changerait en haine implacable, si elle venait à apprendre...

— Ce secret mourra là... répondit Fan-lée, en portant la main à sa poitrine.

Fo-hi sourit.

— Nous sommes amis aujourd'hui, reprit-il presque aussitôt, mais qui sait si demain quelque différend ne peut pas nous désunir et nous séparer?

— Y penses-tu?

— Je ne pense qu'à cela...

— Mais tu doutes donc de mon dévoûment?

— Il faut douter de tout, pour ne jamais être trompé.

— Voilà une mauvaise parole.

Fo-hi tira un pistolet de sa ceinture.

— Deux hommes connaissent le crime qui a été commis hier, poursuivit-il d'une voix ferme.

— Eh bien?

— Eh bien, c'est trop d'un.

— Qu'est-ce à dire?

— C'est-à-dire que l'un de nous deux doit mourir.

— Tu veux m'assassiner!

— Je veux me débarrasser d'un complice importun.

— Ah! prends garde.....

— A quoi donc?

— J'ai mon couteau aussi.

— Une lutte!

— C'est ma vie que je défends.

— Insensé, tu ne connais pas encore Fo-hi.

— Non! mais tu vas toi-même connaître Fan-lée.

Et joignant l'action à la menace, ce dernier s'élança d'un bond sur son adversaire, en dirigeant son couteau vers sa poitrine... Mais Fo-hi était sur ses gardes, et dès qu'il vit le mouvement de son compagnon, il se hâta de s'effacer, et lâcha en même temps la détente de son arme.

Un coup partit aussitôt, et Fan-lée tomba aux pieds de son assassin.

La balle avait traversé le cœur, il était mort sur le coup.

Fo-hi ne se donna même pas la peine de lui faire donner la sépulture, et jeta loin de lui le pistolet qui avait servi au crime; il regagna à pas rapides la barque qui l'attendait sur la grève.

Il raconta alors à ses hommes que Fan-lée avait été tué dans une rencontre, et qu'il fallait se hâter de regagner la pleine mer.

Les pirates ne se firent pas répéter cette invitation, et bientôt, leur barque disparut au milieu des vagues.

Tels étaient les événements qui s'étaient passés quinze années environ avant ceux que nous avons racontés au premier volume. C'est le prologue de cette histoire, et nous en devons compte au lecteur.

Notre dette payée, nous allons reprendre notre récit, que nous continuerons maintenant jusqu'à la fin sans interruption.

Le palais impérial

Nous avons laissé Pinson et ses amis au moment où ils venaient de pénétrer dans la première enceinte du palais du **FILS DU CIEL**.

Ce palais est une des choses les plus curieuses qui soient en Chine, et le lecteur pourra en juger, quand nous lui en aurons mis sous les yeux l'extrait suivant d'une lettre de missionnaire, dont les termes naïfs et peu choisis attestent au moins la sincérité.

« Le palais, dit le missionnaire, consiste en général dans une grande quantité de corps de logis, détachés les uns des autres, mais dans une belle symétrie, et séparés par de vastes cours, par des jardins et par des parterres. La façade de tous les corps de logis est brillante par la dorure, le vernis et les peintures : l'intérieur est orné de tout ce que la Chine, les Indes et l'Europe ont de plus beau et de plus précieux.

« Les maisons de plaisance sont charmantes : elles consistent en vastes terrains où l'on a élevé à la main de petites montagnes, hautes depuis vingt jusqu'à soixante pieds, ce qui forme une infinité de petits vallons ; des canaux d'une eau claire arrosent le fond de ces vallons, et vont se rejoindre en plusieurs endroits pour former des étangs et des lacs. On parcourt ces canaux, ces étangs et ces lacs sur de belles et magnifiques barques.

« Toutes les montagnes et les collines sont couvertes d'arbres, et surtout d'arbres à fleurs, qui sont très communs en Chine ; c'est un vrai paradis terrestre. Les canaux ne sont point, comme en Europe, bordés de pierres de taille tirées au cordeau, mais tout rustiquement, avec des quartiers de roche, dont les uns avancent, dont les autres reculent, et qui sont posés avec tant d'art, qu'on dirait que c'est l'ouvrage de la nature.

« La façade des bâtiments du palais est en colonnes et en fenêtres; la charpente, en bois de cèdre, en est dorée, peinte, vernissée; les murailles en sont de brique grise bien taillée et bien polie; les toits couverts de tuiles vernissées, rouges, jaunes, bleues, vertes, violettes, qui, par leur mélange et leur arrangement, font une agréable variété de compartiments et de dessins.

« L'endroit où loge l'empereur est un assemblage prodigieux de bâtiments, de cours, de jardins, etc.; les autres palais ne sont guère que pour la promenade, le dîner et le souper.

« Le logement ordinaire de l'empereur est immédiatement après les portes d'entrée, les premières salles, les salles d'audience, les cours et les jardins. Il forme une île, et il est entouré, de tous les côtés, d'un large et profond canal. C'est dans les appartements qui le composent qu'on voit tout ce qu'on peut imaginer de plus beau en fait de meubles, d'ornements, de peintures dans le goût chinois, de bois précieux, de vernis du Japon et de la Chine, de vases de porcelaine antiques de soieries, d'étoffes d'or et d'argent.

« De ce logement de l'empereur, le chemin conduit tout droit à une petite ville, bâtie au milieu de tout l'enclos : l'étendue en est d'un quart de lieue en tous sens; elle a ses quatre portes aux quatre points cardinaux, ses tours, ses murailles, ses parapets, ses créneaux, ses rues, ses places, ses temples, ses halles, ses marchés, ses boutiques, ses tribunaux, ses palais, son port ; enfin, tout ce qui se trouve en grand dans la capitale de l'empire, se trouve là reproduit en petit.

« Ce qu'il y a de plus remarquable dans cette dernière particularité, c'est que cette ville miniature est destinée à faire représenter une fois par an, par les eunuques du palais, tout le commerce, tous les marchés, tous les arts, tous les métiers, tout le fracas, toutes les allées et venues et même les friponneries des grandes villes.

« Au jour marqué, chaque eunuque prend l'habit de l'état et de la profession qui lui sont assignés. L'un est marchand, l'autre artisan : celui-ci devient soldat, celui-là, officier ; on donne à l'un une brouette à pousser, à l'autre des paniers de bambou à porter; alors les vaisseaux arrivent au port, les boutiques s'ouvrent, on étale les marchandises; un quartier est pour la soie, un autre quartier pour la toile; une rue pour les porcelaines, une autre pour les vernis, tout est distribué, localisé; chez celui-ci, on trouve des meubles; chez celui-là, des habits, des ornements pour les femmes; chez un autre, des livres pour les savants et les curieux. — Il y a des cabarets pour le thé et pour le vin, des auberges pour les gens de tout état. Des colporteurs vous présentent des fruits de toute espèce, et des rafraîchissements en tout genre : là, tout est permis; on y distingue à peine l'empereur des derniers de ses sujets : chacun annonce ce qu'il porte; on s'y querelle, on s'y bat : c'est le vrai brouhaha des halles. Les archers arrêtent les querelleurs, on les conduit aux juges assis sur leur tribunal : la dispute est examinée et jugée; on condamne le coupable à la bastonnade, et quelquefois, un jeu se change, pour le plaisir de l'empereur, en quelque chose de trop réel pour le patient. »

On fit traverser à Pinson et à ses amis quelques-unes des cours du palais, on l'introduisit dans les bâtiments où se trouvaient les salles d'audience, et comme il était encore de bonne heure, on l'invita à attendre le bon plaisir de l'empereur.

Pinson attendit, et en attendant, comme il n'avait rien perdu à sa gaîté, il se tourna vers Coupoutaï, et se prit à rire, en le voyant, un peu interdit et soucieux :

— Vous paraissez inquiet, ô philosophe, lui dit-il avec enjoûment, est-ce que vous auriez peur?

— Pour moi, je ne crains rien, repartit Coupoutaï, mais pour vous, c'est différent.

— Que peut-il donc m'arriver?

— Je ne connais pas le Fils du ciel.

— Ni moi.

— Il peut nous recevoir avec indulgence, comme aussi il peut se montrer fort irrité.

— Et dans ce cas...

— C'est la mort.

— Bah!... s'écria Pinson, moi, j'ai bon espoir, au contraire, et je ne sais pourquoi, je me sens tout disposé à avoir confiance.

— Alors vous ne regrettez pas cette démarche.

— Il ne faut jamais regretter une chose faite, mon ami, et d'ailleurs, maintenant les regrets ne serviraient à rien, et puisque le vin est tiré, il faut le boire.

Un coup de tam-tam coupa la parole au Parisien, les portes du fond s'ouvrirent avec fracas, et une escouade de Tigres impériaux s'avança vers Pinson.

L'empereur avait passé une partie de la nuit au camp. Il venait de rentrer au palais, il consentait à recevoir Pinson.

Ce dernier ne se fit pas prier, et ayant serré les mains à Pé-tchi-li, au missionnaire et à As-say, il suivit les Tigres impériaux, toujours accompagné de son fidèle Coupoutaï.

Pinson marchait au milieu d'une double haie de *Tigres impériaux*, dont le chef, qu'il n'avait pas eu la fantaisie de regarder encore, venait immédiatement après lui.

On avançait lentement, et l'on traversa ainsi plusieurs vestibules, dont notre Parisien ne se donna même pas le plaisir d'admirer l'élégante construction.

Il était préoccupé.

Bien que son esprit fût inaccessible à la peur, cependant, il ne pouvait se défendre d'un certain sentiment d'hésitation, et l'émotion lui pinçait le cœur, chaque fois que l'idée lui venait qu'il allait parler au FILS DU CIEL.

Mais il était trop tard pour reculer, et l'eût-il pu d'ailleurs, qu'il en eût énergiquement repoussé la proposition.

Comme il avançait, plongé dans ces préoccupations qui ne laissaient que de l'embarrasser, il sentit le chef des *Tigres impériaux* s'approcher de lui, et se pencher sur son épaule.

— Ne vous retournez pas, dit aussitôt une voix basse et rapide à son oreille, mais écoutez ce que j'ai à vous dire.

Pinson fit un mouvement involontaire, qu'il réprima aussitôt.

Il avait cru reconnaître la voix qui lui parlait, mais le soupçon qui lui vint alors lui sembla si ridicule, qu'il se hâta de le repousser.

La voix continua :

— Vous allez parler au FILS DU CIEL, c'est un grand danger. Vous le trouverez entouré des grands dignitaires de l'empire, et la moindre imprudence de votre part serait certainement punie de mort, vous entendez...

Pinson ne répondit pas, mais il fit un signe de tête qui voulait dire qu'il avait compris.

— Bon, répondit la voix, un homme averti en vaut deux; quand vous entrerez dans la salle d'audience, vous vous prosternerez comme un homme qui va adorer un fétiche; c'est la coutume; de plus, vous vous garderez bien de lever les yeux sur le Fils du ciel, et si par hasard vous vous oubliez jusqu'à jeter un regard sur l'empereur, quoi qu'il arrive, et quel que soit l'étonnement auquel vous puissiez être livré, vous aurez soin de ne pas le reconnaître.

Pinson fit un mouvement d'épaule, qui pouvait se traduire par cette pensée, que la recommandation était au moins inutile, puisque n'ayant jamais eu l'honneur de voir le *Fils du ciel*, il était évident qu'il ne pouvait pas le reconnaître.

— Vous voilà prévenu, ajouta la voix; maintenant, le reste vous regarde; nous sommes arrivés. Le Fils du ciel vous attend, entrez !...

Et en achevant ces mots, le mystérieux donneur d'avis, passant rapidement devant Pinson, alla ouvrir une large porte à deux battants, et pénétra, à la tête de ses hommes, dans une vaste salle, où se trouvait réuni tout ce que la Chine renfermait de plus illustre dans les sciences, dans les lettres, et dans les divers emplois civils et militaires de l'empire.

Pinson n'avait plus peur; toute hésitation avait disparu de son esprit, et suivant les recommandations qui venaient de lui être faites, dès qu'il eut été introduit dans la salle d'audience, il se prosterna jusqu'à terre, et avança ainsi, sans lever les yeux, jusqu'au trône où était assis le *Fils du ciel*, entouré de toute la cour.

S'il est vrai qu'il n'y ait que le premier pas qui coûte, le reste devait être facile.

Pinson demeura donc quelques secondes prosterné aux pieds de l'empereur, et dans cette attitude suppliante, il attendit qu'on l'invitât à s'expliquer.

L'attente ne fut pas longue.

— Que veux-tu? dit le Fils du ciel lui-même, d'une voix vibrante et irritée, et pourquoi es-tu venu troubler cette demeure de tes plaintes importunes... savais-tu seulement à quoi tu t'exposais.

— Je le savais, répondit Pinson, en levant un peu le front.

— Et quel dessein t'amène... qu'as-tu à demander?

— Oh! rien pour moi, repartit le Parisien, mais je n'ai pu voir, sans en être touché jusqu'au fond du cœur, la douleur d'une pauvre mère à qui on a enlevé sa fille, et c'est pour elle que je viens t'implorer.

— N'est-ce pas d'une Fan-kouei qu'il s'agit?

— Qu'importe!

— D'une chrétienne?

— Quand cela serait?

— Téméraire! interrompit le Fils du ciel, et tu oses, pour un pareil motif, te prosterner aux pieds de notre justice.

— C'est ta clémence que je veux toucher.

— Assez!

— La mère attend et pleure.

— Tais-toi.

— Cette fille lui avait été ravie tout enfant, elle ne l'a pas encore embrassée...

Un coup de tam-tam interrompit Pinson et lui coupa brusquement la parole, pendant que des murmures menaçants s'élevaient autour de lui.

— Tais-toi, répéta le Fils du ciel, ton audace est sans exemple, et appelle un châtiment exemplaire... les murmures qui ont accueilli ta requête attestent que mon courroux est partagé... Gardes, qu'on entraîne cet homme, et qu'on le jette au *Puits des Tourments!...*

Pinson voulut répliquer, il se leva même un moment, avec l'intention de résister aux *Tigres impériaux*, qui déjà l'entouraient, mais le chef qui lui avait déjà parlé lui appliqua vivement ses mains sur les lèvres, et l'entraîna d'un bras vigoureux, avant qu'il eût pu proférer une menace.

L'audience avait à peine duré cinq minutes.

— Eh bien! s'écria Pinson dont le caractère reprenait bien vite le dessus, même dans les situations les plus désespérées, ça n'a pas été long, et voilà ce que l'on peut appeler une justice expéditive.

Les *Tigres impériaux* s'étaient emparés de lui, et ils l'emportèrent dans les cours intérieurs, en le menaçant de leurs longues piques, s'il tentait de faire mine de résister.

Mais Pinson en eût-il eu le désir, ce qui est vraisemblable, qu'on ne lui en laissa pas le temps.

Après avoir, en effet, traversé plusieurs corps de logis, l'officier des Tigres ordonna tout à coup à ses hommes de s'arrêter, et ayant ouvert une porte, qui donnait sur une terrasse, il y poussa Pinson et l'y accompagna lui-même, escorté de quelques Chinois.

Pinson avait bien cherché à deviner quel pouvait être ce mystérieux protecteur qui paraissait lui porter tant d'intérêt, mais jusqu'alors, soit hasard, soit parti pris de la part de l'inconnu, il n'avait pu encore arrêter son regard sur son visage.

En ce moment cependant, et comme il venait d'entrer sur la terrasse, il se retourna vivement vers son donneur d'avis, et marcha résolûment à lui.

Un cri de profonde stupéfaction s'échappa de ses lèvres dès qu'il le reconnut.

— Tittmarsh !... s'écria-t-il d'une voix que la surprise faisait trembler.

L'officier fronça le sourcil d'un air courroucé.

— Qu'est-ce à dire... gronda-t-il en faisant à Pinson un signe imperceptible de l'œil.

Puis s'adressant à ses hommes, sans donner le temps à son interlocuteur de se remettre :

— Allons, ajouta-t-il d'un ton impérieux et rude, faites votre devoir... et qu'on jette ce malheureux au *Puits des Tourments!*

Puis, comme s'il eût voulu donner l'exemple aux *Tigres*, il se mit lui-même en devoir de garrotter le patient.

Pour cela faire, il prit les mains de ce dernier, et tout en le garrottant, il lui glissa furtivement dans la poche divers objets de petite dimension.

— Vous ne me connaissez pas, lui dit-il rapidement, il n'y a point ici de Tittmarsh, il n'y a qu'un officier des *Tigres impériaux*, soyez prudent, la situation est dangereuse, mais avec de l'adresse on vient à bout de tout...

Pinson ne bougeait plus... il se laissait faire... si on le lui eût demandé, il se serait garrotté lui-même.

Quand l'opération fut terminée, Tittmarsh passa une courroie sous les bras de son ami, lia fortement cette courroie à une corde longue et solide, et sur un signe de sa main, les Chinois enlevèrent la victime, et la portèrent à l'extrémité de la terrasse.

En cet endroit s'ouvrait une sorte de gouffre, dont l'ouverture avait environ huit pieds de diamètre, et dont la profondeur ne pouvait pas être calculée à vue d'œil.

C'était le *Puits des Tourments.*

On y descendit Pinson.

En toute autre circonstance, et si Tittmarsh n'avait pas été présent, les Chinois n'eussent certainement pas pris tant de précautions.

On se serait emparé du patient, et on l'aurait jeté tout simplement au gouffre, sans corde ni courroie.

Mais Tittmarsh était là ; il dirigeait lui-même l'opération de la voix et du geste ; il fallait bien obéir.

Au bout de dix minutes Pinson touchait le sol. Le trajet lui avait paru long comme un jour de pluie, et il respira profondément, quand il se fut bien persuadé qu'il n'avait plus à craindre d'aller se briser dans les bas-fonds du gouffre.

Cependant tout n'était pas fini, et il lui restait encore bien des appréhensions.

L'endroit dans lequel il venait d'être déposé figurait une sorte de rond-point, au milieu duquel s'ouvrait une voûte peu élevée, mais dont le regard pouvait à peine percer l'obscurité. De loin en loin, on apercevait une lanterne attachée au mur, qui jetait comme une lueur blafarde le long du corridor. Mais où ce corridor conduisait-il, et qu'y avait-il à l'extrémité?... Autant de questions auxquelles Pinson ne pouvait répondre.

D'ailleurs il avait été solidement garrotté, et pour le moment, il était condamné à l'inaction la plus absolue ; il eût fallu un miracle pour le tirer de là.

Heureusement, le miracle ne manque jamais quand l'heure

est venue; et Pinson ne devait pas l'attendre longtemps.

Quelques minutes, en effet, s'étaient écoulées depuis le moment où il avait touché le sol, quand il entendit venir à lui, le long du corridor, des pas légers et furtifs qui paraissaient toucher à peine la terre.

Puis un frôlement de robe, puis enfin, une voix qui se pencha à son oreille.

Avant d'entendre la voix, Pinson avait reconnu son mystérieux visiteur.

C'était Pé-tchi-li.

— Eh quoi, lui dit-il avec joie, vous n'avez pas craint les dangers auxquels vous vous exposiez... vous êtes venue malgré les terribles menaces qui devaient vous arrêter.

Pé-tchi-li remua la tête avec malice.

— Oh! le danger n'est pas si grand que vous le croyez, répondit-elle.

— Et pourquoi donc?

— Tittmarsh est de vos amis.

— Eh bien!

— Et puis, le *Fils du ciel* n'est pas si méchant qu'il voulait le paraître.

— Comment...

— Sans doute... l'empereur est plein de bonté pour les Fankouei, il condamne la haine sauvage qu'on leur a vouée, mais il n'ose heurter de front les susceptibilités nationales, et celle-ci est une des plus redoutables. Le jour où les sympathies du *Fils du ciel* pour les étrangers seraient connues, c'en serait peut-être fait de lui...

— Est-ce possible!...

— Les sociétés secrètes sont nombreuses et puissantes dans le Royaume du Milieu; et malgré la surveillance active dont elles sont l'objet, les membres qui les composent sont parvenus à faire partager leur haine aux trois quarts des Tartares et des Chinois... L'empereur ne l'ignore pas; il connaît le côté dangereux de la situation, et il dissimule jusqu'au moment où il pourra se croire le plus fort.

Tout en parlant ainsi, Pé-tchi-li avait coupé les liens qui retenaient les bras et les jambes de Pinson, et ce dernier venait de se lever.

— Ce qui m'étonne dans tout ceci, répondit-il à la jolie Chinoise, ce n'est pas assurément la sympathie que le *Fils du ciel* veut bien témoigner aux étrangers ; il n'y a rien là que de très naturel, et quand on nous connaît, ce faible s'explique facilement..! mais ce qui me surprend, ce qui confond toutes mes idées, c'est le singulier tour que m'a joué le hasard, en plaçant si à propos sur mon chemin cet honnête et excellent ami Tittmarsh.

Pé-tchi-li regarda Pinson avec des yeux étonnés.

— La présence de votre ami dans le palais impérial, répondit-elle, n'a rien qui doive vous étonner...

— Vous trouvez ?... fit Pinson.

— Tittmarsh est l'ami de l'empereur.

— Lui ?

— Sans doute.

— Il l'a donc fréquenté ?...

— Mais vous le savez bien.

— Moi !

— Vous ne l'avez donc pas reconnu ?

— Le *Fils du ciel ?*

— Et qui donc ?

Pinson jeta un joyeux éclat de rire.

— Eh bien ! s'écria-t-il, je la trouve bonne, celle-là, mais malheureuse et charmante enfant, je ne pouvais pas reconnaître l'empereur, puisque je ne l'ai jamais vu.

Pé-tchi-li allait poursuivre, mais elle se retint tout à coup, comme frappée d'une pensée subite.

— Au fait, dit-elle, votre ami a peut-être ses raisons pour ne vous avoir pas tout avoué, et je dois respecter son silence... mettons donc que je n'ai rien dit... et n'en parlons plus...

Cette conclusion ne contenta que médiocrement Pinson, mais il avait en ce moment bien d'autres préoccupations, et il ne chercha pas à satisfaire autrement sa curiosité.

— N'en parlons plus... dit-il lui-même, et puisque maintenant me voici hors de danger, songeons à sortir de ce puits le plus tôt possible.

Pé-tchi-li se prît à sourire.

— Mais on ne sort pas facilement d'ici, répondit-elle.

— Cependant, on en sort?

— Rarement.

— Tittmarsh n'a pas, je suppose, l'intention de nous y retenir longtemps?

— Je l'ignore.

— Enfin, nous ne devons pas y passer notre existence.

— Les recommandations de votre ami sont précises, répliqua Pé-tchi-li; vous irez, m'a-t-il dit, trouver Pinson qui a besoin de votre aide; puis, quand vous aurez coupé les liens qui l'empêchent de marcher et d'agir, vous prendrez avec lui le corridor qui mène au *Puits des Tourments*, et vous marcherez tout droit devant vous, jusqu'à ce que vous vous trouviez en face d'une grille de fer. Pinson a la clef de la grille dans sa poche, vous l'ouvrirez, et une fois entrés, vous m'attendrez.

— Est-ce tout?... dit Pinson.

— C'est tout.

— Eh bien! puisque telles sont vos instructions, nous n'avons rien autre chose à faire qu'à les suivre... donnez-moi donc votre jolie petite main, et marchons vers la grille de fer.

Pinson fouilla en même dans sa poche, et y trouva la clef annoncée. Tout avait été bien prévu par l'honorable insulaire, et il n'y avait qu'à se conformer à ses recommandations.

Ils partirent.

Le corridor souterrain était long, les lanternes placées de distance en distance n'y répandaient qu'un jour faible et douteux, un silence profond régnait de tous côtés.

Pinson n'avait pas peur, et cependant il s'arrêta à plusieurs reprises durant le trajet, et se rapprocha de la jolie Chinoise étonnée.

Ils étaient seuls, et faut-il le répéter, deux ou trois fois un doux bruit de baisers éveilla, dit-on, les indiscrets échos du souterrain sonore.

La prison de Pé-king

Dès son arrivée à Pé-king, Li-tsi avait été conduite dans les prisons de la ville, et enfermée dans une étroite cellule où le jour pénétrait à peine.

Bien qu'elle ne craignît pas la mort, son cœur était cependant plein d'inquiétudes. Elle ignorait ce que le missionnaire était devenu, et c'est pour lui surtout qu'elle tremblait et qu'elle avait peur.

A mesure qu'elle avançait dans cette voie de douloureuses épreuves, un singulier sentiment se développait en elle, et plus elle approchait du moment où elle devait être jugée et condamnée, plus son âme, dépouillée de toute préoccupation pénible, se reportait avec complaisance vers les quelques souvenirs qui, après avoir été la joie du passé, devenaient tout à coup la consolation du présent.

D'ailleurs, le père André n'était plus auprès d'elle, avec sa parole austère et son fanatisme exclusif, et elle pouvait s'abandonner sans remords, dans toute la candeur de son cœur de seize ans, à l'amour qu'elle éprouvait pour Ping-si.

Plus elle se sentait isolée et malheureuse, plus cet amour prenait de force et d'autorité ; elle ne cherchait pas à se défendre, elle se laissait aller sur la pente si douce de la confiance et de l'abandon, et ne s'effrayait même plus des vives émotions qui soulevaient parfois sa poitrine à ces souvenirs subitement évoqués.

Quand elle se retrouva seule dans ce cachot humide et sombre, où sans doute elle ne devait faire qu'un très court séjour, la force parut un moment l'abandonner.

Les murs de cette prison étaient épais et sourds, les portes bardées de fer ; les geôliers n'avaient eu pour elle que des paroles rudes et menaçantes.

Elle frissonna.

Un peu de paille était jetée dans un coin, une cruche pleine d'une eau fétide à côté, quelques aliments grossiers plus loin.

Et puis, à travers la pâle obscurité qui régnait alentour, elle avait cru voir quelques reptiles ramper sur le sol humide et glissant.

Tout cela lui inspira une horreur profonde.

Elle n'osait plus ni s'asseoir, ni marcher ; elle éprouvait un dégoût sans nom, malgré elle, elle se sentait près de fondre en larmes.

En ce moment, un bruit se fit dans le mur opposé à la porte, le mur sembla remuer, et quelques pierres tournèrent lentement sur elles-mêmes.

Li-tsi regardait sans comprendre.

Les pierres avaient obéi à une pression invisible, une ouverture était pratiquée ; c'était une issue possible pour la fuite, mais elle n'osait encore en profiter.

Cependant le courage lui vint avec la réflexion.

Elle fit un pas, puis deux, puis enfin, elle franchit résolûment cette porte qu'un pouvoir mystérieux venait d'ouvrir devant elle.

Rien ne saurait peindre l'étonnement qui s'empara d'elle à ce moment.

L'endroit dans lequel elle venait de pénétrer offrait le plus charmant boudoir que Li-tsi eût jamais vu.

Les cloisons étaient faites de bambous treillissés, ainsi que l'encadrement des fenêtres, autour duquel grimpaient, en se roulant, les fleurs les plus rares ; un lit de repos, placé dans une alcôve au fond du boudoir, était abrité par des tentures de soie et d'or ; et l'on distinguait non loin de là une table surmontée d'une glace et des différents objets nécessaires à la toilette d'une femme ; de tous côtés, enfin, ce n'étaient que meubles précieux, tables de laque, aux ornements bizarres, vases de porcelaine antiques, tapis, nattes, tentures, tout ce qui constitue le luxe externe de la vie, même dans cet empire barbare que l'on nomme le *Royaume du Milieu.*

Li-tsi ne pouvait revenir de son étonnement; elle n'avait plus peur maintenant; un protecteur invisible était là qui veillait sur elle, et quoi qu'elle fît, elle ne pouvait penser à ce protecteur sans lui donner les traits et le nom de Ping-si.

Son premier mouvement fut de courir à la glace, à laquelle elle donna un long regard.

La poussière de la route avait souillé ses vêtements, et elle éprouvait le besoin de réparer le désordre de sa toilette.

En outre, il y avait longtemps qu'elle n'avait pris de repos; toutes les émotions à travers lesquelles elle venait de passer avaient brisé son corps autant que troublé son esprit. Le sommeil devait réparer ses forces, et malgré l'incertitude de sa position, malgré les dangers dont elle était menacée, elle n'eût pas plus tôt adressé sa prière à Dieu, qu'elle gagna le lit de repos sur lequel elle se jeta tout habillée, et où elle ne tarda pas à s'endormir.

Combien de temps dura son sommeil, quels rêves vinrent la visiter pendant son repos? Nous ne saurions le dire, tout ce que nous pouvons constater, c'est que lorsqu'elle revint à elle le jour avait disparu depuis longtemps, et qu'une lampe d'opale jetait quelques faibles rayons à travers le boudoir.

Li-tsi passa sa main sur ses yeux pour se bien convaincre qu'elle ne continuait pas un rêve charmant, mais tout ce qu'elle voyait était bien la réalité, et son regard, qui s'habituait peu à peu à l'obscurité, s'arrêta bientôt, avec une étrange fixité, à quelque distance du lit de repos, dans un coin reculé du boudoir.

A cette place, il y avait un homme!

Li-tsi jeta un cri d'effroi, et sauta vivement à bas du lit.

Mais l'homme venait de s'avancer, et la jeune fille l'avait reconnu aussitôt.

C'était Ping-si!...

Elle croisa ses deux bras sur sa poitrine, et marcha vers lui le regard inondé d'une divine expression de joie et d'abandon.

— Ah! je ne m'étais donc pas trompée, dit-elle en tendant ses deux mains vers son protecteur, c'est vous, c'est bien vous qui m'avez arrachée à l'horreur de cette prison... vous veilliez sur moi, vous ne m'avez pas abandonnée, malgré le danger qu'il pouvait y avoir à me couvrir d'une pareille protection.

— Je vous aime, Li-tsi, répondit Ping-si d'un ton simple et ému.

Li-tsi rougit, et baissa les yeux.

— Vous m'aimez, balbutia-t-elle d'une voix faible, et pour cet amour vous exposez votre vie même... Cependant vous savez bien que cet amour est sans espoir...

— Ne me dites pas cela.

— Ma religion me le défend.

— Et la mienne, Li-tsi, ne me dit-elle pas aussi que je commets un crime en vous aimant ; ne m'exposé-je pas en vous protégeant à la colère de mes dieux... et pourtant, vous le voyez, cet amour est plus fort que toutes les menaces ; je vous ai suivie partout, je vous protégerai même jusque sous les yeux du bourreau ; trop heureux si en mourant votre dernier regard me disait que mon dévoûment ne vous a pas été indifférent, et que votre cœur s'est quelquefois ému à la pensée de tant d'amour et de passion.

Li-tsi ne répondit pas, mais elle serra les mains de son interlocuteur dans les siennes.

— Pourquoi parler d'amour et de bonheur, dit-elle un instant après, vous savez bien, vous mieux que personne, que mes jours sont condamnés, et que demain, tout à l'heure peut-être, je suis destinée à mourir.

— Ah ! vous ne mourrez pas... s'écria Ping-si.

— Que dites-vous ?

— Je dis que, si vous voulez m'aimer, je puis tout braver pour vous arracher au sort qui vous attend.

— Mais ce serait vous exposer vous-même.

— Qu'importe !

— Il m'importe beaucoup à moi ; j'ai déjà jeté trop d'inquiétudes et de tourments dans votre existence ; c'est assez... ma vie est finie d'ailleurs, et je ne veux plus avoir d'autre pensée que Dieu.

— Il y avait pourtant un moyen de nous sauver tous, reprit Ping-si après quelques secondes d'hésitation.

— Un moyen ? fit la jeune fille.

— Vous eussiez été heureuse... et moi, Li-tsi, moi, j'aurais béni le ciel de la joie qu'il m'eût envoyée...

Li-tsi regarda Ping-si qui hésitait.

— Expliquez-vous, dit-elle avec un vague soupçon.

— Non, répondit le jeune homme, non, ce n'est pas moi qui vous parlerai de cette issue possible à la situation qui nous est faite... mais il y a en ce moment à Pé-king une personne qui vous aime... peut-être autant que moi... et cette personne a tout bravé, même la mort, pour se rapprocher de vous, et vous parler.

— Mais qui est-ce donc? demanda Li-tsi vivement intriguée.

— Une femme!

— Que me veut-elle?

— Vous voir.

— Et elle m'aime, dites-vous?

— Plus que sa vie.

— Mais quelle est cette femme?

— Vous la connaissez.

— Quel est son nom, enfin?

— As-say.

— La femme de Fo-hi?

— Elle-même.

Li-tsi éprouva comme un saisissement.

— Mais cette femme me haïssait, dit-elle, avec un accent étrange.

— Et maintenant elle vous aime, répondit Ping-si.

— Elle voulait me tuer.

— Elle sauverait vos jours, même au péril de sa vie...

Li-tsi passa sa main rapide sur son front.

— C'est étrange... murmura-t-elle, et quand la verrai-je?

— Dès que vous le voudrez.

— Oh! à l'instant même...

— Eh bien! répondit Ping-si, des ordres vont être donnés sur-le-champ, et avant une heure As-say sera près de vous.

Et comme Ping-si allait se retirer :

— Vous partez? dit Li-tsi fortement émue.

— N'est-ce point votre désir?...

— Mais je vous reverrai avant de mourir?

Ping-si l'enveloppa d'un regard attendri.

— Si vous mourez, répondit-il avec feu, aucune puissance humaine ne pourra m'empêcher de vous suivre ; mon existence est désormais liée à la vôtre, et je vivrai ou je mourrai avec vous.

Et en parlant ainsi, il baisa vivement les mains de la jeune fille, et la laissa pensive, troublée, en proie à une agitation toute nouvelle.

Coupoutaï était bien décidé à partager le sort de son ami Pinson, et en le suivant à la salle d'audience où l'attendait l'empereur, il savait d'avance le sort terrible qui leur était réservé.

Il n'avait pas hésité cependant et avait marché bravement vers un dénoûment trop facile à prévoir pour un Chinois philosophe.

Toutefois, Coupoutaï avait à peine mis le pied dans la salle d'audience, qu'il s'était trouvé complétement rassuré.

C'est que pendant que Pinson engageait le dialogue que nous savons avec le *Fils du ciel*, le philosophe avait eu le temps d'examiner tout à son aise et la salle et les personnages qui s'y trouvaient réunis.

A partir de ce moment, toutes ses craintes s'étaient calmées, et il demeura persuadé qu'une intervention puissante viendrait à un moment donné les rendre à la vie et à la liberté!

Aussi, ne manifesta-t-il aucun étonnement quand, au moment de quitter la salle d'audience à la suite de Pinson que l'on entraînait, il s'entendit appeler et arrêter.

Il se retourna vivement, et se trouva face à face avec un eunuque.

— Que me veut-on? demanda-t-il d'une voix ferme.

— Le *Fils du ciel* vous fait grâce, répondit l'eunuque.

— Et je puis partir?

— Plus tard.

— Et en attendant?

— En attendant, vous allez me suivre.

Coupoutaï suivit l'eunuque qui rentra dans le palais, et le conduisit, à travers des détours sans nombre, à un pavillon enfoui dans un bouquet d'arbres, où l'empereur allait quelquefois déjeuner.

L'eunuque poussa Coupoutaï dans le pavillon, lui dit quelques mots à l'oreille, et referma la porte derrière lui.

Toutes les fenêtres du pavillon étaient fermées; il y régnait un jour douteux qui permettait à peine de distinguer les objets; cependant après quelques secondes d'un examen attentif, Coupoutaï aperçut une femme assise non loin de lui, la tête dans les mains, dans une attitude désespérée.

C'était As-say.

Coupoutaï s'empressa d'aller à elle.

— Est-ce donc vous, Coupoutaï, dit As-say, en reconnaissant le philosophe, votre ami est-il déjà condamné?

— Le Fan-kouei est condamné, répondit Coupoutaï, mais il ne court pas plus de danger que vous et moi.

— Le croyez-vous?

— J'en suis sûr.

— Mais qu'a ordonné le *Fils du ciel?*

— Le *Fils du ciel* a ordonné de le jeter au *Puits des Tourments.*

— Est-ce possible!

— C'est même fait probablement à l'heure qu'il est.

— Le malheureux!... murmura As-say, en laissant retomber son front dans ses mains.

Coupoutaï fit entendre un vif éclat de rire.

— Allons, allons, dit-il avec enjoûment, ne nous abandonnons pas ainsi à la douleur. Pinson se tirera d'affaire, j'en réponds, et quant à vous, As-say, j'apporte une nouvelle qui doit réjouir votre cœur.

As-say leva sur Coupoutaï un regard éblouissant d'espoir.

— Qu'y a-t-il? demanda-t-elle ardemment; il s'agit de Li-tsi, n'est-ce pas?

— Précisément.

— Elle est à Pé-king.

— Depuis hier.

— Mais on ne l'a pas jugée encore.

— Je l'ignore.

— Cependant, vous disiez...

— Je disais, As-say, que Li-tsi se trouve dans les prisons de Pé-king, et qu'un homme dont vous connaissez la puissance, pour l'avoir éprouvée vous-même, m'envoie en ce moment vers vous.

— Ping-si peut-être.

— Ping-si.

— Et que veut-il?

— Il sait que vous n'avez eu d'autre désir, en venant à Pé-king, que de voir et d'embrasser votre enfant, et il a tout tenté pour vous procurer cette joie.

— Eh bien?

— Eh bien, il a réussi.

— Comment?

— Li-tsi vous attend.

— Moi!

— Dans quelques instants, un eunuque viendra vous chercher pour vous conduire près d'elle.

— O mon Dieu!...

As-say leva ses mains jointes au ciel, et frémit jusqu'au plus profond de son cœur.

— O mon Dieu! répéta-t-elle, vous avez écouté mes plus ardentes prières, vous me rendez mon enfant, vous me promettez de la voir, et de l'embrasser... mon Dieu! mon Dieu! soyez béni...

Et comme une exaltation pleine d'enivrement et d'oubli s'emparait d'elle, à la pensée qu'elle allait enfin voir son enfant, Coupoutaï crut devoir la calmer et la rappeler à la raison et à la prudence.

— Le *Fils du ciel,* lui dit-il, porte un très vif intérêt à Li-tsi, mais il faut que tout le monde ignore cet intérêt... Vous savez quelle haine profonde et sauvage on porte ici à tout étranger-démon; si l'on venait à apprendre que l'empereur protége une Fan-kouei, qu'il veut soustraire à la mort une fille des chrétiens, chrétienne elle-même, tout serait perdu, et l'empereur lui-même y perdrait instantanément sa popularité.

— Vous avez raison, dit As-say, nous sommes ici au milieu des bonzes mécontents et toujours prêts à conspirer. Ma fille est une proie pour ces tigres, et ils déchireraient sans pitié non-seulement la victime, mais encore ceux-là même qui tenteraient de l'arracher de leurs griffes avides.

— C'est cela même, approuva Coupoutaï; vous comprenez à merveille ce que je voulais dire... et maintenant, vous prendrez garde aux tigres et à leurs griffes...

— Je vous le promets...

Coupoutaï sourit.

— A bientôt donc, As-say, dit-il, ayez confiance, et attendez.

— A bientôt... répondit As-say, et Dieu veuille que vous n'ayez pas été trompé, car après avoir espéré une si grande joie, je sens qu'une déception me tuerait...

Coupoutaï s'éloigna... et la pauvre mère resta seule.

Elle allait revoir sa fille!

Après avoir souffert, après avoir pleuré, après s'être vu arracher, une à une, toutes ses espérances, après avoir entendu s'écrouler tout l'édifice de bonheur qu'elle s'était plu à élever, Dieu avait eu pitié d'elle; au moment où le cœur plein de découragement et de désespoir, quand elle était lasse de tant d'émotions, brisée de tant d'espoir déçus, voilà que, dans sa bonté infinie, il lui envoyait une suprême consolation.

Et ce n'était point un rêve; elle était bien éveillée; Coupoutaï avait parlé, et elle pouvait croire à sa parole.

Ah! comme elle aimait Ping-si à cette heure. Elle n'ignorait pas que son amour pour Li-tsi l'avait seul poussé dans cette circonstance, mais pouvait-elle ne pas lui être reconnaissante du courageux dévoûment qu'il lui avait témoigné?

Il était jeune, puissant, chevaleresque; un certain mystère planait autour de lui, et il aimait la belle chrétienne, de cet amour respectueux et chaste qui peut trouver grâce devant les susceptibilités jalouses d'une mère.

As-say était en proie à une vive agitation.

Elle allait et venait à travers l'obscurité de la chambre, et trouvait l'heure trop lente à son gré.

Un silence profond régnait autour du pavillon, et chaque fois que le vent agitait les arbres qui l'entouraient, elle se prenait à écouter en frissonnant.

Elle attendait.

Une heure se passa de la sorte, une heure dont elle compta anxieusement les minutes et les secondes.

Ce fut un siècle.

Et personne ne venait, et elle était toujours seule, et la pendule placée sur la cheminée continuait de marcher avec le même bruit monotone régulier.

Qui sait!... quelque chose de terrible se passait peut-être en ce moment.

Coupoutaï l'avait trompée! une trame avait été ourdie; pour sauver leurs jours menacés, Pinson et le philosophe avaient sacrifié son enfant. — C'était possible, la crainte de la mort peut pousser à tous les crimes, et elle n'était rien pour eux, et ils ne connaissaient point Li-tsi!

Une sueur froide commença à perler sur son front, et la peur l'envahit.

Elle voulut fuir.

Chaque minute de retard lui semblait un crime, sa fille l'appelait, elle voulait voler à son secours, et mourir avec elle, si elle ne pouvait la défendre.

Elle courut vers la porte avec un fol élan, et se mit à la secouer avec énergie.

Mais comme elle allait céder peut-être sous ses efforts réitérés, un bruit de pas se fit entendre tout à coup au dehors, et la porte s'ouvrit d'elle-même.

Un homme entra.

As-say recula instinctivement jusqu'à l'extrémité de la chambre, et son regard perçant l'obscurité s'attacha avec une fixité fauve sur celui qui venait d'entrer.

Sans se rendre compte de ce qu'elle éprouvait, elle avait tressailli dans tout son être.

Cependant l'homme promena un regard circulaire autour de la chambre, puis apercevant As-say attentive et haletante, il ferma la porte, et fit quelques pas.

As-say regardait toujours, sans comprendre.

Cet homme n'était pas celui qu'on lui avait annoncé, elle en avait la conviction; il lui semblait, en outre, qu'elle l'avait déjà vu, qu'elle le connaissait même, mais il lui était impossible de trouver un nom à cet étrange personnage.

Ce dernier continua d'avancer à pas lents et comptés, jusqu'à ce qu'il eût atteint l'extrémité de la chambre où s'était réfugiée As-say.

Alors, il se baissa vers elle, et approcha son visage du sien.

A ce moment, As-say se releva d'un bond, et poussa un cri terrible, cri de panthère dont on vient de découvrir le repaire.

Un éclair avait sillonné la nuit de son cerveau, et la lumière s'était faite dans son esprit.

Elle avait deviné plutôt que reconnu.

Cet homme, c'était Fo-hi!...

Le malheur, la vengeance, le crime.

— Fo-hi! Fo-hi! s'écria-t-elle éperdue, toi, à cette heure, dans le palais du *Fils du ciel*.

Le Ye-ko fit entendre son ricanement familier. Les tigres doivent sourire aussi, s'il est vrai que les tigres sourient.

— Ah! tu me reconnais donc, dit-il, d'un accent mordant et incisif; je croyais, cependant, que ta haine m'avait rendu méconnaissable.

As-say pressa ses tempes de ses doigts crispés: elle se croyait le jouet d'un rêve atroce, et elle enfonçait ses ongles dans sa chair, pour hâter le réveil.

Mais ce n'était pas une hallucination : tout ce qu'elle entendait, tout ce qu'elle voyait, était bien la réalité. Fo-hi était là, devant elle, et elle était seule avec lui.

— Ce n'est pas moi que tu espérais voir, reprit le Ye-ko, un instant après; Ping-si devait t'envoyer un eunuque, pour te conduire auprès de ta fille, et tu l'attendais heureuse et confiante, mais ma vengeance veillait, et j'ai tout appris à temps.

— Il va venir cependant, balbutia As-say terrifiée.

— Nul ne viendra, répondit Fo-hi.

— L'eunuque n'osera désobéir.

— On ne punit pas les morts.

— Tu l'as fait assassiner?

— Un autre se fût mal acquitté de cette besogne, et je l'ai tué moi-même...

As-say cacha sa tête dans ses mains, et étouffa les sanglots qui gonflaient sa poitrine.

Tout était perdu, Fo-hi avait des colères sanglantes et des vengeances redoutables; il n'y avait rien à espérer de lui.

Cependant, As-say eut honte un moment de s'abandonner ainsi elle-même, et de s'avouer vaincue, sans avoir même cherché à lutter. Que pouvait Fo-hi après tout? Sa rage impuissante ne devait jamais atteindre Li-tsi; cette dernière était à l'abri de ses coups; quelle pensée l'avait poussé vers ce pavillon, où il savait bien qu'As-say seule était enfermée?

L'incertitude où elle se trouvait à ce sujet lui rendit un peu de courage, et elle osa affronter le regard de son ennemi.

— Soit! dit-elle, tout à coup, d'un accent plus ferme, tu as tué l'eunuque, et il ne viendra pas; tu n'as pas regardé à commettre un crime de plus; tes mains sont teintes de sang, et ton cœur est depuis longtemps endurci; mais tu n'ignores pas que les hommes auxquels cet eunuque obéissait sont puissants... Ils s'apercevront bientôt de sa disparition, le crime sera découvert, et qui sait, peut-être, en ce moment même, cherche-t-on déjà le coupable pour le punir.

Fo-hi remua lentement la tête.

— Le coupable ne craint rien, répondit-il, sur un ton ironique, et avant que l'on soit venu, il aura accompli la vengeance qu'il médite.

— Quelle vengeance? fit As-say.

— Tu n'as donc pas compris pourquoi je suis venu?...

— Serait-ce pour Li-tsi?

— Ta fille est chrétienne, et malgré Ping-si, elle mourra.

— Eh bien!

Fo-hi haussa les épaules, pendant que son regard s'injectait de sang.

— As say, dit-il, d'une voix ardente et forte, en lui montrant les cicatrices qui creusaient des sillons repoussants sur ses joues, quand les plaies hideuses que tu m'as faites saignent encore, penses-tu que les blessures de mon orgueil puissent être déjà cicatrisées?

— C'est de moi que tu espères te venger! s'écria As-say.

— Et de qui donc?

— Tu veux me tuer!

— Ah! tu croyais que je pouvais oublier, n'est-ce pas? mais la haine de Fo-hi vit plus longtemps, et elle sait attendre, pour frapper plus sûrement.

— La mort ne m'effraie pas.

— La mort, sans doute, mais la séparation...

Fo-hi se rapprocha d'As-say, et sa voix passa incisive et acérée près de son oreille :

— Écoute, dit-il avec une rage qu'il ne cherchait plus à contenir, on t'a fait connaître que ta fille était près de toi, et plein de pitié pour tes douleurs de mère, Ping-si a voulu te ménager la joie de voir et d'embrasser ton enfant.

— C'est vrai! c'est vrai! murmura As-say.

— Cette promesse, c'était ta dernière consolation.

— Sans doute...

— Eh bien, j'empêcherai qu'on ne la tienne.

— Toi!...

— Je l'empêcherai ; car avant que l'on vienne à ton aide, ma vengeance sera accomplie, et tu auras cessé de vivre.

En parlant ainsi, Fo-hi tira son poignard de sa ceinture, et leva le bras, comme pour frapper.

As-say se rejeta vivement en arrière, et voulut courir vers la porte.

Mais le Ye-ko ne la perdait pas de vue, et il y arriva en même temps qu'elle.

La pauvre femme ne savait plus quel parti prendre ; elle sentait bien en elle un courage inouï ; elle ne voulait pas mourir, sans avoir revu sa fille ; elle était capable de lutter jusqu'à la mort.

Mais elle était sans armes ; elle se trouvait seule, et Fo-hi l'effrayait de son regard ardent, et de cette résolution farouche qui éclatait sur toute sa physionomie.

Il devait être impitoyable, et As say avait peur !

Et ce n'était pas la mort qu'elle craignait, ce n'était pas la pointe aiguë et froide de ce poignard levé sur sa poitrine. Elle faisait volontiers le sacrifice de sa vie, elle l'eût offerte d'elle-même, pour sauver sa Li-tsi bien-aimée ; mais elle s'épouvantait à l'idée de mourir ainsi, loin de sa fille, sans emporter dans la solitude de la tombe le souvenir sacré de ses caresses et de ses baisers.

— Fo-hi, dit-elle enfin, en tendant vers lui ses deux mains suppliantes, ce que tu veux faire est infâme ; tu ne le feras pas.

— Je le ferai.

— Ah ! ce n'est pas la vie que je te demande, mais une journée, une heure seulement.

— Ne l'espère pas.

— Je veux revoir Li-tsi.

— Tu ne la reverras plus.

— Mais elle m'attend.

— Tu vas mourir.

— Fo-hi, ne me pousse pas au désespoir ; je puis te pardonner encore tout le mal que tu m'as fait... Aie pitié de mes larmes ; les bourreaux eux-mêmes ont quelquefois des moments de pitié, tu ne seras pas plus cruel qu'eux... écoute-moi.

— Je ne veux rien entendre.

— Fo-hi !...

— Tu vas mourir, te dis-je.

Et comme As-say voulait tenter de lui arracher le poignard dont sa main était armée, il la saisit d'un bras vigoureux et énergique, et la força à s'agenouiller sur le parquet.

As-say se tordit à ses pieds de rage et de désespoir...

— Assassin et lâche, balbutia-t-elle, en s'efforçant de se cramponner au Ye-ko.

Mais la résolution de ce dernier était irrévocable, il ne devait se laisser arrêter ni par les prières ni par les menaces, et les injures d'As-say ne mirent pas même un pli de plus sur son front.

Il se pencha donc vers elle, et approcha de sa poitrine la lame de son poignard.

— As-say, lui dit-il alors, d'un accent que la haine faisait trembler, c'est toi-même qui m'as appris la vengeance, et tu vas voir si j'ai profité de la leçon... Ta fille va venir dans un instant, mais elle ne trouvera de toi que ton cadavre... Meurs donc... au seuil de la joie, et puissent tous les Fan-kouei avoir le même sort ! Comme il achevait ces mots, son poignard s'enfonça lentement dans la poitrine d'As-say...

Mais il avait compté sans l'énergie suprême de la mère, et le poignard venait à peine de pénétrer dans les chairs, quand, arrachée tout à coup à son affaissement, et rendue à la réalité terrible de la situation, As-say se releva d'un bond, avec un cri qui n'avait plus rien d'humain, et, déchirant de ses ongles irrités le bras et l'épaule de Fo-hi, elle le força à lâcher son arme qui tomba à terre.

La folie du désespoir prêtait à la malheureuse femme une force surhumaine, et, repoussant brutalement son adversaire, après avoir brisé sous ses pieds la lame de son poignard, elle courut vers la porte contre laquelle elle s'adossa.

— Oui, je mourrai, dit-elle d'un accent fiévreux, et en croisant les bras sur sa poitrine d'où le sang coulait, mais il me faut ma vengeance aussi, et je ne mourrai pas seule.

Que prétends-tu faire? dit Fo-hi interdit.

— Ah! tu as peur déjà!

— Moi!

— On va venir cependant, Ping-si ne peut tarder à se rendre ici, le meurtre de l'eunuque doit avoir donné l'éveil, on est sur tes traces peut-être... Fo-hi, nous mourrons ensemble.

— Tu railles.

— Aucune puissance humaine ne me fera quitter cette porte.

— Tu veux engager une lutte?

— Le ciel est avec moi.

— Insensée!

— Nous mourrons tous deux, te dis-je.

Fo-hi haussa les épaules, et soit que les paroles d'As-say lui eussent inspiré une crainte à laquelle il ne pensait pas, soit qu'il eût hâte seulement de se retirer et d'en finir, il se précipita vers la pauvre femme et la prit dans ses bras avec une fureur qui s'exhalait en imprécations et en menaces sanglantes.

Alors, une lutte s'engagea, lutte terrible, dans laquelle les deux adversaires apportaient tout ce qu'ils avaient dans le cœur de haine et d'ardeur sauvage de vengeance.

As-say ne défendait pas seulement sa vie, elle défendait encore sa fille, et le sentiment de la maternité décuplait ses forces. Elle se faisait arme de tout: elle mordait avec ses dents, elle déchirait avec ses ongles, et à la voir ainsi, les cheveux épars, l'œil égaré, les vêtements en désordre, on l'eût prise pour quelque furie vengeresse échappée au monde des ténèbres...

Fo-hi avait toutes les peines à se défendre; mais il était plus robuste qu'As-say; il avait, en outre, l'habitude de tous les exercices violents du corps ; et l'ivresse de la lutte exaltait encore son ardeur...

Et puis, As-say perdait du sang en assez grande abondance, elle ignorait l'art de ménager ses forces, et s'épuisait en efforts excessifs, plusieurs fois déjà elle avait pâli et s'était arrêtée.

Fo-hi voyait le moment du triomphe approcher, et cette perspective ne contribuait pas peu à ranimer son courage ébranlé...

Enfin, redoublant d'énergie, il se précipita sur As-say avec un cri sauvage, l'arracha violemment de la porte à laquelle elle cherchait à s'attacher, dans un dernier et suprême effort, et la repoussant rudement dans la chambre, il la jeta sur le parquet.

Puis, sans lui donner le temps de se relever et de recommencer une lutte déjà trop longue, il gagna la porte, qu'il ouvrit, et disparut après l'avoir fermée derrière lui.

Tout cela s'était fait si rapidement, qu'As-say n'avait pas compris ce qui se passait.

Son front venait, en tombant, de donner sur l'angle d'un mur, et elle s'était fait une profonde blessure.

Elle était étourdie ; une faiblesse extrême était répandue par tous ses membres, elle n'avait plus conscience de ce qu'elle éprouvait.

Cependant, par un instinct qui survivait même à cette sorte d'évanouissement, elle tenta encore de se traîner jusqu'à la porte par laquelle Fo-hi venait de disparaître.

Mais elle avait trop présumé de son courage, car à peine eut-elle atteint l'extrémité de la chambre, qu'une sueur froide mouilla son front, un voile s'étendit sur ses yeux, et elle tomba, sans force et sans voix, sur le seuil même de la porte.

La mère et la fille

Quand As-say revint à elle, une heure environ s'était écoulée depuis la disparition de Fo-hi.

Le même silence régnait dans la chambre, la même obscurité l'enveloppait... on ne distinguait rien, et l'on n'entendait aucun bruit.

As-say chercha à se soulever, mais elle était si faible, que c'est à peine si elle y réussit ; elle se cramponna cependant aux meubles qui se trouvaient à sa portée, et se traînant péniblement sur ses genoux, elle atteignit enfin un divan, sur lequel elle parvint à s'asseoir.

La lutte qu'elle avait eu à soutenir l'avait frappée d'épouvante ; elle se rappelait confusément comment elle s'était terminée, et craignait à chaque instant de voir reparaître Fo-hi.

Mais ce dernier avait disparu pour ne plus revenir ; elle était bien seule, et nul n'était venu jusqu'alors...

Ses souvenirs accouraient en foule ; elle avait pu oublier un instant, et maintenant elle se rappelait tout.

C'était horrible ! Rien qu'en y pensant, elle se sentait froid au cœur.

Le poignard de Fo-hi ne se trompait pas d'habitude, et elle eût pu mourir dans cette lutte.

Mais une intervention divine avait détourné le coup fatal; la blessure n'était que légère, et elle allait pouvoir embrasser sa fille.

Cependant elle souffrait... ses membres étaient brisés, sa respiration courte et pressée soulevait péniblement sa poitrine; elle se sentait encore une fois près de défaillir.

D'ailleurs, elle commençait à s'étonner de cette solitude qui l'entourait, et se demandait pourquoi la promesse faite par Coupoutaï ne se réalisait pas.

Que s'était-il passé depuis le matin? d'où venait que Li-tsi tardait tant à l'envoyer chercher? l'en avait-on dissuadée, ou ce retard n'était-il pas plutôt le résultat de quelque noir complot de Fo-hi?

Une seconde fois, la peur l'envahit tout entière, mais cette impression fut de courte durée, car presque aussitôt elle se redressa sur le divan, et prêta l'oreille avec une fiévreuse attention.

Elle venait d'entendre un bruit de pas, dans le vestibule du pavillon; quelques paroles furent prononcées à voix basse, et la porte céda bientôt sous une pression extérieure.

Une femme entra.

Elle était enveloppée d'une longue robe de soie, son front se dérobait sous un voile de dentelle épaisse; mais As-say la reconnut tout de suite, ou plutôt, elle la devina aux battements précipités de son cœur.

C'était Li-tsi.

La jeune fille parut d'abord promener son regard de tous côtés, avec hésitation, puis elle marcha vers la fenêtre dont elle releva les persiennes en nattes de bambou tressé.

Un beau rayon de soleil pénétra alors dans la chambre, et le premier regard de Li-tsi alla trouver As-say, assise, haletante et émue, à l'autre extrémité.

Dès qu'elle l'aperçut, elle courut à elle, les mains tendues.

— As-say, s'écria-t-elle avec joie, c'est donc vous que je devais revoir... Ah!... Dieu m'est témoin que votre souvenir ne m'a pas quittée, et que je suis heureuse de vous rencontrer.

As-say ne répondit pas, mais elle lui prit les mains, qu'elle baisa, et l'enveloppa d'un regard attendri.

Li-tsi s'assit près d'elle.

— Vous avez voulu me parler, lui dit-elle, avec son plus radieux sourire, et ne vous voyant pas arriver, je suis accourue moi-même.

— Oh! vous êtes bonne, balbutia As-say, dont le cœur battait à se rompre, et dont les yeux s'étaient voilés de larmes.

— La dernière fois que je vous ai vue, poursuivit la belle jeune fille, je vous ai trouvée inquiète... et vous ne sauriez croire à quel point votre douleur m'avait touchée; j'en ai emporté le souvenir à travers les cruelles épreuves par lesquelles j'ai dû passer, et à cette heure même j'en suis encore émue et troublée.

As-say remua la tête, et sourit à travers ses larmes.

— J'étais malheureuse en effet, répondit-elle avec quelque embarras, et je souffrais.

— Il s'agissait d'une enfant, n'est-ce pas?

— C'est cela.

— Une fille que l'on vous avait enlevée, et que vous croyez morte...

— Oh! elle vit!

— Vous le savez?

— On me l'a dit.

— Et vous espérez la revoir...

— Oui, répondit As-say, sans quitter la jeune fille des yeux, oui, je la reverrai... là, comme je vous vois, et je baiserai ses mains, comme je baise les vôtres... on me l'a promis du moins... mais une chose m'inquiète encore, et suffit à troubler toute ma joie.

— Qu'est-ce donc?...

— Il y a si longtemps que je ne l'ai vue.

— Eh bien?

— Elle aura perdu le souvenir de mes caresses.

— Y songez-vous?

— Elle ne m'aimera plus peut-être.

— Ah! ce doute est impie...

— Est-ce qu'une enfant pourrait ne pas aimer sa mère!

As-say tressaillit; ces paroles avaient été prononcées avec un tel accent de sincérité, qu'une émotion inouïe pénétra son cœur.

Li-tsi poursuivit d'ailleurs presque aussitôt, mais cette fois, d'une voix plus grave, et avec une ombre soucieuse sur le front:

— Tenez, dit-elle, en croisant ses deux bras sur sa poitrine, je n'ai plus de mère, moi, et je l'ai à peine connue ; mais le souvenir de sa bonté est encore vivant dans mon cœur, et je sens toujours là, pour elle, une source inépuisable de dévoûment et d'amour.

En parlant de la sorte, Li-tsi passa sa main sur son front, comme pour en chasser une pensée importune.

— Mais à quoi bon, continua-t-elle, à quoi bon revenir vers ce passé cruel... Oublions tout ceci, As-say, et parlons plutôt de vous et de votre enfant... Voyons, vous avez appris qu'elle vivait, n'est-ce pas ?

— Oh ! je n'en doute pas maintenant.

— Et vous devez la voir ?

— Oui.

— Bientôt ?

— Aujourd'hui.

— Pauvre mère... Ah ! je comprends votre joie, et je sens quel bonheur doit être le vôtre... Mais laissez-moi vous parler encore. C'est une douloureuse histoire sans doute, mais puisque toutes vos douleurs vont finir, expliquez-moi comment vous avez perdu cette enfant bien-aimée, et qui vous l'a enlevée, et comment elle va vous être rendue.

As-say se prit à frissonner à cette question qui la rejetait tout à coup dans un passé coupable, qu'elle ne se rappelait qu'avec horreur ; elle prit sa tête dans ses mains, et fondit en larmes.

— Oh ! j'ai été bien coupable, dit-elle, en sanglotant. Cette enfant était toute ma vie, mon seul bonheur, je pouvais être heureuse. Elle avait trois ans à peine, et je la vois encore, toujours, me tendant ses petits bras caressants, et égayant de ses charmants sourires la demeure de mon époux. Mais j'étais folle alors, Dieu m'avait envoyé un trésor dont je me montrais indigne, et une nuit — nuit terrible — quand je voulus me pencher sur le berceau de ma fille, le berceau était vide, et ma fille avait disparu.

— On l'avait enlevée.

— Et je n'étais pas là pour la défendre.

— Mais vous connaissez celui qui vous l'a ravie ?

— Depuis quelques jours seulement.

— Et il voulait la tuer!...

— Dieu ne l'a pas permis... car au moment où la pauvre créature était jetée au canal, un homme surgissait tout à coup, qui la sauvait d'une mort certaine.

Il y eut un silence, pendant lequel Li-tsi parut réfléchir; à son insu, et sans qu'elle eût pu dire pourquoi, elle prenait un intérêt étrange à cette histoire.

— Et cet homme, ce sauveur inattendu, reprit-elle un instant après, c'était un ami sans doute?

— Un inconnu... répondit As-say.

— Et il n'a pas craint d'exposer ses jours pour sauver ceux de votre enfant?

— Il était proscrit; la moindre imprudence de sa part pouvait bien lui coûter la vie, et, cependant, il n'a pas hésité.

— Était-ce donc un Fan-kouei?...

— C'était un missionnaire.

Li-tsi se tut et regarda As-say. Quelque chose d'inusité se passait en elle; elle n'avait pas encore le soupçon de la réalité... Mais elle se sentait glisser sur la pente d'une révélation, et elle éprouvait une sorte d'étourdissement moral qui l'effrayait malgré elle.

— Un missionnaire, répéta-t-elle, comme se parlant à elle-même, et il a sauvé votre enfant.

— Il a fait plus, il l'a élevée comme si elle eût été sa fille.

— Vous l'avez donc vu?

— Sans doute!

— C'est de lui que vous tenez ces détails?

— De lui-même.

Li-tsi parlait à voix lente, et son regard ne quittait plus le visage d'As-say; un trouble singulier se faisait dans son cœur; on eût dit que tous les sentiments qui s'y trouvaient contenus se mêlaient et se confondaient sous l'empire d'une pensée, confuse encore, mais extraordinairement puissante...

— Pauvres missionnaires, dit-elle bientôt, aucune torture ne leur a été épargnée, on les a proscrits, on les a frappés, on les a massacrés sans pitié, et cependant, même au milieu des plus grands périls, ils n'oublient ni la charité, ni le dévoûment.

— Ce sont des hommes héroïques, compléta As-say.

— Oui, héroïques, répéta Li-tsi, pensive... moi aussi, j'ai été élevée par l'un d'eux, et je n'aurai jamais assez d'amour pour reconnaître tant d'abnégation et de courageux dévoûment, mais où est-il maintenant... nous avons été violemment séparés, et il a peut-être payé de sa vie la sollicitude dont il m'entourait...

— De qui donc voulez-vous parler?... demanda As-say.

— Du Tao-sze chrétien.

— Votre père?...

— Oh! ce n'est pas mon père...

— Mais vous craignez pour ses jours.

— Ne court-il pas les mêmes dangers que moi?

As-say eut un moment d'élan et d'oubli.

— Oh! rassurez-vous, dit-elle vivement, le père André a pu échapper à ses ennemis, et tout à l'heure encore il était près de moi.

— Vous l'avez vu?

— A l'instant.

Li-tsi leva les mains au ciel, et son premier mouvement fut de remercier Dieu; mais au même instant, une autre pensée traversa son cerveau, et une rougeur subite monta à ses joues.

— Le père André.., murmura-t-elle, d'un air vague et préoccupé, lui aussi, a souffert pour sa foi, lui aussi a montré un rare dévoûment, et un courage à toute épreuve...

— Oh! je le sais, interrompit As-say.

— Sans lui, je serais morte.

— Il me l'a dit.

— On m'avait arrachée des bras de ma mère, des assassins voulaient me tuer sans pitié.

— Mais il vous a sauvée.

— Au péril de ses jours.

— Et pendant quinze années, il n'eut d'autre pensée que de vous rendre aux baisers de votre mère.

Un triste sourire vint, à cette réponse, plisser les lèvres de la jeune fille.

— Oui, dit-elle, en remuant doucement la tête, mais toutes ses recherches furent vaines... et je n'aurai jamais la douce consolation de la voir et de l'embrasser.

— Qui sait...

— Oh! j'ai bien prié cependant.

— Dieu vous écoutera.

— Je n'espère plus.

— Eh bien, le Tao-sze espère, lui.

— Que dites-vous?

— Depuis votre séparation, il a eu des renseignements.

— Est-ce possible?

— Vous reverrez votre mère.

— Bientôt?...

— Dans quelques instants.

Li-tsi réprima un cri de joie, et porta les deux mains à son cœur.

— O mon Dieu, s'écria-t-elle, si ce n'était pas un rêve...

— Croyez-moi, insista As-say.

— Mais, une chose m'inquiète.

— Laquelle?

— Il y a si longtemps de cela... tant d'événements se sont succédé depuis, si j'allais la retrouver indifférente.

— Est-ce qu'une mère peut ne pas aimer son enfant?

— Vous la connaissez donc?...

— Moi!...

— Elle vous a parlé... vous l'avez vue...

— Sans doute.

— Oh! parlez-moi d'elle... ne me laissez pas dans cette cruelle incertitude.

As-say prit les mains de Li-tsi et les porta à ses lèvres avec une profonde émotion.

— Enfant! dit elle d'une voix où tremblaient toute sa joie et tout son amour mal contenus, votre mère va vous revoir, après vous avoir crue morte, et vous doutez de son cœur, et vous craignez de la retrouver indifférente... mais depuis quinze années, la malheureuse mère n'a pas eu d'autre pensée que vous; chaque jour son cœur a saigné, chaque nuit des larmes amères ont creusé leur sillon dans ses joues que l'insomnie pâlissait... elle vous voyait encore et toujours, souriante et pure, dans le berceau où elle vous avait vue pour la dernière fois... Il y a longtemps de cela; en effet, bien des événements se sont succédé depuis cette date fatale, mais l'impression est restée aussi vive, aussi profonde; à travers toutes ses douleurs, tous ses doutes, tous ses désespoirs, c'est votre image qui la soutenait, qui la relevait, qui rendait à son cœur le courage près de l'abandonner... Si vous saviez, Li-tsi, quel saint amour la pauvre mère vous a voué, et comme son âme s'est réjouie, quand elle a appris que vous alliez lui être rendue. Cet espoir a suffi... elle a tout oublié dans cette heure bénie, et maintenant, elle ne craint plus la mort, elle ne craint plus la torture, elle n'a plus qu'une pensée, qu'une ambition, qu'un bonheur, c'est de presser vos mains dans les siennes, c'est de vous tenir, ne fût-ce qu'une seconde, serrée contre sa poitrine... Ah! doutez de tout, mon enfant, doutez du jour qui nous éclaire, doutez de Dieu qui nous entend, mais ne doutez jamais de l'amour et du dévoûment de votre mère!

Li-tsi écoutait As-say parler, et à chaque mot qui tombait de ses lèvres, à chaque baiser qui brûlait ses mains, un trouble indéfinissable montait de son cœur, et jetait la confusion dans son esprit.

Jamais elle ne s'était sentie si émue.

La vérité commençait à se faire jour, mais elle hésitait encore, et n'osait s'abandonner à elle-même, tant elle avait peur de se tromper.

— Vous avez cruellement souffert, dit-elle d'une voix timide; et bien heureuse sera la fille que vous aimez ainsi.

— Elle m'aimera, n'est-ce pas?

— Voyez! répondit Li-tsi, rien qu'en vous écoutant, une émotion étrange m'a saisie.

— Pauvre enfant!...

— Je pensais à ma mère.

— Et vous l'aimiez.

— Ce qui m'arrive est singulier aussi; pourquoi m'a-t-on caché ce que vous venez de m'apprendre?

— Le Tao-sze ne vous a pas revue?

— Le père André, sans doute, mais Ping-si?

— Il voulait laisser à votre mère la joie de vous l'apprendre

— Mais elle ne vient pas, cependant.

— Elle n'attend qu'un mot de vous.

— Comment?

— Elle a peur, elle aussi; elle n'ose... elle hésite.

— Mais vous ne m'avez donc pas tout dit?

— C'est à votre cœur à deviner ce que je ne puis ajouter.

— Achevez!

— Li-tsi, dit As-say, je me suis faite chrétienne pour avoir le droit de prier le même Dieu que vous.

— Ah! ma mère! ma mère!... s'écria la jeune fille en ouvrant les bras; et en allant cacher son front sur le sein de sa mère...

Et, pendant quelques secondes, on n'entendit plus qu'un doux bruit de mots entrecoupés et sans suite, mêlés à des sanglots et à des baisers.

As-say n'avait plus conscience d'elle-même; elle avait enveloppé Li-tsi de ses bras, et elle baisait son front, ses yeux, ses cheveux, avec un transport de joie folle; elle riait et elle pleurait en même temps, sa tête était perdue, elle n'appartenait plus à ce monde, tout avait disparu autour d'elle; elle ne voyait plus que sa fille, sa Li-tsi bien-aimée.

Cette dernière s'abandonnait de son côté à tout l'enivrement d'un bonheur inespéré, et de belles larmes coulaient le long de ses joues, et son cœur s'ouvrait tout entier au nouveau sentiment qui venait de s'en emparer.

Un mot avait suffi pour leur faire oublier à toutes deux que leurs jours étaient condamnés, et qu'elles se voyaient peut-être pour la dernière fois.

As-say fut la première à revenir au sentiment de la réalité, et quand elle releva la tête, un frisson glacial parcourut tous ses membres.

L'instinct maternel s'était réveillé, et elle se rappelait qu'elle était à Pé-king, dans le palais de l'empereur, et que sa fille allait être jugée.

— Oh! je ne veux pas que tu meures, dit-elle en serrant Li-tsi contre sa poitrine; quand Dieu t'a conservée à mon amour, il ne voulait t'enlever si tôt de mes bras.

La jeune fille remua tristement la tête.

— Pourquoi nous bercer d'un espoir impossible? répondit-elle; mieux vaut nous préparer à la mort.

— Tais-toi !

— Ne suis-je pas condamnée ?

— Je ne veux pas que tu meures.

— Mais nos ennemis veillent ; cette heure de liberté, je ne la dois qu'à l'intervention de Ping-si.

— Il est puissant.

— Vous le connaissez ?...

— Oui, je l'ai vu souvent... il m'a parlé de toi, il t'aime.

— Que dites-vous ?...

Et une rougeur subite colora les joues de Li-tsi.

— Mais toi-même, reprit As-say avec un tendre regard, ne l'aimes-tu pas ?

— Moi !

— Ne l'as-tu pas avoué à Fo-hi ?

— Qu'importe.

— Mais tu y penses, cependant, souvent, toujours ; son image se mêle à tous tes rêves, et la nuit, au milieu du silence de toute chose, tu te le rappelles et tu entends le son de sa voix.

Li-tsi leva un regard timide sur sa mère.

— Oh ! qui vous a dit cela... balbutia-t-elle avec un embarras charmant de naïveté et d'abandon.

As-say sourit, et la baisa doucement au front.

— Dieu a doué les mères du don de la double vue, répondit-elle, et je sais ce qui se passe dans ton cœur.

— Mais ce serait un crime.

— Tais-toi, enfant, tais-toi... l'amour n'est un crime que lorsqu'on n'ose pas l'avouer à sa mère...

Li-tsi baissa les yeux et ne répondit pas.

D'ailleurs, un incident inattendu allait changer le cours de leurs idées, car la porte s'était ouverte sur leurs dernières paroles, et celui dont elles parlaient venait d'entrer dans la chambre.

Mais avant de poursuivre ce récit, que le lecteur nous permette de revenir un instant en arrière, et de lui expliquer à quelle cause il faut attribuer la présence de Ping-si dans le pavillon.

Quelques minutes auparavant, Ping-si avait reçu la visite de Coupoutaï.

Coupoutaï, sous l'enveloppe insouciante du philosophe, cachait une nature active et un cœur dévoué.

La douleur d'As-say l'avait touché, et il s'était promis de tout tenter pour l'arracher à cette situation extrême. Il savait d'ailleurs, en agissant ainsi, continuer la tentative de Pinson, et pour complaire à ce dernier; il n'est rien qu'il n'eût fait.

En outre, il servait de la sorte les intérêts de Ping-si et de tous les personnages qui se trouvent mêlés à cette histoire; à l'exception de Tittmarsh, il était peut-être le seul qui sût parfaitement à qui il avait affaire, bien qu'il n'en eût rien dit, et qu'il n'en laissât rien paraître.

Coupoutaï trouva son homme soucieux et préoccupé.

— C'est toi, dit-il au philosophe, dès qu'il l'aperçut, quelles nouvelles m'apportes-tu?

— De fort mauvaises.

— Comment cela?

— J'ai parcouru Pé-king dans tous les sens; je me suis mêlé à tous les groupes, j'ai écouté toutes les conversations, et j'ai pu constater qu'il régnait de tous côtés une fermentation inaccoutumée.

— Et c'est Li-tsi qui en est l'objet.

— C'est Li-tsi.

— On sait qu'elle est étrangère; qu'elle est chrétienne, et on veut un châtiment exemplaire.

— C'est cela même.

Ping-si laissa échapper un mouvement de dépit et de colère.

— Mais qui donc les a si bien instruits, s'écria-t-il après un moment de silence; il y a dans tout ceci quelque ennemi mystérieux et acharné, qui a juré une haine à mort à la pauvre enfant.

— C'est la vérité.

— Mais quel est cet ennemi?

— Aucun de vos espions n'a pu me dire son nom; mais vos espions sont des imbéciles, comme tous les espions, et en une heure, j'en ai appris plus long qu'ils n'en sauront dans un an.

— Et tu connais l'homme?

— Je le connais...

— Son nom?...

— Fo-hi...

Ping-si serra les poings avec un geste énergique.

— Toujours lui, murmura-t-il avec irritation, je l'avais épargné, et j'ai eu tort.

— C'est mon opinion.

— Cet homme n'a rien d'humain dans le cœur.

— Il n'est fait que d'orgueil et de haine.

— Et c'est lui qui soulève Pé-king, qui y jette le trouble, qui y entretient la fermentation.

— Fo-hi a toutes les qualités de sa nature perverse, répondit le philosophe, je l'ai beaucoup fréquenté, et je le connais beaucoup ; il est audacieux, plein de rancune et de fiel ; il y a de l'hyène et du tigre chez lui, il n'a de réel courage que pour haïr, et l'on peut douter qu'il ait jamais aimé As-say... mais des organisations comme la sienne sont très dangereuses, et il faut s'attendre à tout de leur part.

— Eh bien, je le ferai surveiller, dit Ping-si.

— Ce n'est pas assez.

— On s'emparera de lui.

— Ce n'est pas certain.

— Cependant, il est à Pé-king, tu l'as vu, on te l'a dit...

— Je ne l'ai pas vu, on ne m'a pas dit qu'il soit à Pé-king, et cependant je suis sûr qu'il y est...

— Mais qui peut te faire supposer...

— Tout à l'heure, l'eunuque que vous avez envoyé à As-say a été trouvé assassiné.

— Eh bien ?

— Eh bien, je ne connais pas l'assassin, mais je gagerais que c'est Fo-hi.

— Lui !... dans le palais du FILS DU CIEL.

— Fo-hi est partout, il va, il vient, il passe inaperçu au milieu des yeux ouverts pour l'épier, et il frappe comme vous le voyez, sans qu'un poignard se lève pour le frapper à son tour.

— Mais c'est donc le démon ?

— Ce n'est pas le démon... c'est le Yé-ko de l'association des Trois-Unis.

— Tu crois donc à la puissance occulte des sociétés secrètes ?...

— J'y crois si bien, que je sais qu'à cette heure les trois quarts des gardes du palais impérial en font partie.

Ping-si se tut : il y avait tant d'assurance dans la voix de Coupoutaï qu'il se sentait ébranlé.

— Si ce que tu dis est vrai, et je veux en douter encore, reprit-il aussitôt, il n'y aurait qu'un moyen de sauver Li-tsi.

— Lequel ?

— Ce serait de l'amener à changer de religion.

— Sans doute.

— Mais elle n'y consentira jamais.

— Qui sait ! repartit Coupoutaï, on peut toujours essayer.

— Tu as raison.

— Et puis, Li-tsi a maintenant deux raisons qu'elle n'avait pas ce matin...

— Crois tu ?

— Son amour pour sa mère... et un autre amour, qu'elle ne s'est pas avoué encore peut-être, mais qui n'en est pas moins vivant et profond.

— Ping-si ne répondit pas... mais il prit aussitôt le chemin du pavillon où étaient renfermées les deux femmes, et où nous l'avons vu entrer seul.

A la vue de Ping-si, As-say se leva précipitamment et courut vers lui les bras tendus, et le cœur plein de reconnaissance et d'affection sainte.

Mais elle s'arrêta en apercevant le pli soucieux qui creusait une ride profonde sur son front.

— Ping-si !... s'écria-t-elle, qu'avez-vous ? il y a une amère tristesse dans vos regards... votre visage est pâle, votre main tremble dans la mienne... Pour Dieu, que se passe-t-il ?

Ping-si essaya un faible sourire qui s'éteignit presque aussitôt sur ses lèvres :

— Je suis triste, en effet, répondit-il, en songeant au sort cruel qui vous attend et que je n'ai pu conjurer.

— Ah ! nous sommes fortes maintenant, répliqua As-say, et nous ne craignons pas la mort.

— Sans doute, mais croyez-vous que je puisse envisager sans frémir ce dénoûment fatal ?

— Ah! je n'oublie pas que c'est à vous que je dois la joie suprême d'avoir embrassé Li-tsi avant de mourir, et j'emporterai dans la tombe le souvenir sacré de vos bontés.

Ping-si remua la tête, et fit quelques pas vers Li-tsi, qui écoutait rougissante et émue.

— Et vous, Li-tsi, lui dit-il, acceptez-vous avec la même résignation le sort qui vous est réservé?

— Je n'ai pas d'autre volonté que celle de Dieu, répondit la jeune fille.

— Ainsi, jeune et belle comme vous voilà, vous quitterez la vie sans amertume, et vous n'aurez ni une larme, ni un regret pour ceux que vous laisserez derrière vous?...

— Pourquoi m'interroger? balbutia Li-tsi.

— L'instant est solennel.

— Mon cœur ne m'appartient pas.

— Oh! ne me cachez rien; cet instant touche à une séparation éternelle... nous ne nous reverrons peut-être jamais... Li-tsi, ne craignez pas de me laisser voir votre cœur tout entier.

Et comme la jeune fille baissait les yeux sans répondre :

— Tenez, poursuivit-il avec passion, si vous saviez comme je vous aime, si vous saviez quelles douleurs ont été les miennes, et comme j'ai souffert, et comme j'ai pleuré même, dans mon impuissance à vous rendre à la vie et à la liberté... Votre indifférence n'a jamais pu lasser mon amour, et à cette heure encore, je suis prêt à tout tenter pour vous arracher à la mort...

— Cette mort n'a rien qui m'effraie, répondit Li-tsi, et Dieu bénit les martyrs de sa foi...

— Ah! votre Dieu est cruel, et je connais bien peu le cœur d'une mère, si As-say pense comme vous.

Et se tournant vers As-say, qui avait frémi à cette interpellation :

— Parlez! lui dit-il d'un ton de mâle autorité, parlez, et croyez-vous que votre enfant vous ait été rendue pour la livrer ainsi au bourreau?

— Mais elle ne mourra pas.

— Elle mourra.

— On vous l'a dit?

— Elle est condamnée.

— Enfin, vous êtes puissant, vous, vous parlerez au *Fils du ciel*, il aime les étrangers, il pardonnera à ma pauvre Li-tsi.

Ping-si fit un signe négatif.

— N'espérez rien, répondit-il; vous avez d'implacables ennemis, et le *Fils du ciel* n'est plus maître de pardonner.

— Que dites-vous?

— Je dis, As-say, et vous connaissez trop l'esprit du peuple pour ne pas ajouter foi à mes paroles, je dis que la société des Trois-Unis a trouvé là une occasion de soulever les passions populaires, et qu'elle en a profité avec une adresse merveilleuse : à cette heure, tout Pé-king sait que Li-tsi est entre les mains de la justice, qu'elle est condamnée à mourir, et qu'un grand exemple va être fait... La fermentation est à son comble, et si la victime manquait au sacrifice, le peuple en ferait remonter la responsabilité jusqu'au *Fils du ciel*.

— Il n'y a donc aucun moyen de la sauver? dit As-say, qui était devenue sombre en écoutant Ping-si.

— Aucun... répondit le jeune homme.

— Li-tsi mourra?

— Et vous n'aurez pas même la consolation de partager son sort.

As-say pâlit à ces mots, et regarda Ping-si avec une fixité étrange :

— Qu'est-ce à dire? fit-elle en frissonnant.

— Vous ne mourrez pas.

— Ne suis-je pas chrétienne comme elle?

— On ne le croit pas.

— Mais, je le crierai à tous.

— On vous imposera silence...

— Ainsi, dit As-say, on me prendrait ma fille, on l'arracherait de mes bras, on la tuerait sans pitié, et je resterais seule au monde, après avoir connu le bonheur d'être mère : cela ne sera pas!

— Que prétendez-vous faire? demanda Ping-si.

— Je tenterai tout.

— Mais elle veut mourir.

— Non...

— Ne l'a-t-elle pas dit?...

As-say courut vers sa fille, et la serra sur sa poitrine, comme si elle eût voulu la défendre contre un ennemi invisible :

— Non! répéta-t-elle avec force, en s'adressant à Li-tsi, tu ne veux pas mourir, n'est-ce pas? tu vivras au contraire, nous vivrons l'une près de l'autre, et l'avenir sera la consolation du passé... Réponds, oh! réponds...

Li-tsi n'osait parler; mille sentiments divers se disputaient ses résolutions; elle rougissait et pâlissait vingt fois dans une seconde, et ne savait à quel parti s'arrêter.

— Et quelle réponse voulez-vous que je fasse, dit-elle enfin, d'une voix tremblante; ne vous a-t-on pas dit déjà que tout espoir était insensé, que j'étais condamnée, que le peuple même attendait mon supplice?... Ne vous abandonnez donc pas au désespoir, et résignons-nous plutôt, puisqu'il n'y a pas d'autre issue à notre position.

— Détrompez-vous, se hâta de répondre Ping-si, en se rapprochant.

— Que dit-il?... fit As-say.

— Il y a un moyen de tout sauver.

— Lequel?

— Je ne l'aurais pas dit à Li-tsi peut-être, mais à vous, sa mère, à vous qui voulez qu'elle vive, je ne puis le cacher sans crime; il y a un moyen de la soustraire au supplice.

— Ah! parlez!... parlez.

Il y eut un moment de silence. — As-say attendait, haletante, et Li-tsi elle-même écoutait, étonnée et curieuse.

Quant à Ping-si, un certain embarras se lisait sur ses traits; il avait baissé les yeux, ses sourcils s'étaient rapprochés et il paraissait hésitant et irrésolu.

— Eh bien! dit tout à coup As-say, vous vous taisez?

Ping-si releva la tête.

— J'hésite, répondit-il.

— Mais, ce moyen dont vous parliez?...

— Il est infaillible.

— Qui vous arrête, alors?

Ping-si fit un effort sur lui-même, et s'adressant plus particulièrement à As-say :

— Le peuple n'est irrité contre Li-tsi, dit-il, que parce qu'elle est chrétienne, et qu'on la croit fille du Tao-sze; mais si elle confessait demain la foi de Bouddha, et si le peuple apprenait en même temps qu'elle est la fille d'As-say et du mandarin When-ti, sa conversion deviendrait un triomphe, et vos ennemis les plus acharnés seraient réduits à l'impuissance.

— C'est vrai ! balbutia As-say...

— Là est le salut.

— Vous avez raison.

— Si elle persiste, au contraire, elle est perdue.

— Que faire ?

— As-say... c'est à votre cœur de mère que je m'adresse, l'instant est critique, ne prenez conseil que de votre amour... Vous pouvez sauver Li-tsi... il ne s'agit que d'unir vos efforts aux miens, vos prières à mes supplications, et demain, votre fille est libre, et aucun danger ne la menacera plus.

As-say écoutait, émue et tremblante ; la perspective qu'on venait de lui faire entrevoir souriait à son cœur fatigué de tant de luttes ; mais elle sentait combien ce projet était difficile à faire accepter, et elle n'osait tourner ses regards vers sa fille.

D'ailleurs, cette dernière avait tout entendu. Un sourire amer vint plisser ses lèvres, et ce fut elle qui rompit le silence embarrassé qui avait succédé aux paroles de Ping-si.

— Ce que vous proposez n'est pas acceptable, répondit-elle d'une voix ferme. Ma vie appartient à mes juges, et je ne la rachèterai jamais au prix d'une apostasie.

— C'est la mort, cependant, murmura As-say, avec un sanglot étouffé.

— Je le sais.

— Une séparation cruelle.

— Qu'importe, si nous devons nous réunir un jour, pour ne plus nous quitter.

Ping-si réprima un mouvement d'impatience :

— Ainsi, dit-il, votre résolution est irrévocable ?

— Je mourrai... répondit Li-tsi.

— Ni les larmes de votre mère, ni mon amour ardent et dévoué ne peuvent vous arrêter?

— Pourquoi insister?

— Je n'insiste plus... dit Ping-si, mais votre résolution nous perdra tous, et je sais maintenant quel parti me reste à prendre.

Et comme en parlant de la sorte, Ping-si se dirigeait d'un pas résolu vers la porte, Li-tsi courut à lui et le retint.

A cette heure suprême, au moment de quitter pour toujours cet homme pour lequel elle éprouvait un amour qu'elle n'osait pas avouer, mais qui n'en était pas moins puissant, un déchirement s'était fait dans son cœur, et trouvant dans sa douleur même la force de surmonter sa propre honte, elle tendit vers lui ses deux mains tremblantes :

— Vous partez?... dit-elle en rougissant.

— Je pars... répondit Ping-si, étonné et heureux de ce mouvement.

— Mais, je vous reverrai?

— Pourquoi prolonger une situation qui ne peut qu'augmenter nos douleurs?

— C'est qu'au moment de vous quitter, j'aurais une demande à vous adresser.

— Vous?

— C'est une prière.

— Parlez.

— Vous me promettez de l'accueillir?

— Tout ce que je puis faire, je le ferai...

— Ceci est facile.

— Expliquez-vous?

Li-tsi hésita un moment, mais elle s'était trop avancée déjà pour reculer, et elle continua :

— Vous voyez maintenant, dit-elle, que votre dévoûment serait inutile; il exposerait vos jours, sans protéger les miens. Eh bien, je veux, je désire du moins, que vous ne fassiez aucune démarche, que vous ne tentiez rien, dans le but d'atténuer la rigueur du sort qui m'attend.

Ping-si remua lentement la tête en signe négatif.

— Ce que vous demandez est impossible, répondit-il.

— Vous refusez?

— Mon parti est pris, et ma résolution est irrévocable.

— Mais le peuple est irrité, avez-vous dit; si vous lui résistez, vous vous exposez à sa colère... Qui sait! c'est là mort peut-être.

— Qu'importe!

— Mais je ne veux pas que vous mouriez...

— Et que vous fait que je meure ou que je vive? s'écria Ping-si, instinctivement satisfait de la tournure que prenait la conversation. Aucun lien, aucun sentiment ne nous attache l'un à l'autre; je suis pour vous comme un étranger.

— Ai-je dit cela?

— Et d'ailleurs, pourrai-je vivre moi-même avec la certitude de votre indifférence? N'en croyez rien, Li-tsi, et mieux vaut cent fois la mort, qu'une vie déshéritée de toutes joies et que l'amour ne viendrait pas illuminer.

La jeune fille ne répondit pas tout de suite; il était évident qu'une lutte s'était engagée entre son cœur et sa raison, et que son secret, qu'elle avait si longtemps tenu caché, était près de lui échapper; son regard incertain et troublé allait alternativement de sa mère à Ping-si, et l'on eût dit qu'elle cherchait dans leur attitude une excuse ou un encouragement.

Enfin, elle courut prendre les mains d'As-say, et appuya sa tête éplorée contre son sein :

— O ma mère! s'écria-t-elle avec oubli, venez à mon aide; vous voyez, mes prières ne peuvent rien sur lui, il veut s'exposer, lui aussi, à la colère de juges cruels; il veut partager les dangers dont nous sommes menacées; joignez-vous à moi, et qu'il renonce à son funeste projet.

As-say serra sa fille dans ses bras et la baisa dans les cheveux :

— Enfant! dit-elle à voix basse, ce qu'il te refuse à toi, penses-tu qu'il veuille me l'accorder?

— Mais il va mourir.

— Sans doute.

— Et je ne veux pas qu'il meure.

— Tu l'aimes donc?

Li-tsi cacha sa tête sur la poitrine de sa mère :

— Oh! ne m'interrogez pas, ne m'interrogez pas, répondit-elle d'une voix haletante, je ne sais ce qui se passe en moi, mais il me semble que depuis un instant je ne m'appartiens plus; quand il parle, mon cœur tremble; quand il me regarde, un voile passe devant mes yeux; quand sa main touche la mienne, une émotion inouïe tressaille en moi, et m'enlève toute volonté et tout courage; est-ce de l'amour? je l'ignore; mais ce que je sais, ma mère, c'est que la pensée des dangers qu'il peut courir trouble ma pensée, et que j'oublie tout alors, et vous, et moi-même et Dieu, pour ne songer qu'à lui seul!

— Tu l'aimes! répéta As-say.

— Ne parlez pas ainsi... Dieu nous punirait.

— Dieu ne sera pas plus sévère que ta mère, Li-tsi, et il te pardonnera.

— Vous croyez?

— Tais-toi...

Si bas que ces paroles eussent été échangées, Ping-si n'avait pu les écouter sans les entendre. C'était le secret de Li-tsi qui venait de lui échapper, et pour la première fois, il venait d'apprendre qu'il était aimé.

Les hésitations, les réticences même de la jeune fille lui avaient tout dit, et une joie immense emplit son cœur, quand cet aveu, plein d'un trouble naïf, tomba des lèvres de Li-tsi.

Cette découverte amena d'ailleurs, presque aussitôt, un changement complet dans son attitude.

Lui aussi avait hésité jusqu'alors; l'incertitude où il se trouvait sur les sentiments de la fille d'As-say, l'avait jeté dans une irrésolution dont il n'avait plus même l'énergie de sortir; l'aveu de Li-tsi venait de le rendre tout entier à la réalité de la situation.

Il se redressa haut et fier.

— Li-tsi! dit-il d'une voix ferme, ne craignez rien de moi, je respecterai votre aveu, comme si je ne l'avais pas entendu, je l'oublierai même s'il le faut, et si vous l'ordonnez, mais il me donnera du moins, pour cette heure menaçante, la décision qui me manquait. C'est le ciel qui a conduit tout cela, et c'est lui qui nous sauvera tous...

As-say regarda Ping-si avec un étonnement où rayonnait une lueur d'espoir.

— Que comptez-vous donc faire? demanda-t-elle avec un intérêt palpitant.

— Je vous l'expliquerai plus tard, As-say; pour le moment, il importe que Li-tsi regagne au plus tôt sa prison, et que personne surtout ne puisse se douter qu'elle en est sortie. Cette nuit, nous nous reverrons encore, et j'espère que, d'ici là, le ciel m'aura suggéré le moyen que je cherche vainement à cette heure.

— Ah! prenez garde! balbutia Li-tsi, le Fils du ciel est sévère, dit-on, et s'il venait à découvrir...

— Ne craignez rien, repartit Ping-si, le Fils du ciel a pour moi bien des bontés, et ce n'est pas en lui que vous rencontrerez votre plus dangereux ennemi.

Li-tsi ne prit pas garde au singulier sourire qui avait effleuré les lèvres de son interlocuteur à ces paroles, et elle marcha vers la porte, pour regagner sa prison, ainsi qu'elle y avait été invitée.

Mais comme elle allait en atteindre le seuil, la porte s'ouvrit d'elle-même, et livra passage à Coupoutaï, suivi de près par Pinson et Tittmarsh.

Coupoutaï s'inclina avec respect devant Ping-si, et Tittmarsh, déguisé en *Tigre impérial*, imita cette pantomime.

Pinson allait les imiter lui-même, mais il s'arrêta en reconnaissant Ping-si... Il n'avait pas l'habitude d'être si respectueux avec ses amis.

Cependant Ping-si s'était dirigé en toute hâte vers le philosophe.

— Qui vous amène ici à cette heure? demanda-t-il d'un ton vif, et avec un geste impérieux; que se passe-t-il au palais, et pourquoi accourez-vous, accompagné de vos amis?

— Il se passe des choses graves, répondit Coupoutaï; une agitation singulière s'est répandue tout à coup dans Pé-king, et depuis une heure, elle a pris un caractère des plus alarmants.

— Mais que font les mandarins, les lettrés, les dignitaires de l'empire? interrogea Ping-si avec impatience.

— Ils attendent vos ordres.

— Ils attendent, quand il faudrait agir.

— Ils n'osent prendre sur eux la responsabilité d'une détermination décisive, surtout dans les circonstances qui se préparent.

— Le danger est donc réel?

Pinson se prit à sourire, à cette question.

— Oh! pour ce qui est de ça, répondit-il, j'en mettrais ma main au feu. Je n'ai passé qu'une demi-heure dans les rues de Pé-king, et il paraît que c'est ici comme chez nous; je connais ça, voyez-vous, et ça me connaît, il y a quelque chose dans l'air.

— Mais quoi donc?

— Quoi!... une émeute, une révolution, est-ce qu'on sait... Ça vient au moment où l'on ne s'y attend pas, et ça éclate comme une bombe, sans crier gare.

— Mais on vous a donc parlé...

— Pas un mot, pas un geste, mais ça se devine à des riens imperceptibles; ce sont des petits nuages qui se rassemblent, sans en avoir l'air; on commence par chuchoter, puis, les murmures succèdent aux chuchotements, puis un beau matin, on se réveille au milieu de la bagarre, et le tour est fait... Encore quelques jours comme celui-ci, et je ne vous dis que ça, vous m'en donnerez des nouvelles.

En écoutant parler le jeune Parisien, Ping-si était devenu soucieux, et la fille d'As-say avait senti un profond effroi pénétrer son cœur.

— C'est pour moi que vous allez courir des dangers, dit-elle, d'une voix pleine de larmes, voyez s'il ne serait pas plus sage de m'abandonner à mon sort, que de tenter une lutte impossible.

— Jamais!... répondit Ping-si.

— Mais que voulez-vous faire?

— Je ne reculerai pas, dussé-je mettre le feu au Céleste-Empire.

— Ping-si?

— Je veux qu'on mette sur-le-champ sur pied tous mes Tigres impériaux. — Tittmarsh, je vous charge de ce soin. — Avant ce soir, il faut que l'armée mongole ait quitté le camp, et se soit rapproché de Pé-king. Coupoufaï, c'est vous qui porterez mes ordres. — Si c'est une lutte que l'on cherche, on l'aura sanglante et cruelle, et nous verrons enfin s'il ne me sera pas permis à moi, à moi leur maître à tous, de protéger des étrangers que j'estime, et d'user de mes priviléges et de mes droits.

Pendant que Ping-si parlait avec un tel accent d'autorité souveraine, Li-tsi et Pinson le regardaient, gagnés tous deux par un étonnement plein de trouble et d'inquiétude.

— Mais qui donc êtes-vous, mon Dieu, s'écria Li-tsi, prise d'une secrète épouvante, qui donc êtes-vous, vous qui parlez ainsi ?

— Qu'importe ! fit Ping-si, avec une dernière hésitation.

— Vous voulez me le cacher.

— Vous avez accueilli l'amour du pauvre étudiant, Li-tsi, peut-être auriez-vous repoussé celui du prince.

— Un prince.

— Mieux que cela.

— Achevez.

— *Le Fils du ciel!*

— Grand Dieu !...

La jeune fille laissa retomber sa tête dans ses mains et fondit en larmes.

— Ah ! le ciel ait pitié de moi, dit-elle en sanglotant.

— Vous pleurez...

— Je pleure mon amour perdu.

— Que dites-vous ?

— C'était un rêve, et voilà qu'il s'évanouit.

Le Fils du ciel prit les mains de la jeune fille et les baisa avec tendresse :

— Non, Li-tsi, lui dit-il à voix basse, non, vous serez toujours la femme aimée de mon cœur, et je n'aurai pas de vœu plus cher que votre bonheur... mais, à cette heure, vous le voyez, la lutte est engagée, et ce que Ping-si pourrait redouter, le Fils du ciel doit l'affronter sans crainte : ne craignez donc rien pour moi ni pour vous; gardez-moi votre amour dans votre cœur, et soyez sûre que le ciel réserve à notre avenir bien des joies et bien des jours heureux.

Cependant Pinson s'était pris à réfléchir, après cette révélation qui l'avait frappé de stupeur.

Quand Ping-si eut fini de parler, il s'approcha de lui, la contenance un peu embarrassée.

— Voilà de ces changements à vue, dit-il alors, que l'on ne rencontre que dans les romans et dans les pièces de théâtre; mais malgré la distance que cette révélation creuse entre nous, j'espère que vous me permettrez une dernière fois de vous dire franchement mon opinion sur la situation.

— Parlez! parlez! dit Ping-si, en souriant amicalement.

Pinson s'inclina.

— Eh bien, poursuivit-il, la position est fort critique, ça se voit tout seul; mais je trouve, sans vous faire tort, que vous allez l'aggraver encore par les mesures que vous paraissez vouloir prendre.

— Comment cela? fit le Fils du ciel.

— Rien de plus simple!... continua Pinson; vous avez affaire ici à une susceptibilité nationale, et ces choses-là, croyez-moi, ça ne plaisante que tout juste... vous avez l'intention d'appeler auprès de vous l'armée mongole, et de montrer les griffes de vos Tigres impériaux, et si vous faites cela, vous réussirez sans aucun doute; mais prenez-y garde cependant; vous créez-là un terrible précédent, vous allez jeter de mauvais levains dans votre peuple; le vaincu d'aujourd'hui sera l'ennemi de demain, et quelque jour vous vous réveillerez au milieu d'une irritation générale, qui ne vous laissera d'autre issue que l'abdication ou la tyrannie.

Le Fils du ciel avait écouté avec attention, et tout en s'étonnant de trouver tant de sagesse dans un esprit si vif et d'apparence si légère, il ne put réprimer un mouvement d'impatience.

— Mais il n'y a pas d'autre moyen pour sortir de cette situation, dit-il avec irritation.

— Peut-être! répondit Pinson.

— Vous en connaissez?

— J'en connais beaucoup, mais un entre autres.

— Lequel?

— Je vous le dirai plus tard.

— Pourquoi remettre?

— Je ne remets rien; seulement j'ai besoin de mystère, et je veux que nul ne puisse pénétrer mon secret.

— Mais que faut il que je fasse, cependant?

Pinson prit à peine le temps de réfléchir.

— Il faut que vous continuiez de résister à la manifestation populaire, répondit-il; c'est utile, c'est même indispensable...

Toutefois, laissez en paix vos Tigres impériaux et votre armée mongole... Quand on veut frapper un grand coup, il n'est pas bon de mettre tant de monde dans sa confidence.

— Mais vous?

— Moi, le reste me regarde; laissez-moi agir... je n'ai besoin de l'aide de personne, si ce n'est de Tittmarsh et de Pé-tchi-li.

Ping-si n'ajoutait pas beaucoup de foi aux paroles de Pinson, mais ce moyen qu'il offrait était une chance de plus, et l'on pouvait bien tenter l'aventure. Il pensa d'ailleurs qu'il serait toujours temps de recourir aux mesures d'énergie qu'il voulait prendre.

— Soit! dit-il à Pinson, faites comme vous l'entendrez, je ne m'y oppose plus... mais rappelez-vous que demain, si vous n'avez pas réussi, je reviens à ma première idée.

— J'y consens... repartit Pinson... mais j'espère que vous serez content de moi. — Mon moyen n'est pas neuf... mais je l'ai toujours vu réussir dans les drames de M. Alex. Dumas.

Nos divers personnages se séparèrent sur ces mots, et Pinson, muni de l'autorisation du Fils du ciel, se hâta d'aller retrouver la petite Pé-tchi-li qui l'attendait dans un bosquet voisin.

Coupoutaï et Tittmarsh ne tardèrent pas à les y rejoindre.

[illegible]

[illegible]

[illegible]

[illegible]

[illegible]

[illegible]

Le narcotique

Dès qu'ils urent réunis, Pinson entra en matière, sans plus de préambule :

— Voyons, dit-il avec vivacité, le temps marche, nous n'avons que peu d'heures devant nous, il faut nous hâter ; le moyen dont je prétends faire usage est fort simple, mais j'ai besoin de votre concours, sans lequel je ne puis rien.

— De quoi s'agit-il ?... demanda Coupoutaï.

— Tant que Li-tsi sera vivante, le danger subsistera pour le Fils du ciel, et le peuple chinois demandera sa victime ; c'est une impasse dont on ne peut sortir que par un moyen violent.

— Quel moyen ?

— La mort de Li-tsi.

— Vous voulez la tuer ? s'écria Pé-tchi-li.

— Pour tout le monde, excepté pour ceux qui l'aiment, Li-tsi doit mourir cette nuit même...

— Je ne comprends pas... objecta Tittmarsh.

— Ce n'est pas nécessaire, repartit Pinson, d'autant plus que je suis certain que la petite Pé-tchi-li a saisi.

— Parfaitement.

— A la bonne heure... donc pour tous, pour sa mère même, peut-être, il faut que Li-tsi meure.

— Mais comment ?

— C'est à trouver... mais en Chine, ce ne doit pas être plus difficile qu'à l'*Amb... com...* Il s'agit tout simplement de trouver un narcotique qui donne au sommeil les apparences de la mort... dans le pays de l'opium ce doit être facile.

— En effet... dit Pé-tchi-li.

— Seulement, le terrain est brûlant, ce n'est pas demain, ce n'est pas cette nuit, c'est tout de suite qu'il faut se procurer la drogue... Qu'en dites-vous, maître philosophe?

Coupoutaï sourit finement.

— Je dis, répondit-il, que le moyen me semble très ingénieux, et que je n'y aurais jamais songé.

— Alors, vous n'avez aucune objection à faire.

— Aucune... si la belle chrétienne meurt cette nuit, le peuple n'aura demain plus rien à réclamer.

— Et tout le monde sera content...

— Je commence à comprendre... ajouta Tittmarsh.

— Eh bien, cela ne m'étonne pas de votre part, mon excellent ami ; mais ce n'est pas là le plus important, et il importe de chercher un homme sûr à qui l'on puisse demander l'objet nécessaire.

Pendant que ces paroles s'échangeaient à côté d'elle, Pé-tchi-li réfléchissait. Quand Pinson eut fini, elle releva la tête.

— J'ai trouvé! s'écria-t-elle.

— Quoi? dit Pinson.

— L'homme qu'il nous faut.

— Et demeure-t-il loin?

— Dans la rue *des Lanternes.*

— Et il s'appelle?...

— Lé-ko... c'est un vieux jongleur que j'ai connu jadis ; il est très versé dans l'art de préparer les narcotiques, et comme il m'aime beaucoup, il ne me refusera pas.

— Alors, vous y allez?

— A l'instant même...

Comme Pé-tchi-li allait s'éloigner, le feuillage du bosquet dans lequel ils se trouvaient sembla s'agiter tout à coup, bien qu'il n'y eût pas dans l'air le moindre souffle de vent.

Les quatre amis se regardèrent, et Pinson se jeta dans le bosquet.

— Rien! dit-il en revenant aussitôt... c'est égal, voilà qui est singulier.

— On nous épiait peut-être, objecta Coupoutaï.

— Eh bien, hâtez-vous, ma jolie Pé-tchi-li, et pendant que vous irez trouver l'honnête Lé-ko, nous allons effectuer une battue dans les environs.

Pinson achevait à peine, la petite Chinoise était déjà loin.

Un quart d'heure après, elle sortait du palais, et se dirigeait, de son pied vif et leste, vers la *rue des Lanternes*.

Il y avait longtemps qu'elle n'avait rencontré l'homme qu'elle allait voir, mais c'était un vieil ami, un compagnon de bohême, et elle était bien certaine du succès de sa démarche.

— D'ailleurs, le vieux Lé-ko était intéressé et avare, et elle emportait dans sa poche une bourse pleine de *taels*.

Une bourse!... le meilleur argument pour convaincre un cœur humain.

La rue des Lanternes était assez éloignée du palais impérial, et la jolie fille fut obligée de faire bien des détours avant d'y atteindre.

Elle n'était pas venue à Pé-king depuis bien longtemps, et puis, outre son ignorance de la topographie des rues, une chose contribuait encore à ralentir sa marche et à jeter le trouble dans son esprit.

A tort ou à raison, elle se croyait suivie...

Plusieurs fois, quand, incertaine sur le chemin qu'elle devait prendre, elle s'arrêtait ou se retournait pour se consulter ou s'orienter, elle avait cru remarquer qu'un homme s'arrêtait derrière elle, et semblait également se consulter.

Cet homme était coiffé d'un large chapeau de bambou, et il était impossible de distinguer ses traits, mais bien certainement, il avait un but mystérieux, et Pé-tchi-li n'était pas étrangère à la préoccupation dont témoignaient ses hésitations.

Elle pressa le pas, à l'effet de se soustraire à ce malencontreux espionnage, et quand elle arriva à la demeure du vieux Lé-ko, et qu'elle souleva le marteau de la porte, elle s'aperçut avec satisfaction que son espion avait disparu, et qu'elle était seule dans la rue.

Elle soupira.

La porte venait d'ailleurs de s'ouvrir presque aussitôt, et Lé-ko lui-même vint recevoir la jolie visiteuse.

Une exclamation de surprise et de joie s'échappa de ses lèvres à la vue de Pé-tchi-li.

— Est-ce donc toi, petite... s'écria-t-il en lui prenant les mains avec affection, quelle divinité propice t'amène à cette heure, dans la maison du vieux Lé-ko?

— Deux motifs m'ont conduite ici, répondit Pé-tchi-li, en entrant dans la salle du rez-de-chaussée, d'abord le plaisir de te voir, et ensuite un service que j'ai à te demander.

— Un service à moi... murmura le vieil avare, qui pensa tout de suite qu'il s'agissait d'un emprunt.

Pé-tchi-li sourit, elle avait deviné la pensée secrète du vieux jongleur.

— Oui, un service, répéta-t-elle avec intention, un service important, et qui sera payé comme il convient.

Et elle jeta en même temps sur la table la bourse qui rendit un son métallique.

Les yeux du vieillard s'éclairèrent aussitôt.

— Oh! oh! se dit-il, en se frottant les mains, tu es donc devenue riche, depuis que nous nous sommes quittés?

— Moi! fit Pé-tchi-li, avec insouciance.

— Au fait!... quand on est jolie comme te voilà.

— Qu'est-ce à dire?...

— Qui le trouverait mauvais?...

Pé-tchi-li frappa du pied avec impatience.

— Assez! dit-elle d'un ton impérieux, vous devenez impertinent, Lé-ko, mais je n'ai ni le temps, ni la volonté d'écouter vos sottises, et le motif qui m'amène est trop sérieux pour que je l'oublie... Voyons... voulez-vous gagner l'argent qui est dans cette bourse?

— Sans doute... sans doute, répondit le jongleur, en avançant la main pour s'emparer de la bourse.

Pé-tchi-li lui donna un coup sur les doigts.

— Tout à l'heure, dit-elle, et quand vous m'aurez accordé ce que je viens demander.

— C'est juste...

— Du reste, rien n'est plus facile.

— De quoi s'agit-il?...

— Voici... Je n'ai point oublié, mon vieux Lé-ko, que vous êtes habile entre tous, et que vous excellez dans l'art de préparer les poisons et les narcotiques.

Le jongleur pâlit affreusement en entendant ces paroles, et jeta autour de lui un regard effaré.

— Silence! dit-il d'un ton mystérieux, silence, parle plus bas; tout le monde l'ignore ici, et si l'on venait à connaître que j'exerce cette dangereuse industrie, je serais un homme perdu.

— C'est bon à savoir.

— Que veux-tu donc?

— Eh! je ne veux pas vous perdre, mais je viens vous demander un service.

— Du poison!...

— Non, mon pauvre Lé-ko, non, mais un narcotique inoffensif, qui endorme au lieu de tuer.

— N'est-ce que cela?

— Et que croyiez-vous donc?

— Rien... j'étais fou... mais ce narcotique, à qui est-il destiné?

— C'est un secret.

— Encore faut-il savoir si c'est un homme.

— C'est une jeune fille.

— Et combien d'heures veut-on qu'elle dorme.

— Vingt-quatre...

Lé-ko réfléchit :

— Vingt-quatre heures, répéta-t-il, et il faut ce breuvage tout de suite.

— A l'instant.

— Et cette bourse sera à moi?

— La voici.

Pé-tchi-li jeta la bourse au vieil avare, qui la pesa dans sa main osseuse, avant de l'engloutir dans sa poche.

— C'est bien! dit-il, je vais préparer le narcotique... une demi-heure suffira... et la jeune fille, endormie au premier coup de minuit, se réveillera demain au dernier coup de la même heure!

Et le jongleur se dirigea avec empressement vers la porte d'un laboratoire contigu à la salle du rez-de chaussée.

Mais au moment où il allait disparaître, quelques coups retentirent sur la porte de la rue.

Lé-ko s'arrêta, et Pé-tchi-li tressaillit.

— Qui cela peut-il être? fit le vieillard, en regardant soupçonneusement autour de lui.

— Entr'ouvrez le vasistas, répondit la jeune fille, et vous le saurez.

— Je n'attendais personne.

— C'est quelque pratique.

— Tu as raison, j'ai beaucoup de clients à Pé-king; mais il ne faut pas que l'on te voie; entre dans cette chambre, et je t'appellerai quand j'aurai fini.

Pé-tchi-li se rendit aussitôt à cette invitation; elle savait que Pinson attendait avec impatience le résultat de sa démarche, et elle ne voulait pas le faire attendre.

Elle passa donc dans la chambre, et Lé-ko se hâta d'aller ouvrir la porte.

Un homme entra, et bien que le jongleur l'examinât avec une rapide mais profonde attention, il ne le reconnut pas.

L'homme salua du geste, ferma la porte, et fit quelques pas au milieu de la chambre.

Lé-ko l'y suivit étonné.

Les allures du visiteur lui semblaient extraordinaires, mais il en avait vu bien d'autres depuis qu'il faisait le commerce des drogues, et il ne crut pas devoir manifester son étonnement.

— Lé-ko, dit l'homme, d'une voix brève et sèche, une jeune fille est venue tout à l'heure chez toi.

— Une jeune fille?... balbutia Lé-ko, comme s'il eût cherché à se rappeler.

— Toute feinte est inutile, poursuivit l'inconnu, j'ai vu cette jeune fille entrer chez toi, je la connais, et je sais ce qu'elle est venue te demander.

Lé-ko marchait de surprise en surprise, il s'inclina sans rien dire, pour ne pas se compromettre.

— Cette jeune fille s'appelle Pé-tchi-li, continua l'inconnu, c'est une ancienne connaissance à toi, et elle est venue te demander un narcotique puissant, à l'aide duquel on puisse donner au sommeil toutes les apparences de la mort... est-ce cela ?

Lé-ko fit un signe affirmatif.

— Je vous écoute, répondit-il enfin, et je cherche en vain à m'expliquer le motif qui vous amène.

— Tu vas le comprendre.

— J'attends.

— Seulement, sache que je te connais aussi, Lé-ko, que je sais le métier mystérieux que tu fais, et qu'à la moindre résistance que tu opposerais à mes ordres, je te dénoncerais au mandarin, et que ce serait fait de toi.

Lé-ko pâlit, cette menace était terrible, et il n'ignorait pas qu'une démarche de cette nature pouvait le perdre à tout jamais.

Toutefois, il voulut encore faire bonne contenance, et essaya de sourire, bien qu'il n'eût pas la moindre gaîté au cœur.

— Vous cherchez à m'effrayer, dit-il, mais vos menaces sont impuissantes et je ne crains rien.

— Tant pis... car je ne reculerai pas.

— Parlez donc...

L'inconnu tira alors de sa poche une bourse remplie jusqu'aux bords et la jeta sur la table.

— Du reste, ajouta-t-il avec enjoûment, si je sais menacer, je sais récompenser aussi, et cet argent est à toi, si tu veux faire ce que je t'ordonnerai.

La bourse était pleine d'or, Lé-ko lui adressa un regard de convoitise, et un sourire vint effleurer ses lèvres.

— Cette bourse serait à moi ?

— Je le jure !...

— Et que faut-il faire pour la gagner ?

— Presque rien.

— Parlez ! parlez !

L'inconnu sourit à son tour, et se rapprochant du jongleur, il lui indiqua les deux portes qui conduisaient, l'une à son laboratoire, l'autre à la chambre où se trouvait Pé-tchi-li.

— Elle est là ? demanda-t-il en baissant la voix.

— Je l'y ai fait entrer, quand vous êtes arrivé, répondit Lé-ko.

— Et elle ne peut nous entendre?

— Soyez sans crainte.

— Nous pouvons parler en toute liberté?

— Moi seul vous écoute et vous entends.

— C'est bien.

L'inconnu s'assit.

— C'est bien un narcotique que l'on est venu te demander? dit-il, après quelques secondes de silence.

— C'est bien un narcotique, répondit Lé-ko.

— Et à l'aide de ce breuvage, combien le sommeil doit-il durer?

— Vingt-quatre heures.

— Ainsi, la personne à laquelle on le destine le prendrait cette nuit?

— C'est cela...

— Et elle se réveillerait?...

— Demain, au dernier coup de minuit.

— Et pendant ce sommeil...

— Pendant ce sommeil, le cœur cessera de battre, le sang s'arrêtera dans les veines, le corps sera insensible et froid, à tromper la mort elle-même.

L'inconnu approuva du geste :

— Et tu es bien sûr de ton breuvage? dit-il, d'une voix singulière, qui fit lever la tête à Lé-ko.

— Parfaitement sûr.

— Tu ne t'es jamais trompé?

— Jamais.

— Mais cela pourrait arriver, cependant.

— Comment?

— Ne pourrait-il pas se faire, par distraction ou par erreur, que tu eusses versé, dans le breuvage, un poison subtil à la place d'une liqueur inoffensive.

— C'est impossible.

— Ce qui est impossible, peut arriver.

Lé-ko regarda son interlocuteur avec une sorte d'effroi.

— Je ne vous comprends pas, dit-il en frissonnant.

L'inconnu haussa les épaules.

— Il ne faudrait pour cela, poursuivit-il, qu'une bourse pleine d'or comme celle qui est sur cette table.

— Un crime !... s'écria Lé-ko.

— Allons donc, une erreur, te dis-je.

— Mais c'est un empoisonnement.

— Qui sait ?...

— Bouddha me punirait.

— Bouddha ne punit que les imbéciles.

Lé-ko se tut, son cœur était en proie à une violente agitation ; le crime qu'on lui proposait, l'effrayait au-delà de toute expression, mais il ne se rappelait pas non plus, sans une égale épouvante, les menaces que l'inconnu lui avait faites, sans compter que la vue de la bourse ne contribuait pas peu à augmenter ses perplexités.

L'inconnu comprit tout de suite à quelles hésitations était livré son interlocuteur, et il se hâta de profiter de la situation.

— Et puis, ajouta-t-il avec ardeur, qui donc saura que tu es coupable ? le poison une fois versé, le breuvage préparé et remis à Pé-tchi-li, ne peux-tu quitter Pé-king sur-le-champ ? Il y a une fortune dans cette bourse, Lé-ko, et cette bourse t'appartiendra ; d'ailleurs tu ne connais pas la victime, elle t'est étrangère, quels scrupules t'arrêteraient ? tandis que si tu hésites, tu es perdu ; le parti auquel j'appartiens est puissant, et la vengeance ne se ferait pas longtemps attendre. Je connais ton passé, Lé-ko, et si un jour j'y attirais l'œil de la justice, ce serait fait de toi, et il serait trop tard.

Le jongleur passa sa main sur son front où perlait la sueur, et promena autour de lui un regard terrifié.

Il n'osait répondre, et cependant il sentait que, s'il refusait, il était perdu.

— Jamais encore il ne s'était trouvé dans une semblable situation.

— Eh bien ? insista son interlocuteur.

— Eh bien, balbutia Lé-ko, avec une dernière hésitation.

— Tu ne réponds pas.

— Je réfléchis.

L'inconnu réprima un mouvement d'impatience.

— Prends garde ! dit-il d'une voix sévère, j'ai peu de temps à te donner. Pé-tchi-li elle-même peut trouver que tu es bien long à préparer le breuvage demandé.

— Mais je ne sais quel parti prendre.

— Préfères-tu que je mette mes menaces à exécution ?

— Ne me perdez pas.

— Acceptes-tu cette bourse ?

— C'est horrible.

— Elle est pleine d'or.

— Mais ce poison !...

— Acceptes-tu ?

Lé-ko se tordait les mains de désespoir, le malheureux vieillard sentait se révolter en lui tous les bons sentiments qui vivaient encore dans son cœur ; mais il n'y avait plus à hésiter ; le moment était terrible, et il laissa avec inertie retomber ses bras le long de son corps.

— J'accepte ! répondit-il enfin d'une voix étouffée.

— Et tu vas préparer le breuvage ?

— A l'instant...

— Et tu y mêleras le poison ?

— Puisque vous m'y forcez, mais je prends le ciel à témoin...

L'inconnu indiqua le laboratoire d'un geste impérieux.

— Va !... lui dit-il, va, le ciel n'a rien à faire dans tout ceci, songe seulement que tu as ton sort entre tes mains, et redoute ma colère.

Lé-ko ne répliqua pas davantage, et bien persuadé que toutes ses observations seraient désormais inutiles, il disparut aussitôt, et entra dans le laboratoire, où l'inconnu le suivit.

Que se passa-t-il entre ces deux hommes, et à travers quelles tortures le malheureux jongleur composa-t-il le breuvage demandé ? nous ne saurions le dire.

L'inconnu avait une énergie peu commune, il poursuivait la perpétration de son crime avec audace ; Lé-ko, de son côté, était irrésolu, mais faible. Un quart d'heure suffit.

Quand il sortit du laboratoire, son visage était pâle, ses mains tremblaient, et c'est d'un pas vacillant qu'il se dirigea vers la chambre où il avait fait entrer Pé-tchi-li.

La petite Chinoise sortit vivement au premier appel, elle avait trouvé le temps long, et songeait qu'on l'attendait au palais impérial.

Elle courut à Lé-ko, les mains tendues.

— Eh bien, dit-elle, d'un ton rapide, est-ce fait?

— C'est fait, répondit le jongleur.

— Vous avez été longtemps.

— Tu trouves?

— Quelle était donc la personne qui est venue?

— Un importun...

— Je gage qu'il voulait aussi un narcotique.

— Peut-être bien...

— Ah! vous faites le discret, maître Lé-ko.

Lé-ko fit une grimace en guise de sourire:

— Soit! continua Pé-tchi-li, je ne veux pas vous arracher votre secret, gardez-le, je ne suis pas curieuse. Mais voyons, avant de m'éloigner, résumons-nous et convenons de nos faits... L'effet de ce narcotique est certain, et la personne qui le prendra, s'endormira d'un sommeil de vingt-quatre heures, est-ce cela?

Lé-ko eut un frémissement, un remords peut-être, — mais comme il venait de jeter un regard sur le laboratoire où il avait laissé l'inconnu, il aperçut la porte entrebâillée.

— C'est cela même, répondit-il aussitôt.

— Ainsi, poursuivit la jeune fille, endormie au premier coup de minuit, nous la verrons se réveiller au dernier coup de la même heure.

— Je vous l'ai dit.

— Vous en êtes sûr?

— Ce n'est pas d'aujourd'hui que je compose de pareils breuvages.

Pé-tchi-li approuva de la tête.

— Sans doute, dit-elle, mais une erreur est si facile à commettre, et il faudrait peu de chose pour que le narcotique se changeât en poison violent.

— Vous avez raison.

— Encore une question, Lé-ko.

— Dites.

— Les symptômes qui doivent précéder le sommeil ont-ils un caractère particulier ?

— Oui, certes.

— Quels sont-ils ?

— Dès qu'elle aura pris le breuvage, la personne pâlira ; une sueur froide perlera sur son front, son cœur battra avec force, et des frissons courront le long de tous ses membres.

— Souffrira-t-elle longtemps ?

— Un quart d'heure.

— C'est beaucoup, mais qu'arrivera-t-il ensuite ?...

— Ensuite, le cœur cessera tout à coup de battre, le sang s'arrêtera dans les veines, et le corps deviendra insensible et froid comme un cadavre.

— C'est horrible !

— Toutes les apparences de la mort... n'est-ce pas ce que vous demandiez ?

— Je l'avoue... mais rien que d'y penser, cela me donne le frisson.

Lé-ko eut une lueur d'espoir.

— Vous êtes encore à temps de renoncer à votre projet, dit-il vivement.

— Non ! interrompit Pé-tchi-li, j'ai le breuvage et je le garde, seulement, et vous comprendrez mes raisons, j'étais bien aise d'avoir des explications précises sur tout cela... maintenant que je suis renseignée, je m'en vais...

— Vous partez ?

— On m'attend.

— Et je ne vous reverrai plus ?

Pé-tchi-li fit un geste plein de grâce.

— Qui sait ! répondit-elle. Si nous réussissons, Lé-ko, vous ne ferez plus, je vous le jure, votre affreux métier de marchand de breuvages.

— Comment cela ?

— Ah !... c'est mon secret aussi à moi ; et si l'entreprise que nous tentons aujourd'hui produit les résultats que nous en attendons, je ne sais si je ferai ma fortune, mais je réponds de faire la vôtre.

Et sur ces mots, la jolie Chinoise courut vers la porte, qu'elle ouvrit.

Lé-ko la suivit jusqu'au seuil; vingt fois il avait été sur le point de l'arrêter, et de tout lui dire; mais il sentait derrière lui une menace terrible, et cette menace suffisait à lui couper la parole.

Pé-tchi-li disparut avec rapidité, et quand il se retourna, il aperçut près de lui l'inconnu.

— C'est bien, dit ce dernier, tu as gagné la bourse d'or, mais ce n'est pas le dernier don que je te ferai... et si jamais tu as besoin d'un appui puissant, ou d'une bonne quantité de *taels*, tu pourras sans crainte t'adresser à moi.

Lé-ko remua la tête avec découragement.

— Mais je ne vous connais pas, répondit-il.

— Je me ferai connaître.

— Je ne sais même pas votre nom.

— On m'appelle Fo-hi!...

Le jongleur s'inclina, et Fo-hi sortit.

— Allons, se dit le vieillard, de quelque côté que je me retourne, je ne puis manquer de faire fortune.

Puis, il ajouta, en fermant sa porte, et en rentrant dans la chambre.

— C'est égal, j'aurais bien voulu prévenir cette pauvre Pé-tchi-li... Ce Fo-hi m'a l'air d'un homme dangereux, et si j'avais tenté de lui résister, il était capable de me faire un mauvais parti.

Tout en parlant ainsi, Lé-ko rangea les meubles de sa chambre; Puis, comme il était tard, il se jeta sur son lit, et ne tarda pas à s'endormir d'un sommeil calme et sans remords.

La salle des Ancêtres

Le lendemain, une rumeur étrange se répandit tout à coup dans Pé-king, dès les premières heures du jour.

Des groupes animés se formèrent à tous les carrefours, et sur toutes les places, et il était évident qu'une grande fermentation régnait dans tous les esprits.

La veille, on avait fait courir le bruit que la fille du Tao-sze chrétien devait être soustraite, par une intervention puissante, à la justice du pays, et le peuple, excité par les bonzes et les membres actifs de la société des Trois-Unis, avait proféré des menaces contre les mandarins, et l'on avait pu craindre un moment une explosion terrible, qu'il eût été peut-être difficile de conjurer.

Les Chinois sont spirituels mais entêtés... et il suffisait qu'un parti témoignât l'intention de sauver Li-tsi, pour que le parti opposé manifestât une opinion contraire.

Les choses se passent à peu près de la même façon dans tous les pays du monde.

Mais pendant la nuit, un accident était survenu, qui avait changé toutes les dispositions et jeté le trouble et l'hésitation parmi les plus ardents des deux partis.

Dès le matin, on avait appris que la fille du Tao-sze chrétien avait succombé dans sa prison, et bien que l'on ne connût qu'imparfaitement les circonstances qui avaient accompagné cette mort, elle servait, en ce moment, de texte à toutes les conversations.

Toutefois, le Chinois est méfiant et soupçonneux, et cet événement arrivait si à propos pour déconcerter les menaces de la veille, et servait si bien les intérêts du FILS DU CIEL, dont la popularité pouvait se trouver compromise au milieu de toutes ces complications, que plus d'un membre de la société des Trois-Unis remua la tête en signe de doute, et que les plus crédules crurent devoir attendre pour se former une opinion.

Mais les partisans du FILS DU CIEL ne laissèrent pas à ces doutes le temps de se propager ou de prendre racine, et l'on sut, dès les premières lueurs du jour, que le corps inanimé de la belle chrétienne serait exposé dans la grande salle d'audience du palais impérial, et que tout Chinois pourrait l'y venir voir dans l'immobilité de la mort.

La procession commença presque aussitôt, et hommes et femmes, vieillards et enfants, tout ce que Pé-king renfermait de population active ou seulement valide, prit le chemin du palais de l'empereur.

Le corps de Li-tsi avait été placé sur une sorte de catafalque, et elle se trouvait ainsi exposée à tous les regards, dans les riches atours du costume national.

Elle était belle encore, malgré la pâleur de marbre répandue sur ses traits; ses longs cheveux dénoués couraient autour de sa tête, et à l'expression calme et doucement reposée de sa physionomie, on eût pu croire qu'elle dormait...

Mais elle était bien morte!...

Le sang s'était arrêté dans ses veines, son cœur avait cessé de battre, et le froid et l'insensibilité avaient engourdi tous ses membres.

D'ailleurs, qui donc aurait pu douter en voyant, aux pieds du catafalque, la pauvre mère assise, le corps plié en deux, les cheveux épars, l'œil fixe, faisant des efforts inouïs pour pleurer, et ne réussissant qu'à proférer quelques cris inarticulés...

As-say était méconnaissable!...

Coupoutaï n'avait pas voulu la mettre dans la confidence; il savait avec quels soupçons la nouvelle de la mort de Li-tsi serait accueillie dans le public, et il comptait surtout sur la douleur déchirante et réelle de la mère, pour forcer la conviction dans les esprits les plus hésitants.

Il ne s'était pas trompé.

Il y avait un grand nombre de femmes parmi les curieux que ce spectacle avait attirés, et elles furent encore plus frappées peut-être de l'attitude morne et brisée de la mère, que de l'immobilité insensible de la fille.

Il n'y a pas une femme au monde qui ne comprenne la douleur d'une mère, — car il n'y en a pas une qui ne l'ait été, ou qui ne soit destinée à l'être.

Tittmarsh et Coupoutaï étaient là à quelques pas, tous les deux attentifs et inquiets, prêts à tout, à la moindre catastrophe.

Le breuvage qui avait été versé a Li tsi pouvait, en effet, tromper leur attente. — Le vieux jongleur avait pu être induit en erreur, il pouvait s'être trompé lui-même en préparant le narcotique. — L'effet eût été terrible si, en présence des flots pressés de curieux, un mouvement de Li-tsi était venu révéler la ruse à laquelle on avait eu recours.

Pinson seul suivait d'un regard plus distrait les détails de cette scène saisissante.

Pour lui, plein de confiance dans le narcotique, il ne quittait pas des yeux la malheureuse As-say, et chaque fois qu'un cri lui échappait, exprimant tout ce que son cœur contenait de désespoir déchirant, un frisson parcourait ses membres, et il se sentait prêt à s'élancer vers la pauvre mère.

Un mot eût suffi pour calmer cette douleur navrante, et vingt fois ce mot fut sur le point de lui échapper.

Il se rapprocha de ses deux amis :

— Ça fend le cœur! dit-il à Coupoutaï, notre stratagème la tuera.

— Il faut sauver Li-tsi, répondit le philosophe, la douleur de la mère est indispensable; le public aime les spectacles, et croirait moins à la mort de la fille, s'il ne voyait pas les larmes de la mère, et s'il n'entendait pas ses cris.

— N'importe... nous sommes bien cruels.

— Le but nous justifie.

— Sans aucun doute... et si je ne le croyais pas, j'y aurais déjà renoncé!.. mais malgré cette conviction... j'avoue que je me sens tout ému, et il y a des instants où je voudrais tout lui avouer.

— Gardez-vous-en bien, interrompit vivement Coupoutaï. Si As-say cessait un instant de croire à la mort de Li-tsi, sa fille serait perdue.

Pinson se tut; il comprenait la justesse des objections du philosophe, et ne savait d'ailleurs comment les combattre.

Un incident, insignifiant en apparence, vint tout à coup changer la face des choses.

Comme il finissait d'échanger ces paroles avec le philosophe, une petite main toucha son épaule, et il aperçut Pé-tchi-li qui s'était glissée à travers les rangs des *Tigres impériaux*, pour arriver jusqu'à lui.

Pé-tchi-li était pâle, ses traits étaient bouleversés, elle fit signe à Pinson qu'elle désirait lui parler sur-le-champ, et Pinson se hâta de sortir avec elle.

Quand ils furent dans une salle voisine, où nul témoin importun ne pouvait les entendre, Pé-tchi-li donna un libre cours à son émotion longtemps contenue.

— Une chose terrible se passe, dit-elle d'une voix tremblante.

— Quoi donc? demanda Pinson.

— Hier, je ne vous ai pas dit que pendant que je me rendais chez Lé-ko, un homme m'a suivie depuis le palais impérial jusqu'à la maison du jongleur.

— Et quel était cet homme?

— Je ne sais, la nuit était profonde, je n'ai pu distinguer ses traits, et puis, j'avais hâte d'arriver, et je n'ai pas cru devoir perdre mon temps à chercher quel pouvait être ce mystérieux inconnu.

— Eh bien?

— Eh bien, Lé-ko m'a remis le breuvage que je lui demandais, et sans songer davantage à ce qui s'était passé, je suis accourue vers vous.

— Il n'y a pas de quoi s'épouvanter.

— Sans doute... mais ce n'est pas tout.

— Qu'y a-t-il encore?

— Ce matin, et malgré ce que j'ai pu me dire à ce sujet, l'incident de la nuit dernière m'est revenu à l'esprit, et je me sentis prise d'une peur singulière.

— Pourquoi?

— Je ne sais... à tort ou à raison, j'ai cru me rappeler que le jongleur était fort pâle en me remettant le breuvage destiné à la fille d'As-say, il m'a semblé que sa main tremblait; enfin des soupçons impérieux se sont emparés de mon esprit, et vous le dirai-je, l'image de Fo-hi a un moment traversé ma pensée.

— Fo-hi!... quel rapport?

— Comment expliquer des pressentiments? Pendant que j'étais chez Lé-ko, un visiteur avait interrompu notre entretien; je n'ai pu savoir quel était ce visiteur, mais cette succession de faits étranges prit à mes yeux un caractère des plus graves, et j'ai pu croire alors que Li-tsi courait des dangers dont il m'était impossible encore d'apprécier précisément la gravité.

— Il fallait courir chez le jongleur, s'écria Pinson, dominé par l'intérêt qu'il prenait à cette révélation.

— C'est ce que j'ai fait, répondit Pé-tchi-li.

— Et que vous a-t-il dit?

— Je ne l'ai point trouvé.

— Il était absent?

— Il était parti.

Pinson ne put réprimer un mouvement de profond étonnement.

— Parti! répéta-t-il, mais il reviendra.

— Je ne le pense pas.

— Qui vous donne lieu de le supposer?

— La maison de Lé-ko était ouverte, mais elle était complétement déserte, et l'on en avait enlevé à la hâte les objets qui pouvaient présenter quelques valeurs. J'ai parcouru toutes les chambres avec une inquiétude que vous devez comprendre, et ce n'est qu'en dernier lieu et au moment où j'allais me retirer, que j'ai pu avoir l'explication de ce qui s'était passé.

— Et que s'est-il passé?

— Voyez vous-même.

Pé-tchi-li tendit en même temps à Pinson un parchemin sur lequel quelques lignes étaient écrites à la hâte.

Pinson y jeta un regard rapide, et le rendit aussitôt à la petite Chinoise.

— Mais c'est de l'hébreu! s'écria-t-il avec impatience.

— C'est du chinois seulement, répondit Pé-tchi-li.

— Je ne sais point déchiffrer de semblables hiéroglyphes.

— Je puis vous aider.

— Voyons donc.

Pé-tchi-li déplia le parchemin, et lut :

« Un danger terrible menace la fille d'As-say, le breuvage que « je vous ai donné n'est point un narcotique, mais bien un véri- « table poison. Je n'ai pu te prévenir, il y allait de la vie pour « toi et pour moi et notre ennemi veillait. Cette nuit, vers onze « heures, je serai à la porte du Midi ; si tu peux m'y rejoindre « seule, je t'indiquerai le moyen de sauver Li-tsi, pourvu toute- « fois qu'il ne soit pas trop tard. »

Pé-tchi-li avait fini de lire depuis quelques secondes, que Pinson écoutait encore.

Cette nouvelle l'avait atterré, et lui, d'ordinaire si plein d'initiative et de résolution, ne savait quel parti prendre.

— Morte! s'écria-t-il enfin, morte empoisonnée, et par nous!

— Pauvre As-say! murmura Pé-tchi-li, avec des larmes dans les yeux.

— C'est horrible!

— Toutes ces complications viennent certainement de Fo-hi.

— Croyez-vous?

— J'en suis sûre.

— Que faire alors?

Pé-tchi-li fit un geste résolu.

— Vous demandez ce qu'il faut faire, répondit-elle, mais notre conduite est toute tracée par le billet même que Lé-ko m'a laissé.

— Vous avez raison.

— Ne nous offre-t-il pas une chance de salut pour Li-tsi?

— Chance très incertaine.

— Qu'importe!

— Et vous irez le trouver?

— Cette nuit; le ciel veuille seulement que je le rencontre.

— Ah! je vous accompagnerai.

— Non, Lé-ko m'attend seule, il a pris ses mesures en conséquence, et s'il voyait arriver deux personnes au rendez-vous qu'il indique, peut-être hésiterait-il à se montrer.

— Mais vous pouvez courir des dangers, à vous aventurer ainsi, à une pareille heure de nuit, dans les rues de Pé-king.

— Ne craignez rien, mon ami, répondit Pé-tchi-li, et d'ailleurs, il n'y a pas d'autre moyen de sauver la fille d'As-say, et nous devons faire quelque chose pour la douleur de cette pauvre mère.

Pinson ne fit plus d'objection, et rentra près de ses amis.

La procession continuait. Li-tsi était toujours étendue immobile et froide sur le catafalque, et ce spectacle donnait des frissons à notre Parisien qui savait maintenant à quelle cause réelle et terrible l'attribuer.

Tittmarsh l'interrogea sur l'émotion de Pé-tchi-li, qui n'avait échappé à aucun regard, mais Pinson crut devoir garder le silence à ce sujet.

Une grande responsabilité pesait sur lui dans les circonstances graves qui se préparaient, et il voulait seul en porter le poids.

D'ailleurs, à quoi bon jeter ainsi l'inquiétude dans l'esprit de ses amis, quel intérêt y avait-il à laisser soupçonner la vérité au *Fils du ciel?* Pinson comptait toujours, malgré lui, sur quelque incident favorable, et en tout cas, il valait mieux attendre le moment fixé pour tout expliquer, s'il était vrai que Li-tsi ne devait plus se réveiller.

La journée se passa dans ces incertitudes qui enlevaient à Pinson toute sa présence d'esprit.

Quand vint le soir, la fille d'As-say fut transportée dans la salle des Ancêtres, qui communiquait avec les caveaux du palais impérial, et la garde du catafalque fut confiée à Tittmarsh, assisté de Pinson et de Coupoutaï.

Des lampadaires funèbres placés aux quatre coins de la salle rayaient l'obscurité d'une lumière pâle et douteuse, un silence profond régnait de tous côtés, et l'on n'entendait que le pas régulier et monotone de quelques Tigres impériaux placés en sentinelles à la porte extérieure.

Tittmarsh et Coupoutaï s'étaient assis à quelque distance, et, pleins de confiance dans le résultat promis, ils attendaient.

Quant à Pinson, il allait et venait par la salle, et une sourde inquiétude remplissait son âme.

L'heure s'écoulait trop lentement à son gré, il eût voulu en hâter le cours.

Il ne tenait point en place, chaque bruit qui venait des souterrains sonores éveillait un vague espoir dans son âme, et c'est avec une impatience fébrile qu'il attendait le premier coup de minuit.

Vers dix heures environ, et pendant que Pinson s'abandonnait à toutes les alternatives de l'espoir ou de la crainte, un homme, le visage couvert d'un large chapeau de bambou, s'aventurait seul, et sans lanterne, dans les rues de Pé-king.

Cet homme s'en allait le long des maisons, rasant les murailles, jetant de temps à autre, derrière lui, et à côté, un regard oblique et soupçonneux.

C'était une nuit sans lune, c'est à peine si l'on distinguait les objets à quelques pas devant soi.

L'homme venait de la porte du Nord et il se dirigeait vers la porte du Midi.

Il était vieux déjà, et il marchait lentement.

On eût dit qu'il était fatigué et qu'il avait peur.

Quand il approcha de la porte du Midi, il était près de onze heures; il pressa le pas, et alla se réfugier dans l'angle d'une maison, d'où il pouvait voir sans être vu.

Les rues étaient désertes; les habitants de Pé-king se couchent de bonne heure, et il n'y avait dehors, à cette heure, que les soldats battant la veillée.

Quelque chose comme les patrouilles de la garde nationale!...

Notre mystérieuse sentinelle, qui n'était autre que le jongleur Lé-ko, comme le lecteur l'a peut-être deviné, s'adossa à la muraille, et il ouvrit l'œil et prêta l'oreille.

Ce ne fut pas long.

A peine, s'était-il installé de son mieux dans l'angle qu'il avait choisi, qu'un second promeneur déboucha de la rue et marcha vers la porte du Midi.

Lé-ko tressaillit, et redoubla d'attention.

L'inconnu marchait d'un pas alerte, et il allait dépasser l'endroit où s'était blotti le jongleur, quand il s'arrêta tout à coup, et marcha droit à ce dernier.

Un regard avait suffi à Lé-ko, même à travers les ténèbres de cette nuit épaisse, pour reconnaître son homme.

C'était Fo-hi.

Une sueur glacée inonda ses tempes, et la voix hésita dans sa gorge.

Fo-hi fit entendre un petit ricanement.

— Ah ! ah ! dit-il ironiquement, je vois avec plaisir que tu es exact au rendez-vous que tu donnes.

— Moi ! balbutia le pauvre diable, plus mort que vif.

— Que viens-tu faire ici ?

— Mais...

— Tu attends quelqu'un.

— Je vais partir.

— Partir... quand tu n'as pas craint de trahir les frères des Trois-Unis...

— Je vous jure...

— Tais-toi... interrompit Fo-hi, en secouant brutalement le malheureux vieillard qui tomba à genoux.

Puis, il ajouta d'une voix sinistre :

— Je t'avais ordonné hier de remettre à Pé-tchi-li un véritable poison, à la place du narcotique qu'elle demandait.

— Mais j'ai obéi... murmura Lé-ko d'une voix mourante.

— Tu mens.

— Par les trois Bouddha... je dis la vérité.

— Soit !... dit Fo-hi, mais une fois cette action accomplie, tu t'es repenti, n'est-ce pas ? tu as eu peur, alors, tu as voulu fuir ; mais avant de t'éloigner, désirant réparer le mal que tu regrettais d'avoir fait, tu as écrit à Pé-tchi-li.

— On vous a trompé.

— Elle va venir.

— Je l'ignore.

— Tu l'attends.

— Qui a pu vous dire ?...

Fo-hi se pencha vers le vieillard avec un sourire cruel, et un regard qui exsudait le crime.

— Pé-tchi-li va venir, poursuivit-il ; sur la foi de ta lettre, elle vient, espérant que tu lui indiqueras le moyen de sauver Li-tsi... mais Li-tsi est bien morte, et il faut que personne ne puisse la rappeler à la vie.

— Je me tairai ! s'écria Lé-ko.

— Il n'y a que les cadavres qui ne parlent pas.

— Voulez-vous donc m'assassiner ?...

Fo-hi avait tiré son couteau de sa ceinture, il leva son bras armé sur le jongleur.

— Grâce ! grâce ! cria ce dernier, à genoux et les mains jointes.

— Tais-toi !...

— Je partirai à l'instant, vous ne me reverrez plus, j'irai où vous me direz d'aller, mais faites-moi grâce de la vie.

— Tes jours sont condamnés.

— Par pitié...

Fo-hi repoussa rudement les mains du vieillard qui s'accrochaient à lui tremblantes et effrayées, et se penchant tout à coup sur son corps, il lui enfonça son couteau dans la poitrine.

Le jongleur poussa un cri inarticulé, s'affaissa sur lui-même et tomba enfin lourdement sur le sol.

Fo-hi s'assura à la hâte et au milieu de l'obscurité s'il était bien mort, et quand il le vit étendu, immobile et raide, la poitrine ouverte par une large blessure d'où le sang s'échappait à flots, il se releva vivement et disparut vers le dédale des rues tortueuses.

Cinq minutes se passèrent alors sans que rien vînt troubler le lugubre silence qui avait succédé au crime ; puis on entendit peu après des pas vifs et légers raser le sol, et la petite Pé-tchi-li déboucha presque aussitôt à l'entrée de la rue.

Elle portait une lanterne à la main, et paraissait examiner avec une attention peureuse les objets que son regard rencontrait à droite et à gauche de sa route.

Elle marcha ainsi jusqu'à la porte du Midi, sonda les angles de la rue, revint sur ses pas, chercha enfin un endroit où le vieux jongleur aurait pu être caché, mais son examen n'amena pas le résultat qu'elle en attendait, et elle s'arrêta déconcertée et inquiète, au milieu de la rue.

Lé-ko n'était pas venu sans doute ; il avait eu peur ; il avait été empêché. Il fallait renoncer à l'espoir de le voir arriver.

Li-tsi était perdue.

La petite Chinoise pensa à As-say, et quelques larmes vinrent mouiller ses yeux.

Tout à coup elle tressaillit et prêta l'oreille.

A quelques pas d'elle, elle venait d'entendre comme le râle d'un mourant.

Son sang se glaça dans ses veines, et une épouvante inouïe gagna son cœur.

La jolie fille n'était pas très courageuse, mais la nature l'avait douée d'un caractère résolu et décidé, qu'il n'est pas rare de rencontrer chez les femmes, et bien qu'une sueur froide mouillât ses tempes, et qu'un frémissement nerveux agitât ses membres, elle se dirigea sans hésiter vers l'endroit d'où était parti le bruit qu'elle venait d'entendre.

C'était Lé-ko ; elle le reconnut de suite.

Le malheureux n'était pas mort, mais, à vrai dire, il ne valait guère mieux. Il releva péniblement les yeux, chercha à se soulever de terre, et finit, à la lueur de la lanterne, par reconnaître la petite Chinoise.

— Pé-tchi-li, dit-il d'une voix mourante.

— Moi-même, Lé-ko, s'écria la jolie fille, moi-même, qui viens vous sauver.

Lé-ko remua sa tête pâle :

— Trop tard, dit-il, il est trop tard... il est venu... c'était Fo-hi, l'homme d'hier, il a été sans pitié, il m'a tué... et... je meurs.

En achevant ces mots, Lé-ko ferma les yeux une seconde fois, et retomba entre les bras de Pé-tchi-li.

Cette dernière ne savait plus que faire, elle ne voulait pas appeler à son aide, elle n'ignorait pas d'ailleurs que nul ne viendrait à son appel, et elle craignait de donner l'éveil aux soldats du poste voisin, ou d'attirer de son côté les soldats qui vont par la ville, battant la veillée.

Mais c'est vainement qu'elle cherchait une issue à cette impasse, elle n'en trouvait pas, et allait se résigner à courir vers le poste voisin, quand une patrouille vint à tourner l'angle de la rue.

Les soldats, tous munis de lanternes, ne tardèrent pas à remarquer le groupe formé par la jeune fille et le vieux jongleur, et ils se hâtèrent de s'en approcher.

Mais au lieu de trouver un secours dans ces hommes, que le hasard, bien plus que le soin de la tranquillité publique, conduisait dans ces parages déserts, Pé-tchi-li se vit aussitôt appréhendée au corps, comme l'on dirait en France, et traitée comme une criminelle.

— Mais que voulez-vous donc de moi? s'écria la jeune fille avec effroi.

— Vous vous expliquerez chez le mandarin, répondit l'officier de service.

— Mais je ne suis pas coupable.

— Il y a un cadavre, je vous trouve seule au milieu de la nuit, il est possible que vous ne soyez pas coupable, mais mon devoir est de vous arrêter.

— Et que ferez-vous de cet homme? dit encore Pé-tchi-li.

— Cet homme, répondit son interlocuteur, je vais le transporter ici près, et s'il peut être rappelé à la vie, rien ne sera négligé.

Et sans attendre d'autres observations, il fit signe à ses hommes, et la *veillée* prit la direction de la demeure du mandarin.

Minuit

Onze heures venaient de sonner à la pendule de la salle des Ancêtres, et Pinson continuait de se promener avec agitation, mordant ses lèvres, les bras croisés sur la poitrine, et dévoré par une fièvre dont chaque minute augmentait l'ardeur.

Pé-tchi-li devait être à cette heure à la porte du Midi, et c'est sur elle qu'il comptait pour dénouer une situation dont il avait tout lieu de redouter le dénoûment.

En résumé, et bien qu'il eût donné son sang pour racheter la vie de Li-tsi, il se félicitait intérieurement de la mesure prise par Coupoutaï, et il se sentait bien soulagé, en pensant que As-say n'avait point été mise dans la confidence, et que dans le cas d'une catastrophe, elle n'aurait point à subir une nouvelle secousse plus cruelle mille fois que les épreuves par lesquelles elle avait déjà passé.

Il y avait bien Ping-si, dont l'amour allait recevoir un coup fatal; mais Ping-si était homme, et sa douleur devait trouver facilement des consolations.

Comme il en était là de ses réflexions, la porte de la salle des Ancêtres s'ouvrit, et As-say parut sur le seuil avec le *Fils du ciel.*

As-say était comme transfigurée; ses yeux n'étaient plus voilés de larmes, ses joues brillaient d'un vif éclat, et un sourire animait sa physionomie.

Elle jeta en passant un regard rapide sur le catafalque, et se dirigea d'un pas alerte vers Pinson.

Ce dernier était stupéfait en la voyant, et il avait eu un vague soupçon de la vérité.

As-say lui prit les mains, et les porta à ses lèvres.

— Je sais tout, dit-elle alors d'une voix radieuse, on m'a tout appris ; sans vous, nous étions perdus !

— Mais qui vous a dit... balbutia Pinson.

Le *Fils du ciel* venait de s'approcher, il fit un signe d'intelligence au Parisien.

— C'est moi, répondit-il ; la douleur d'As-say a ébranlé mes plus fermes résolutions, et je n'ai pu résister au désir de la consoler. Je lui ai appris le stratagème dont vous nous avez donné l'idée, et qui, vous le voyez, a parfaitement réussi.

Pinson ne répondit pas, mais une anxiété mortelle se peignit sur ses traits ; Ping-si s'en aperçut, et lui montra du geste la pendule qui marquait onze heures et demie.

— D'ailleurs, ajouta-t-il, à cette heure, tout danger a disparu, Pé-king a vu et croit. Li-tsi est bien morte pour tous, et nul ne s'avisera demain de reconnaître, dans la jeune fille qui va renaître tout à l'heure, la belle chrétienne, dont on réclamait à grands cris le trépas.

— Sans doute, repartit Pinson, dont l'embarras augmentait à chaque instant, mais peut-être eût-il mieux valu ne révéler notre ruse à As-say que lorsque sa fille serait revenue à la vie.

— Mais l'heure approche, insista Ping-si.

— Je le crois.

— C'est à minuit que Li-tsi nous sera rendue.

— Du moins, au dire de Lé-ko, le jongleur.

— Doutez-vous donc de lui ?

— Non pas.

— Pé-tchi-li n'a-t-elle pas répondu de sa probité ?

— C'est vrai.

— Pourquoi cette hésitation alors ?

— Pourquoi surtout m'envier ces quelques minutes de bonheur ? ajouta vivement As-say... Voyez, maintenant, mes larmes sont taries, le sourire a reparu sur mes lèvres, et mon cœur est joyeux, et je n'ai plus le moindre doute dans l'esprit.

Pinson se tut... Tout ce qu'il aurait pu dire ne devait pas convaincre ses interlocuteurs; la vérité seule pouvait bien faire comprendre le sens de ses réticences, mais la vérité était bien autrement terrible, et il préféra se taire.

Cependant l'heure marchait avec une précision rigoureuse qui commençait à désespérer Pinson. Tout à l'heure, il eût voulu hâter le mouvement des aiguilles, maintenant il s'effrayait de leur célérité, et il eût fait tout au monde pour les arrêter.

Un quart d'heure encore, et minuit allait sonner.

Minuit!...

Et Pé-tchi-li ne revenait pas, le silence le plus profond régnait autour de la salle, et il voyait avec un frisson tous les regards se tourner déjà vers la pendule.

Le retard de la petite Chinoise inspirait encore des craintes d'une autre nature à Pinson; il se reprochait amèrement de n'avoir pas écouté son premier mouvement, et de l'avoir laissée accomplir seule cette course nocturne à travers la capitale.

Mille incidents avaient pu se produire... qui sait si elle n'avait pas été arrêtée, victime de quelque guet-apens dont lui, Pinson, l'aurait défendue.

En ce moment, Pé-tchi-li l'appelait peut-être à son aide, et il était là, loin d'elle, en proie à une inquiétude mortelle, incertain sur le parti qu'il devait prendre, n'osant ni s'éloigner ni rester.

Tout à coup un mouvement s'opéra dans la salle des Ancêtres.

Coupoutaï et Tittmarsh s'étaient levés, et As-say et Ping-si venaient de se rapprocher du catafalque.

Pinson jeta un regard sur la pendule, il ne restait plus qu'une minute.

Il passa sa main rapide sur son front, et machinalement, il fit quelques pas vers Li-tsi.

Tous les yeux étaient tournés vers la belle jeune fille, et chacun attendait dans une fiévreuse anxiété.

Pour tous, le moment était solennel. As-say s'était agenouillée, et priait avec ferveur : elle remerciait Dieu d'avance, la pauvre mère n'avait même pas un doute dans la pensée.

Pinson frémit.

Le premier coup venait de tinter.

C'était minuit!

Sous l'empire du même sentiment impérieux, chacun des spectateurs s'était penché sur le corps immobile de la morte, et dans cette attitude haletante, ils comptaient un à un les coups qui tombaient du cadran sonore, et épiaient en même temps les mouvements par lesquels le retour à la vie allait se manifester chez la jeune fille.

La pendule sonna ainsi les douze coups de minuit, et quand la dernière vibration se fut éteinte dans l'air, tous ces visages se relevèrent pâles et terrifiés.

Le corps n'avait pas bougé.

Cependant, un espoir survivait encore dans le cœur de tous; un retard était possible; le narcotique s'était trompé de quelques minutes peut-être... d'un instant à l'autre, Li-tsi allait rouvrir les yeux; il fallait attendre...

On attendait.

Le balancier avait repris son mouvement lent et cadencé; la respiration s'était suspendue dans toutes les poitrines, et As-say s'était remise à prier avec la même ferveur confiante.

Quant à Pinson, il était atterré.

Sa tête éclatait, ses oreilles bourdonnaient, son cœur battait à se rompre.

Pour lui, ce qui se passait avait une signification terrible ; tout espoir lui était interdit, le billet de Lé-ko était écrit en lettres de feu dans son souvenir, il savait que Li-tsi était empoisonnée, et qu'elle ne devait plus se réveiller.

Coupoutaï fut le premier qui rompit le silence.

Après avoir jeté sur la pendule un regard qu'il reporta sur Li-tsi, il se releva et s'adressant à Tittmarsh :

— Voilà qui est étrange, dit-il à voix basse.

— En effet! répondit Tittmarsh du même ton.

— Toujours la même immobilité!

— Et la même pâleur.

— La mort n'aurait pas d'autres apparences.

Ping-si avait fait un pas, poussé par la même inquiétude ; il s'approcha de Li-tsi, se pencha sur son visage, et lui prit la main.

La main était froide et insensible.

Un frisson courut sur sa peau à ce contact, et son regard chercha celui de Pinson. Mais As-say avait suivi ce mouvement, et frappée de l'impression qu'elle crut y lire, elle se leva avec un commencement d'épouvante.

— Qu'y a-t-il? dit-elle d'un ton ému.

— Rien encore!... répondit Ping-si.

— Cette immobilité et ce silence m'effraient.

— Il faut attendre...

— Mais elle va revenir à la vie?

— Sans doute.

— Vous me l'avez promis.

— Et je l'espère toujours.

As-say joignit ses mains tremblantes.

— Oh! ne me trompez plus, murmura-t-elle d'un ton accablé, j'ai trop souffert déjà; je sens que je n'aurais plus la force de supporter de nouvelles épreuves. Ping-si, vous l'aimez, vous aussi, et vous ne la laisserez pas mourir.

— Je ne vous trompe pas, répondit le *Fils du ciel*, et comme vous, j'attends!

— Mais l'heure est passée déjà; et voyez, le sommeil continue.

— C'est vrai.

— Si c'était la mort?

— Taisez-vous!...

— Ah! vous avez peur!... Tenez, votre main tremble, vous avez pâli. Par pitié, mon Dieu, que se passe-t-il donc encore?...

Ping-si ne répondit pas, mais il marcha aussitôt vers Pinson, dont l'attitude, depuis quelques instants, lui semblait singulière et inexplicable.

— Pinson, lui dit-il à voix rapide, d'où vient que vous vous tenez à l'écart, et que vous restez indifférent à ce qui se passe autour de vous.

— Moi!... fit Pinson, déconcerté.

— L'instant est solennel cependant, poursuivit le *Fils du ciel*, il s'agit de la vie de Li-tsi, et vous oubliez que c'est vous-même qui nous avez conseillé le stratagème dont nous pouvons craindre en ce moment qu'elle n'ait été victime.

Pinson parut faire, à ces paroles, un violent effort sur lui-même.

— Vous avez raison, répondit-il, mais depuis une heure, je suis sous l'empire d'une épouvante qui m'enlève toute ma présence d'esprit et mon sang-froid.

— Qu'y a-t-il donc ?

— Il y a que la vie de Li-tsi est en danger.

— Qui vous l'a dit ?

— Lé-ko.

— Vous l'avez vu ?

— Non, mais il a écrit.

— Une lettre ?...

— Lisez.

Et Pinson tendit au *Fils du ciel* le billet du jongleur.

Ce fut comme un coup de foudre : à peine l'eut-il parcouru, que Ping-si pâlit affreusement, et qu'il prit sa tête dans ses mains, par un geste de désespoir violent.

— Perdue ! perdue ! dit-il, en cherchant encore à se contenir... ah ! le ciel est irrité contre moi, et il repousse mon amour.

Puis, revenant presque aussitôt au sentiment de la réalité, il se tourna de nouveau vers Pinson :

— Mais Pé-tchi-li est allée à ce rendez-vous que lui indique Lé-ko ? demanda-t-il vivement.

— Elle y est en ce moment.

— Seule ?

— Seule.

— Et elle n'est point encore de retour.

— Je l'attends.

— Ah ! elle arrivera trop tard maintenant, s'écria Ping-si. Lé-ko l'avait prévu, la pauvre Li-tsi est bien morte, et le ciel seul pourrait désormais la rendre à la vie !

Il finissait à peine de parler, quand un bruit éclatant et sonore se fit tout à coup entendre au dehors.

Le *Fils du ciel* tressaillit, et Pinson sentit l'espoir rentrer dans son cœur.

C'était le bruit du *tam-tam*.

Ils l'avaient tous reconnu, et, bien qu'on ne sût pas quelle main téméraire l'avait frappé, nul ne douta que l'incident qu'il annonçait ne dût amener des résultats heureux.

Pinson, surtout, avait besoin de croire à un pareil dénoûment.

D'ailleurs, à cette heure de nuit, qui pouvait être assez osé pour venir troubler le repos du *Fils du ciel*, à moins que ce ne fût Pé-tchi-li? Or, si la petite Chinoise revenait vers le palais impérial où elle devait savoir que son retour était impatiemment attendu, c'est qu'elle apportait les moyens de sauver Li-tsi.

Sur un geste de Ping-si, Tittmarsh et Pinson avaient quitté la salle des Ancêtres, et s'étaient précipités vers la porte d'entrée.

Il y avait déjà là un grand concours de soldats rassemblés, et malgré le respect de la coutume, on hésitait à introduire la personne qui s'était annoncée d'une façon si pleine d'autorité.

C'était Pé-tchi-li!

Pinson la remarqua tout de suite, au milieu de la foule, et il courut à elle.

— Enfin! s'écria-t-il, c'est vous... vous, que je croyais perdue; avez-vous vu Lé-ko?

— Je l'amène, répondit Pé-tchi-li, dont les terreurs s'étaient calmées en voyant Pinson, et qui commençait à sourire.

— Mais peut-il sauver Li-tsi?

— Je ne sais...

— Douterait-il?

— Je n'ai pu encore lui arracher une parole, et je ne crains qu'une chose...

— Laquelle?

— C'est qu'il ne meure avant de nous donner les renseignements que nous en attendons.

Pinson regarda la Chinoise avec un profond étonnement.

— Que s'est-il donc passé? demanda-t-il, en pâlissant à la pensée que Pé-tchi-li avait pu courir des dangers loin de lui.

— Il s'est passé une chose fort simple, répondit la jolie fille: Fo-hi avait tout appris, et épiait les moindres démarches de Lé-ko, et il est arrivé avant moi.

— Il l'a tué?

— Ou peu s'en faut.

— Ah! n'importe... dit Pinson, s'il lui reste un souffle encore, il faut qu'il parle... que diable... on n'abandonne pas comme ça des amis que l'on a mis dans le pétrin.

Cependant les soldats de la veillée qui accompagnaient Pé-tchi-li avaient pénétré dans le palais, où ils venaient de déposer le corps inanimé du malheureux Lé-ko.

Un médecin de la cour, appelé sur-le-champ, était accouru auprès de lui, et après l'avoir fait dépouiller en partie de ses vêtements, il examinait avec un soin attentif l'état de sa blessure.

La blessure était profonde, elle avait été faite à l'aide d'un couteau qui avait pénétré d'un bon pouce dans les chairs.

Le médecin fronça le sourcil.

— Eh bien! fit Pinson, en se penchant vers lui.

— La blessure est grave, répondit l'homme de l'art.

— Pardieu, cela se voit bien... mais est-il mort?

— Le pouls bat encore.

— C'est déjà quelque chose... et croyez-vous qu'il revienne à la vie?

— J'en doute.

— Cependant, il faut que cet homme revive, monsieur, insista Pinson, avec un accent d'autorité, ne fût-ce qu'une heure, ne fût-ce qu'une seconde.

— Son évanouissement peut durer longtemps encore.

— Eh bien, c'est ce qu'il faut empêcher.

— Comment?

Pinson laissa échapper un mouvement d'impatience.

— Pardieu! s'écria-t-il, si j'étais médecin je ne vous le demanderais pas.

Puis, se tournant aussitôt vers Tittmarsh :

— Mon ami, lui dit-il avec vivacité, et comme un acteur qui brûle les planches, mon excellent ami, il ne s'agit pas seulement de la vie de Li-tsi, il s'agit encore de mon honneur et de votre sécurité ; eh bien, cet homme peut sauver la fille d'As-say, et il faut qu'il parle, entendez-vous?

— Mais quel moyen? dit Tittmarsh, le médecin a déclaré...

Pinson haussa les épaules :

— Ce médecin est un âne, répliqua-t-il, j'en demande pardon à la Faculté, mais je n'ai pas la moindre confiance en sa parole. Faites-moi l'amitié, je vous prie, de dire à tout ce monde de se retirer.

— Vous le voulez?

— C'est indispensable ; une fois que nous serons seuls, je me charge du reste.

— Je vais donner des ordres.

Tous les spectateurs sortirent aussitôt de la salle, et il n'y resta plus que les personnages intéressés, y compris le médecin.

Le *Fils du ciel* seul attendait dans la salle des Ancêtres; il eût craint que sa présence, dans un pareil moment, ne donnât l'éveil aux soupçons, et qu'on ne devinât trop clairement l'intérêt qu'il portait à Li-tsi.

Dès que tout le monde se fut retiré, Pinson s'approcha du patient, lui tâta le pouls, et examina sa blessure, comme aurait pu le faire le premier médecin venu.

Puis il tira de sa poche un flacon rempli d'un cordial vigoureux.

Mais au moment où il allait le présenter aux lèvres de Lé-ko, il se sentit arrêté.

C'était le médecin.

— Qu'allez-vous faire? demanda ce dernier.

— Eh! vous le voyez bien, repartit Pinson.

— Mais c'est le tuer.

— Ne l'avez-vous pas condamné?

— Sans doute... mais la science du médecin est limitée, et peut-être...

— Eh bien! c'est ce que nous verrons. D'ailleurs, il n'y a pas à hésiter : à la vie de cet homme est liée la vie d'une autre personne; s'il meurt sans parler, c'est deux morts au lieu d'un que nous aurons sur les bras, et je ferai tout pour éviter un pareil dénoûment.

— Mon devoir est de ne pas autoriser, par ma présence, une semblable profanation.

— Soit! faites votre devoir; quant à moi, rien ne pourra me faire renoncer à mon projet.

Pinson avait prononcé ces dernières paroles d'un ton qui ne permettait aucun doute sur la fermeté de sa résolution, et le médecin s'éloigna aussitôt de la salle.

— Bon voyage!... dit Pinson, par manière de conclusion, et

maintenant le champ est libre... à nous, mes amis, et ouvrons les yeux et les oreilles.

Il souleva alors la tête pâle et vacillante de Lé-ko, et approcha le cordial de ses lèvres, sur lesquelles il en versa quelques gouttes.

Le cordial était énergique, il lui avait été remis par Coupoutaï, qui, en sa qualité de voyageur, avait eu souvent recours à ce breuvage, les jours d'abstinence forcée.

Il produisit un effet presque instantané.

Lé-ko fit un soubresaut, et raidit ses membres.

— Il bouge! s'écria Pinson avec joie. Ça prouve déjà qu'il n'est pas mort; encore quelques gouttes, et vous allez voir qu'il va parler.

Et joignant le geste à la parole, le petit Parisien doubla immédiatement la dose.

Cette fois, Lé-ko ne se contenta pas de remuer, mais après avoir raidi les bras et les jambes, il ouvrit les yeux et promena un moment son regard autour de lui.

— Où suis-je?... murmura-t-il d'une voix faible et mourante, en pressant ses tempes de ses deux mains.

Pinson avait fait signe à Pé-tchi-li de s'avancer.

— Vous êtes au milieu de bons amis, répondit-elle, en penchant son visage frais et souriant vers Lé-ko.

Ce dernier la considéra un moment avec des yeux effarés.

— Qui êtes-vous? dit-il, en cherchant à fixer ses souvenirs confus.

— Vous ne me reconnaissez pas?

— Attendez.

— Pé-tchi-li.

— Toi!...

Et comme si le nom de la jolie fille l'avait mis tout à coup sur la voie, il jeta un cri, et se prit à frissonner.

— Fo-hi! Fo-hi! dit-il, d'un ton glacé, et en promenant autour de la salle un regard plein d'épouvante.

— Il voulait vous tuer...

— Il m'a assassiné.

— Mais je suis arrivée à temps, je vous ai sauvé, et maintenant vous vivrez.

Et comme Lé-ko paraissait écouter avidement ces paroles qui lui apportaient l'espoir...

— Vous vivrez, continua Pé-tchi-li, et nous en serons heureux tous, Lé-ko ; d'abord, parce que vous êtes un ami dévoué, un cœur honnête, mais aussi parce que vous pouvez sauver la personne que votre poison a tué.

Lé-ko fit un mouvement, et se frappa le front :

— Oui !... répondit-il, oui, je me souviens à présent ; c'est pour cela que Fo-hi m'a frappé de son couteau ; mais qu'est devenue cette jeune fille ?

— Elle est morte.

— Que dis-tu ?...

— N'est-ce pas vous-même qui me l'avez dit ?

— En effet, je me rappelle, au lieu de narcotique, c'est du poison que j'ai donné.

— Mais vous pouvez la rappeler à la vie.

— Moi ?

— Vous me l'avez affirmé.

— C'est faux !... je me trompais... le ciel seul pourrait opérer ce miracle...

En parlant ainsi, Lé-ko tremblait de tous ses membres. Pé-tchi-li comprit qu'il avait peur, et que la crainte de Fo-hi jetait encore le trouble dans son esprit.

— Lé-ko, reprit-elle aussitôt, et d'une voix douce et calme, il ne faut pas me tromper, moi ; que craignez-vous ?... Vous êtes ici entouré d'amis ; Fo-hi a disparu, on est en ce moment sur ses traces, et c'est à lui de trembler pour ses jours... Parlez donc comme vous me parliez hier, et songez que de vos réponses dépend le sort d'une jeune fille que pleurent sa mère et son fiancé.

— C'est vrai ! c'est vrai ! balbutia le vieux jongleur.

— Vous m'avez écrit une lettre et donné un rendez-vous.

— C'est ce qui m'a perdu. Fo-hi est allé à ma demeure, et il a lu la lettre, et il est venu.

— Sans doute... vous me promettiez la vie de cette jeune fille, et je n'ai point hésité à me rendre à votre appel, et c'est grâce à moi que vous avez été sauvé.

— Ah ! tu es bonne ! dit le vieillard avec attendrissement.

— Eh bien, il faut l'être aussi, repartit la petite Chinoise; vous avez un secret à me confier, et j'attends ce secret.

Lé-ko jeta encore autour de lui un regard soupçonneux, et le ramena vers Pé-tchi-li.

— Mais tu m'assures que personne ne peut m'entendre? dit-il, avec un dernier frisson.

— Il n'y a ici que des oreilles amies.

— Eh bien! écoute...

— Parlez!

— Le breuvage que je t'ai donné est bien un poison, comme je te l'ai dit, mais il ne doit produire d'effet qu'au bout de la vingtième heure.

— Bien!... bien! nous touchons à cette heure, le temps presse! continuez...

— D'ici là, Pé-tchi-li, et avant que la victime ne se réveille, poursuivit Lé-ko, dont la voix s'affaiblissait visiblement, il suffit de verser sur ses lèvres quatre gouttes d'un contre-poison préparé tout exprès pour cet objet.

— Mais ce contre-poison?

— Je l'avais sur moi.

— Et qu'en avez-vous fait?

— Je ne sais...

— Mais cherchez-le, par pitié... Lé-ko... ne mourez pas encore, parlez. Ah! c'est la vie de Li-tsi que je vous demande... Lé-ko! Lé-ko!...

Mais le vieux jongleur était à bout de forces, cette longue conversation l'avait fatigué, et avant d'avoir pu rien ajouter, il tombait inanimé entre les bras de Pé-tchi-li et d'As-say.

La mine

Fo-hi, après avoir frappé le jongleur, s'était jeté dans un coin obscur. Il essuya son poignard et le remit dans sa gaîne, sans en abandonner pourtant la poignée sur laquelle sa main se crispa, prête encore au meurtre.

Alors il tendit l'oreille, et son œil plongea son rayon dans l'espace.

Dans cette attitude, il attendit que tout bruit se tût, que toute lumière s'éteignît. En même temps, il traça rapidement dans son esprit la route qu'il allait suivre. Il ne voulait pas se munir de lanterne qui aurait trahi sa marche; il fallait alors, privé de la lueur exigée par les règlements de police, éviter la rencontre des patrouilles.

Quand il eut ainsi flairé l'ombre et le silence et arrêté son itinéraire, le Ye-ko prit une course irrégulière. Il se glissait le long des murs sombres, rampait comme un serpent, bondissait d'un angle obscur à une noire encoignure, et allait pour ainsi dire par ricochet. Il enfilait les ruelles les plus noires et les plus étroites, courait les voies les plus solitaires, les plus sales, les plus bourbeuses.

Un bruit coupait-il le silence, il s'arrêtait soudain et dressait l'oreille; une lumière brillait-elle tout à coup dans le lointain, au milieu de la nuit, comme une étoile qui se dégage d'un nuage, Fo-hi se rejetait vivement dans un coin ténébreux, s'y blottissait et attendait l'ombre et le silence, protecteurs des crimes et des mystères.

D'où venait cette prudence si ombrageuse? quelle était la cause de ces minutieuses précautions? Ce n'est pas que le Ye-ko craignît beaucoup les résultats du meurtre qu'il avait commis, quoique cependant le coup audacieux qui l'avait débarrassé de Frentché lui eût coûté cher, et que, en présence de ce souvenir, Fo-hi dût agir avec plus de circonspection.

Ce qui le préoccupait en ce moment, c'était moins de cacher d'où il venait que de ne pas faire soupçonner où il allait. Ce n'étaient pas ses traces qu'il voulait faire perdre; c'était le but de sa course qu'il dissimulait à tout regard.

Il variait dès lors sa marche, précipitant le pas, le ralentissant, sautait, foulait, serpentait, s'arrêtait, courait; filait comme une flèche, traçait des méandres fantastiques, revenait sur ses pas, exécutait des contre-marches capricieuses, suivait enfin tout l'habile manége d'une proie lancée qui cherche à dépister la meute.

Grâce à cette habileté merveilleuse d'évolutions, Fo-hi arriva à l'extrémité d'une rue dont l'un des côtés est formé par les murs du palais impérial. Le long de l'autre côté courent des clôtures de jardin coupées par quelques rares habitations.

Là, le silence semble plus profond que dans aucune autre partie de la ville, et l'ombre plus épaisse. Dans cette espèce de solitude règnent cette froide grandeur, cette sombre majesté qui caractérisent les abords des grands monuments.

Le Ye-ko sonda la profondeur, et écouta.

Les arbres seuls bruissaient sous les brises nocturnes; les maisons seules profilaient leurs masses grises, douteuses, noyées dans les ténèbres.

Fo-hi s'effaça le long du mur qui formait un des côtés de la rue, en face des jardins impériaux et glissa le long de la paroi, aussi doucement que si un nuage y eût promené son ombre.

Il était arrivé à cent pas environ d'une maison délabrée, lorsque une ronde, éclairée par des lanternes, parut à l'autre extrémité de la rue, et s'avança à l'encontre du Ye-ko. Celui-ci s'arrêta et parut hésiter. Il jeta autour de lui un rapide regard. Aucun angle ne pouvait le cacher; la rue était tirée au cordeau.

Il consulta alors l'espace qui le séparait de la masure dont nous avons parlé, interrogea la marche de la ronde, se rassura et se dit :

— J'arriverai!

Alors, il poursuivit sa course, effleurant à peine la voie, arriva à la maison délabrée et s'abîma dans l'ombre.

Malgré son habileté et à cause de sa précipitation, Fo-hi ne disparut pas sans produire un léger bruit. L'attention de la patrouille fut éveillée; les hommes qui la composaient n'étaient pas loin de la masure; ils s'arrêtèrent.

— Quel est ce bruit? dit l'officier qui commandait la ronde.

— Il me semble avoir vu une ombre disparaître dans cette masure, fit un de ses hommes.

Et l'on visita la masure.

C'était une habitation abandonnée. Les murs en étaient crevassés et s'émiettaient pierre à pierre. L'accès de la maison n'était fermé que par une porte en bois vermoulue, aux panneaux pourris et disjoints. Les fenêtres, noires et béantes, livraient un libre passage au vent et à la pluie qui ébranlaient ou minaient successivement cette vieille construction.

La porte céda à la première impulsion de l'officier de ronde. On pénétra dans l'intérieur dont les lanternes éclairèrent les murs lézardés et le sol jonché de débris. Aucun être humain ne pouvait habiter ces ruines. Du reste la maison n'offrait à la patrouille que la seule issue donnant sur la rue, et l'intérieur était vide.

— C'est une fausse alerte, dit l'officier.

— Ce n'était sans doute que le bruit de ces pierres qui tombent, reprit un des hommes de la patrouille.

— Et l'ombre qui nous a apparu, continua un autre homme, était une de celles que les lanternes font jouer sur ces murs.

Et la patrouille continua à battre la veillée par la ville.

Fo-hi avait réellement vidé les lieux. Seulement il avait trouvé une porte qui avait échappé à l'investigation de la ronde.

Derrière un monceau de décombres il avait soulevé une planche qui paraissait disjointe par la main de la destruction; une ouverture parut sous cette planche, sombre, profonde. Le Ye-ko y passa lestement la partie inférieure de son corps, se suspendit par une main au bord de l'ouverture, ramena sur sa tête la planche qui fermait la trappe et lâcha le bord de l'ouverture. La chute de son corps rendit un bruit mat et sourd dans un réduit caverneux et la planche retomba sur l'ouverture et la ferma.

Le Ye-ko, avec son agilité de chat, était tombé sur les pieds, puis sur les mains, et avait atténué la chute, en décomposant les mouvements comme le meilleur professeur de gymnastique.

Il attendit.

En ce moment la ronde pénétrait dans la masure. Fo-hi écouta sans inquiétude le bruit des pas de la patrouille, qui faisaient crier le plancher au-dessus de sa tête.

Quand tout bruit eut cessé, il comprit que la ronde avait évacué la maison, et se remit sur ses jambes. Les plus sombres ténèbres l'enveloppaient. Ses bras se jetèrent en avant et consultèrent l'espace. Après quelques pas qu'il fit en tâtonnant, il toucha le mur, s'en servit comme d'un guide, et marcha assez rapidement malgré l'obscurité. Un angle fut tourné, et Fo-hi parvint dans un recoin éclairé par une lampe rougeâtre qui laissait flotter autour d'elle des lueurs incertaines. Il se saisit de la lampe, enfila un long couloir, où la flamme trouvait une pénible combution, tant l'air y était impur. Mais Fo-hi, cet homme des ténèbres et des sourdes menées, marchait là comme dans son atmosphère la plus naturelle. Il arriva à une sorte de cul-de-sac où nulle issue ne se présentait.

Au fond, la base du mur était en pierre de taille et formait saillie. Les pierres étaient taillées en bossage et laissaient entre elles un mince intervalle. Le Ye-ko appuya la main sur un des bossages, une pierre s'ébranla, fut repoussée par un mécanisme secret hors de sa place, et découvrit ainsi un étroit passage. C'était un couloir tubulaire où un homme ne pouvait s'engager que en rampant à plat ventre.

Fo-hi se glissa dans cette espèce de tuyau. Il avança sur un terrain humide et gluant, véritable étouffoir dans lequel il n'avait pas parcouru l'espace de dix mètres que sa lampe s'éteignit. Mais cet homme avait une volonté d'airain, une énergie sauvage. Rien ne le troublait, rien ne l'embarrassait, rien ne l'arrêtait. Il coula avec les souples mouvements de la couleuvre, le long du tube, à l'extrémité duquel il déboucha enfin dans un large souterrain.

Ce lieu était un rond-point où aboutissaient un grand nombre de galeries souterraines. Un gros falot, suspendu aux voûtes, éclairait le carrefour. Fo-hi interrogea les marques qui distinguaient les galeries, s'orienta et prit rapidement son chemin, à travers une longue suite de souterrains, éclairé par sa lampe qu'il avait rallumée au falot du rond-point.

Il parcourut diverses galeries dont les voûtes étaient soutenues de distance en distance par d'énormes piliers. Le Ye-ko examinait le long de son chemin la base de ces piliers, en tenant sa lampe dans un prudent éloignement. Il passait son doigt dans une perforation pratiquée dans la pierre, touchait une matière pulvérisée qui remplissait la perforation, et un sourire étrange crispait ses lèvres. Et il reprenait son pas rapide, en murmurant :

— Dieu remue la foudre dans le ciel, et Fo-hi peut la faire éclater dans les entrailles de la terre!

Peu à peu, il ralentit sa marche, et marcha avec plus de prudence. Sans doute que l'endroit où il se trouvait était moins souvent désert que les autres parties du vaste souterrain, car il écoutait les bruits et consultait l'espace. Les gouttes d'eau qui suintaient des voûtes, les concrétions qui se détachaient et brisaient sur le sol leurs formes étranges, les cristallisations qui dans le lointain dressaient leurs figures bizarres, tout inquiétait la course du Ye-ko.

Arrivé à l'extrémité d'une galerie il se trouva en face d'une large porte de fer. Des barres de fer renforçaient les panneaux de la porte que constellaient en outre d'énormes clous symétriquement disposés.

Fo-hi regarda tout autour de lui, appliqua son oreille à terre pour écouter si nul être humain ne parcourait même au loin les souterrains.

Le résultat du guet qu'il faisait fut sans doute satisfaisant, car son visage contracté se dérida.

Il s'approcha alors de la porte, et sourit devant cet obstacle qui pouvait défier les plus redoutables attaques.

— La foudre qui sort des canons enflammés ne l'ébranlerait

pas, dit-il, et la plus légère pression de mon doigt va l'ouvrir!

En même temps, il pressa un des clous qui hérissaient les panneaux de la porte.

Celle-ci, au grand étonnement de Fo-hi, ne vacilla pas.

— Malheur! murmura tout à coup le Ye-ko, avec un geste de désespoir, on a défait le mécanisme, et je ne connais pas le mot de passe!

Nous devons dire au lecteur que Fo-hi se trouvait dans les immenses souterrains qui s'étendent sous les palais et sous les jardins du Fils du ciel. Les affiliés de la société des Trois-Unis en connaissaient toutes les routes, et ces profondes galeries leur avaient souvent servi de retraite.

Longtemps la police du palais avait ignoré ces rendez-vous souterrains. Mais depuis quelques jours des bruits étranges avaient retenti dans ces sombres galeries. Les pierres frappées par des mains inconnues avaient eu de sourds tressaillements, et les échos souterrains avaient plusieurs fois révélé un travail inconnu. C'est pour cela que la porte de fer était fermée et que le mécanisme secret qui la faisait mouvoir avait été détruit.

Fo-hi était un homme de ressource. Les obstacles irritaient son audace et excitaient sa féconde imagination.

Pourtant, dans cette circonstance, aucun moyen de franchir cette barrière de fer ne se présentait à son esprit.

A côté de la porte il y avait bien un tam-tam sur lequel il suffisait de frapper pour se faire ouvrir. Mais il fallait une fois la porte ouverte répondre au mot de passe, et Fo-hi n'avait pas le mot. Assassiner le gardien de la porte était un moyen violent et dangereux. Du reste à aucun prix, le Ye-ko n'aurait voulu attirer une surveillance trop active dans les souterrains qui étaient pour ses projets d'un si puissant secours.

Fo-hi considérait d'un œil distrait ce tam-tam d'appel sur lequel la voûte laissait pleuvoir des débris de cristallisation, qui rebondissaient avec un léger bruit.

A cette vue un éclair traversa l'œil bridé du Ye-ko : une inspiration venait de surgir dans sa tête.

— Je passerai! murmura-t-il, frémissant de joie.

Et il se munit aussitôt de deux gros fragments des concrétions calcaires qui hérissaient les murs des souterrains, et frappa un coup résolu sur le tam-tam. Les voûtes retentirent, la porte cria sur ses gonds, et une tête effarée parut entre les battants entrebâillés.

C'était le gardien.

Fo-hi s'était jeté de côté et s'était blotti dans l'ombre.

Le gardien promena ses regards de tous côtés; et à son grand étonnement ne vit aucun être humain.

Il ouvrit alors un peu plus les battants de la porte, s'avança timidement et avec précaution dans le souterrain pour voir qui avait frappé.

Il tourna la tête à droite, à gauche et ne vit rien.

Un fragment de concrétion tomba alors sur le tam-tam qui rendit un bruit sourd. Le gardien tressaillit, et leva la tête pour considérer le tam-tam. Mais à ce moment, un second fragment de cristallisation se détachait de la voûte, et venait tomber sur le nez du gardien stupéfait.

Le nez ne rendit pas de son, mais le gardien poussa un cri de douloureuse surprise.

Pendant ce temps, une ombre avait glissé derrière lui et avait disparu par la porte entr'ouverte.

L'ombre qui avait disparu n'était autre que Fo-hi; c'était lui également qui avait jeté sur le tam-tam les deux pierres que nous lui avons vu ramasser précédemment.

— Imbécile que je suis! se dit le gardien, c'est la voûte qui se démolit et qui a laissé tomber quelque débris sur le tam-tam. Je ne me dérangerai plus.

Et il rentra dans sa loge.

Grâce à son stratagème, Fo-hi avait franchi la porte de fer et se trouvait dans les galeries qui s'étendent sous les bâtiments du palais de l'empereur. Il arriva bientôt à un escalier à vis qui le conduisit à une salle basse du palais.

C'était la salle du conseil des bonzes.

Un tam-tam se trouvait dans l'un des angles, et cette fois Fo-hi y frappa avec plus de résolution que sur celui du souterrain. Il alla ensuite se placer à côté d'une porte dérobée qui s'ouvrait dans un angle de la salle. Un instant après la porte céda sous une pression extérieure et une longue file de bonzes parurent dans la pénombre, en dehors de la salle. Ils pénétrèrent un à un dans la pièce où se trouvait Fo-hi en lui disant un mot à voix basse, auquel celui-ci répondait par un autre mot sur le même ton.

La salle était éclairée par une grande lampe en porcelaine, à deux becs, suspendue au plafond. Une foule de siéges en bois découpés et sculptés la garnissaient. Le long des murs régnaient en outre une longue suite de divans. A l'une des extrémités de la salle se trouvait une sorte d'estrade.

Les bonzes avaient envahi la salle et tous les siéges étaient occupés. Il y avait foule; et pourtant un profond silence était répandu dans l'assemblée.

Fo-hi monta sur l'estrade, fit signe qu'il allait parler et un mouvement se manifesta dans l'auditoire.

Le Ye-ko parut se recueillir un instant. Il croisa les bras sur sa poitrine, courba la tête, son front se plissa; ses traits se contractèrent, ses yeux s'assombrirent.

Enfin il releva la tête : son front rayonnait d'une implacable audace; une ardeur fauve allumait ses prunelles.

— Frères, dit-il d'une voix stridente, nous sommes perdus!

A ces mots jetés comme dans un cri de désespoir, les bonzes se dressèrent et un frémissement courut parmi eux.

— Parle! parle! criait-on de toutes parts, qu'est-il arrivé?

— Nous sommes perdus, frères, si nous ne réunissons nos forces dans un suprême effort. Il n'est plus temps d'agir sourdement dans l'ombre, de songer à nous créer au loin des appuis, à étendre les ramifications de la société des Trois-Unis. La destruction de notre nationalité s'accomplit, l'étranger-démon est au cœur du Céleste-Empire; les Fan-kouei sont dans la capitale, que dis-je? dans le palais impérial.

— Dans la capitale? exclamèrent plusieurs voix.

— Dans le palais impérial? s'écrièrent plusieurs bonzes.

— Oui, reprit Fo-hi, le principe étranger a miné sourdement le principe national, l'a pénétré, l'a envahi. Vainement nous l'avons combattu. Il a fui nos coups, il a évité nos atteintes. Et pourtant, ce flot envahisseur a monté, a monté sans cesse. Aujourd'hui il va nous atteindre, et nous submerger. Mœurs, religion, croyances, race, tout va s'abîmer sous cette marée montante; car nous ne sommes plus les frères vengeurs des Trois-Unis!

— Qui l'a dit? qui l'a dit? crièrent les voix de la foule.

— Je vous dis que la foi a abandonné les cœurs.

— Non!... Non!...

— Eh! qu'avons-nous fait et que pouvons-nous faire?

— Nous avons fait beaucoup, dirent des voix; nous ferons plus encore.

— Frères, reprit Fo-hi, je sais que votre vie est dévouée à la cause; mais l'ennemi que nous avons à vaincre est hors de nos atteintes.

— Où est-il? Nous le frapperons partout où il se trouvera.

— Notre ennemi est partout; et il y a longtemps que notre bras s'abat sur lui. Vingt fois j'ai teint mon poignard de son sang, vingt fois il s'est relevé et s'est multiplié vingt fois.

— Que faire alors?

— Jusqu'ici nous avons frappé les membres; il faut aujourd'hui trancher la tête; c'est là qu'est la vie!

— Où est la tête?

— Dans ce palais.

— Profanation! à mort l'étranger! à mort les Fan-kouei.

— Eh bien! reprit le Ye-ko, d'une voix vibrante, criez donc aussi à mort le Fils du ciel!

Un frémissement parcourut l'assemblée.

Ce mot avait frappé les bonzes de stupéfaction et d'effroi, et l'audace de leur frère principal les épouvantait.

— Vous avez peur? murmura Fo-hi.

— Les frères des Trois-Unis n'ont pas peur, dirent plusieurs voix; mais ils sont justes, et ne peuvent condamner le *Fils du ciel*.

— Le Fils du ciel n'est-il pas le chef de notre nation? ne continue-t-il pas l'histoire de notre pays? n'est-il pas le représentant de nos traditions, de notre race, de nos mœurs? n'est-il pas le chef de la grande famille?

— Oui! oui!

— Eh bien! le Fils du ciel a rompu avec le passé, il a souffleté le génie national, il a foulé aux pieds l'histoire de ce pays; il a déposé son caractère de chef de la grande famille.

— Qu'a-t-il fait?

— Vous le demandez?

— Parle.

— Eh bien! il a pactisé avec l'étranger; il nous a chassés de son cœur, il nous a fermé son âme pour l'ouvrir à une Fan-kouei.

Un murmure s'éleva du sein de l'assemblée.

— Le Fils du ciel, continua Fo-hi, d'une voix forte, le Fils du ciel aime une chrétienne! Le Fils du ciel aime Li-tsi!

Les bonzes se regardèrent avec consternation.

— Frères, reprit le Ye-ko, vous gémissez; vous prévoyez comme moi les malheurs qui vont s'abattre sur notre patrie. Vous vous rappelez comme moi l'histoire de ce roi dont l'empire était dans l'antiquité à l'occident du nôtre. Il reçut dans son affection une étrangère; l'étrangère domina le cœur du roi; Esther était fille d'Israël; Israël était esclave du peuple d'Assuérus; et pourtant, sous l'influence d'Esther, Assuérus fit humilier son peuple par Israël. Vous le savez, frères, la femme est toute-puissante sur le cœur qu'elle a touché. Je vous le répète, le Fils du ciel aime Li-tsi, et Li-tsi est chrétienne.

— Malheur! malheur! murmurèrent les bonzes.

— Oui, malheur sur nous, si nous sommes lâches! mais malheur sur les chrétiens, si nous sommes forts!

— Que faire?

— Couper la tête, vous dis-je, afin de tuer les membres.

— Frapper le Fils du ciel!

— Non, dit le Ye-ko, la main peut trembler, et l'œil se troubler.

— Le combattre?

— Il est puissant.

— L'empoisonner?

— Il y a des contre-poisons.

— Appeler la vengeance du ciel?

— Le ciel dit : aide-toi et je t'aiderai.

— Que faire alors?

— Écoutez. Le ciel a quelquefois des vengeances terribles,

épouvantables. Ce n'est pas la foudre qu'il fait gronder, ce ne sont point les tempêtes qu'il déchaîne. Quand il a condamné un peuple, on entend de lourds tressaillements dans les entrailles de la terre. Le tonnerre semble promener ses éclats au milieu d'un orage souterrain; la terre s'agite, les édifices tremblent, des abîmes s'ouvrent, les villes sont englouties. Ainsi disparaît un peuple odieux. Ainsi disparaîtra ce palais et les hommes vendus qu'il renferme.

— Ce palais est donc maudit?

— Ce palais est maudit, il est maudit par nous.

— Qui donc agitera la terre?

— Moi seul.

— Explique-toi.

— En un clin d'œil un volcan peut faire éruption aux bases de ces voûtes.

— Comment?

— Vous connaissez les souterrains?

— Nous les avons tous parcourus.

— Eh bien, au bas de chaque pilier un mineur habile a pratiqué un trou profond. Mille perforations remplies de poudre et réunies par de longues traînées de poudre formeront, à un signal donné, autant de tonnerres qui saperont les bases du palais impérial, et le Fils du ciel s'abîmera, avec sa Fan-kouei impure, dans ce gouffre enflammé que nous aurons allumé et creusé sous leurs pas.

A cette proposition, qui terrifia les bonzes, un petit rire sec, moqueur, nerveux, sceptique, comme devait être le rire de Voltaire, répondit aux effrayantes paroles du Yé-ko.

Celui-ci tira vivement son poignard :

— Il y a un traître parmi nous! s'écria-t-il en brandissant son arme.

— On est donc traître parce qu'on rit? répondit la même voix, sur le même ton.

— Coupoutaï! s'écria Fo-hi avec rage, en reconnaissant la voix qui s'élevait du sein des bonzes.

— Coupoutaï! murmurèrent les bonzes en se reculant et en

laissant un vide autour de l'individu qui venait d'interrompre si étrangement le discours du Ye-ko.

— Je produis mon effet, fit Coupoutaï sans s'émouvoir en faisant quelques pas dans la lumière.

Le lecteur se demandera comment le philosophe, que nous avons laissé auprès de Li-tsi mourante, se trouvait dans cette salle, au milieu des bonzes. Coupoutaï ignorait certainement que cette réunion dût avoir lieu. Mais il connaissait l'esprit sans cesse remuant des membres de la société des Trois-Unis, et ce qu'il connaissait encore mieux, c'était l'effrayante audace de Fo-hi. Il savait que le Ye-ko ne reculerait devant aucune entreprise. Le frère principal avait des relations nombreuses dans le palais du Fils du ciel; en tout lieu ses tentatives étaient à craindre. Coupoutaï faisait donc observer le palais, et ses appréhensions n'étaient pas sans fondement, car un officier était venu l'avertir qu'on avait remarqué dans les appartements des bonzes un mouvement inusité.

Cet indice lui suffit. Il s'esquiva de l'appartement où gisait le vieux jongleur, et gagna l'aile du palais affectée aux bonzes. Tout y était silencieux. Le philosophe courut à la pagode, elle était déserte.

— Où peuvent-ils être? se dit-il avec inquiétude, leur absence m'inquiète.

Diverses informations adroitement prises lui firent supposer que les bonzes n'avaient pas quitté leur appartement.

Alors il fouilla de tous côtés sans rien trouver. Il visita pièce à pièce, étage par étage, le logement des bonzes et arriva jusqu'aux salles basses qui ne lui montrèrent aucun être humain.

— Ni en haut, ni en bas! se dit Coupoutaï désappointé.

Et il se mit à réfléchir.

— Au fait, reprit-il, peut-être ne suis-je pas descendu assez bas. Oui; mais comment descendre? Il doit exister dans quelque coin une porte secrète. Mais si secrète que soit la porte, l'homme en y passant laisse toujours quelque trace. Cherchons la trace.

Coupoutaï sonda le sol, sonda les murs : tout rendait un son mat. Il examina les portes, il interrogea le fenêtres ; aucun indice ne se montra. Seulement, il remarqua que sous l'appui d'une des fenêtres le sol était un peu plus usé que dans les autres parties de la salle. D'un autre côté, au bord de l'appui, le tenon de fer qui accrochait une des fenêtres était mieux poli que les autres.

— Enfin, se dit le philosophe, j'ai trouvé une issue.

Et il pressa le tenon.

Aucune porte ne s'ouvrit.

Il ne s'effraya pas pourtant.

— Il paraît qu'il ne faut pas pousser, fit-il.

Et il tira le morceau de fer comme s'il voulait l'arracher.

Une des grosses dalles qui pavaient la salle se dressa subitement et laissa béante une étroite ouverture. En même temps, Coupoutaï entendit un sourd bourdonnement.

— Je les tiens! pensa le philosophe.

Puis il se glissa dans l'étroite ouverture qu'il ferma derrière lui. Il descendit trente marches, et à mesure qu'il avançait le bourdonnement qu'il avait entendu devint plus clair. Arrivé près d'une petite porte, il distingua clairement la voix de Fo-hi.

— Je ne m'étais pas trompé, se dit-il, et j'arrive à point.

Et ce disant, il ouvrit discrètement la petite porte, et se faufila, sans être aperçu, parmi les bonzes, dont l'attention était violemment subjuguée par le discours du Ye-ko.

C'est alors qu'il répondit par son rire narquois à la motion si hasardée du Ye-ko. Celui-ci devina instantanément que le philosophe était venu là pour surprendre les secrets de l'association et pour les déjouer. Aussi, la fureur s'alluma-t-elle brûlante dans son cœur. D'un autre côté, les bonzes ne virent pas sans trembler la présence de Coupoutaï parmi eux.

— Que viens-tu faire ici? demanda Fo-hi au philosophe d'une voix sourde.

— Je viens t'écouter.

— Tu railles!

— Ton amour-propre d'orateur est blessé, parce que je n'applaudis pas; qu'à cela ne tienne...

— Frères, il nous brave! hurla Fo-hi.

— Où vois-tu ça que je brave ces bonnes gens qui ne disent rien?

— Frères, il va nous trahir! rugit le Ye-ko.

Cependant une diversion s'était opérée chez les bonzes. La présence de Coupoutaï, en qui ils soupçonnaient un ennemi, les avait rapprochés de Fo-hi. Un instant auparavant ils hésitaient à adopter les terribles propositions de leur principal frère : en ce moment, en présence d'un ennemi, ils se sentaient attachés à lui par une communauté de but, et ils épousèrent rapidement ses sentiments. Aussi, un murmure menaçant s'éleva-t-il parmi eux contre Coupoutaï. Fo-hi remarqua avec joie cette disposition hostile, et il se hâta de s'en emparer afin de l'augmenter et de la diriger. Il considéra même cet incident comme un bonheur qui lui arrivait, car il pensa qu'il allait facilement entraîner son auditoire à une manifestation contre Coupoutaï, et qu'une fois engagés dans l'action, les bonzes ne refuseraient pas d'aller jusqu'au bout. Un acte en commande un autre. Coupoutaï devenait donc pour ainsi dire une transition.

— Frères, reprit Fo-hi. cet homme va nous perdre.

— Tu t'es déjà retrouvé bien souvent, répondit le philosophe, qui comprit l'intention de Fo-hi, mais qui ne voulait pas paraître ému, bien qu'il sentît qu'un grave péril le menaçait.

— Frères, le laisserez-vous sortir? Exposer notre vie, ce n'est rien; mais notre mort anéantit la cause des Trois-Unis et assure le triomphe des étrangers-démons et des Fan-kouei.

— Bah! les étrangers ne sont pas si démons qu'ils en ont l'air.

— Vous l'entendez, gronda Fo-hi, il l'avoue. A mort l'ennemi de la nationalité, à mort celui qui veut perdre sa patrie.

Et Fo-hi brandissait son poignard. De leur côté, les bonzes avaient tiré leurs armes qu'ils cachaient sous leur vêtement et se pressaient, menaçants, vers Coupoutaï.

— Allons! allons! dit celui-ci sans émotion apparente, frappez un de vos frères, et vous irez promener ensuite, dans vos pagodes sacrées, vos robes saintes tachées de mon sang.

Ces paroles arrêtèrent les bras. Fo-hi vit cette hésitation, mais il savait admirablement profiter des moindres incidents et les faire tourner à son avantage.

— Eh bien! non, frères, s'écria-t-il vivement, son sang ne tachera pas vos robes sacrées. Laissons ici ce traître. Bientôt ce palais ne formera plus qu'un monceau de décombres, et cette salle ensevelira sous ses ruines ce démon qui sait notre secret.

— Oui! oui! cria-t-on de toutes parts, que la terre lui ouvre ses entrailles et l'engloutisse.

— Mort à nos ennemis!

— Aux poudres! aux poudres!

— Frères, dans un quart d'heure tout ne sera ici que cendres et poussière, et la société des Trois-Unis sera maîtresse de l'empire!

Le Flacon

Cependant Li-tsi était toujours couchée, pâle, inanimée, lentement rongée par la fatale liqueur que lui avait versée le jongleur.

Celui-ci était lui-même mourant ; on l'avait transporté dans la salle des Ancêtres, et le Fils du ciel, As-say, Pinson, Pé-tchi-li, étaient suspendus, avides, anxieux, à ses lèvres pour saisir les premières paroles qui indiqueraient la place où il avait caché le contre-poison qui devait rendre la vie à Li-tsi. Quand il se fut évanoui pour la deuxième fois, un cri de désespoir partit de la bouche du Fils du ciel. As-say jeta un cri terrible et tomba comme foudroyée auprès de la couche de Li-tsi. Pé-tchi-li sanglotait; Pinson secouait violemment le jongleur, lui faisait respirer les sels les plus forts, humectait ses lèvres des plus violents réactifs.

Le blessé restait inerte et glacé.

Et le poison continuait sur Li-tsi son effet terrible.

Le Fils du ciel allait de la jeune fille au vieillard. Il consultait, haletant, les yeux hagards, la vie qui s'éteignait dans sa jeune et belle fiancée.

— Le flacon! le flacon! criait-il en joignant les mains; elle vit encore, on peut la sauver.

— Mais où le prendre, mon Dieu! gémissait Pinson.

— S'il pouvait parler !

— Il a oublié...

— Il peut se souvenir !

— La vie l'abandonne...

— Elle peut revenir.

— On étouffe ici ! de l'air ! donnez-lui de l'air.

Pé-tchi-li ouvrit violemment les fenêtres.

Le Fils du ciel courut à Li-tsi. Les yeux de la jeune fille commençaient à s'entourer d'un cercle bleuâtre, et le bord des paupières prenait une teinte irisée.

— Mon Dieu ! mon Dieu ! s'écria le Fils du ciel, en se tordant les bras, la mort vient ! la mort vient !

As-say fit entendre un sourd gémissement, et le Fils du ciel s'élança de nouveau auprès du corps du vieux jongleur.

— Vit-il encore? demanda-t-il.

— Il vit, répondit Pinson, mais le souffle est près d'expirer.

— Mais il s'agite...

— C'est la dernière convulsion.

— Il ouvre les lèvres...

— C'est le dernier soupir...

— Non, il râle encore... Oh ! qu'il parle ! qu'il parle !

— Il n'entend rien.

— Oh ! à lui tous mes trésors, à lui mon empire pour ce breuvage qui peut rendre la vie à ma Li-tsi !

Et le Fils du ciel se précipita vers le corps de la jeune fille, interrogea son souffle, consulta les battements de son cœur, la couva du regard comme pour saisir dans leur marche les lents effets du poison, prit ses mains dans les siennes pour les réchauffer, et effleura sa lèvre de la sienne, comme pour lui prêter un souffle qu'elle perdait, lui darda les ardents rayons de ses yeux comme pour lui insuffler son âme et remplacer celle qu'elle était sur le point de perdre.

— Eh bien, dit le Fils du ciel, qui revint soudainement vers Pinson, a-t-il repris ses sens?

— J'ai peur qu'il ne les reprenne jamais.

— Mais ses vêtements le gênent... La circulation du sang est comprimée, la respiration est peut-être embarrassée ; il faut le dépouiller.

Pinson se hâta d'obéir. Il arracha, déchira même les vêtements du jongleur et les jeta loin de lui.

— Au fait, demanda le jeune Parisien, frappé d'une idée subite, on ne l'a pas seulement fouillé.

Et il courut aux habits qu'il avait rejetés et en retourna les poches.

Elles étaient vides.

Chaque incident de cette scène, dans laquelle une existence si chère était en jeu, causait une nouvelle angoisse aux acteurs. Toute circonstance qui allumait une lueur d'espoir les trouvait palpitants, frémissants d'attente. C'était une succession délirante d'illusion confiante et de déception qui tour à tour caressait le cœur ou le déchirait.

Cependant le vieux jongleur ne donnait aucun signe de vie. Pinson l'avait dépouillé de presque tous ses vêtements; il commençait à désespérer de trouver la fiole qui contenait le contre-poison.

Il posa sa main sur le corps du vieillard, pour voir s'il respirait encore. Il sentit que la taille était comprimée par une ceinture passée sous la chemise.

Supposant que cette ceinture gênait la respiration ou la libre circulation du sang, il voulut la desserrer et chercha l'agrafe. Mais en passant sa main sur le cuir rebondi à un endroit, il sentit un objet de forme sphérique à un bout et cylindrique à l'autre bout.

Il resta là hésitant un instant, l'œil dilaté, la bouche béante, la main crispée sur l'aspérité que formait le cuir.

— Si c'était le flacon! dit-il d'une voix tremblante de crainte et d'espoir.

As-say, restée jusque-là anéantie, se dressa subitement, comme si une force inconnue l'eût poussée; elle tendit l'oreille et écouta, l'œil ardemment avide, l'haleine sifflante.

Pinson palpa la ceinture timidement, tant il redoutait une déception.

Le Fils du ciel suivait les mouvements du jeune Français, retenant son souffle, arrêtant de sa main son cœur qui battait à se rompre, tant le sang y affluait.

Enfin, Pinson glissa un de ses doigts dans une pochette ménagée dans la ceinture et ramena un objet qui roula sur le sol.

C'était une petite fiole en porcelaine, qui dans sa chute fit miroiter les dessins bleus et verts et les filets d'or qui l'émaillaient.

Le Fils du ciel et le Parisien eurent un éblouissement et fixèrent quelques secondes cette bouteille avec des yeux ravis, comme si les figures qui l'ornaient les eussent fascinés.

As-say tomba à genoux, leva les mains et les yeux au ciel. Son visage se transfigura, éclairé du reflet d'une joie immense. Ses lèvres ne prièrent pas et ne remercièrent pas Dieu. Ses lèvres ne trouvèrent pas d'expression assez brûlante pour dépeindre à Dieu la reconnaissance et l'amour qui s'allumaient dans son cœur.

Enfin, le Fils du ciel bondit vers la précieuse fiole, l'agita dans les airs d'un air triomphant et s'élança vers Li-tsi.

— Vite ! vite ! cria-t-il à Pinson, à Li-tsi !

Et il approcha précipitamment la petite bouteille des lèvres de Li-tsi dont Pé-tchi-li soutenait la tête.

La liqueur coula le long des lèvres dont la pâleur se teignit d'une légère couleur rose, et vint perler comme une larme à l'un des coins de la bouche convulsivement fermée. Cette larme fit trembloter un instant ses reflets de rubis, puis elle s'infiltra par le mince interstice formé à la commissure des lèvres.

Pinson et le Fils du ciel se penchèrent sur le corps de Li-tsi, l'œil fixe, la bouche muette, immobiles. Ils auraient craint de troubler par un mot, par un clignement d'yeux, par un geste, l'action du puissant antidote qui devait rappeler la jeune fille à la vie.

Une pensée terrible les préoccupait du reste. La précieuse liqueur avait-elle été administrée à temps ? avait-elle la vertu merveilleuse que lui attribuait le jongleur ? Ces réflexions inspiraient des doutes poignants. Aucune plume ne saurait peindre les sentiments tumultueux qui se heurtaient dans ces âmes : toutes les rages, tous les ravissements, toutes les angoisses, tous les enchantements vibraient violemment dans ces cœurs à en briser les fibres. Mais, semblables à la terre dont les entrailles s'agitent sans que la surface s'émeuve, ils ne manifestaient pas leur travail intérieur de joie ou de souffrance, et entouraient Li-tsi de calme, de silence et d'ardente sollicitude. En ce moment, ils ne sentaient même plus, ils ne respiraient plus, ils ne vivaient plus. Leur vie paraissait s'être engrenée avec celle de la jeune fille et attendre d'elle son impulsion.

As-say s'était relevée et se dressait derrière Pinson et le Fils du ciel, avançant sa tête pâle et maigre, dardant sur Li-tsi un regard fixe et flamboyant. Pé-tchi-li était curieuse et inquiète.

Ainsi rassemblés autour du lit de la jeune fille, courbés sur son corps, sur lequel les rayons de leurs yeux semblaient s'être attachés, ces quatre personnes avaient l'immobilité plastique qu'affectent les statues funéraires autour de l'effigie d'un personnage étendu sur sa couche de pierre.

Enfin, un tressaillement imperceptible courut le long de la peau de Li-tsi. As-say, Pinson, le Fils du ciel, parurent éprouver le contre-coup de ce frisson, comme si un courant magnétique eût passé des membres de la jeune fille dans les leurs, et la partie supérieure de leur corps éprouva une subite oscillation.

— Avez-vous vu? demanda Pinson.

— J'ai senti! répondirent As-say et le Fils du ciel, avec une joie étrange.

— Les muscles du visage frémissent, dit Pinson.

— Le souffle arrive, fit la mère.

— Les membres s'assouplissent, reprit Pé-tchi-li.

— La peau devient moite, dit le Fils du ciel.

— Les lèvres s'agitent, exclama As-say.

— Quelques gouttes encore, ajouta Pinson.

— Donnez, dit As-say; la main d'une mère ne tremble jamais quand il s'agit de rendre la vie à son enfant.

Et elle humecta les lèvres de Li-tsi.

La bouche de la jeune fille s'entr'ouvrit légèrement, et la langue s'agita doucement sous l'impression de la bienfaisante liqueur. Quelques secondes après, le sein se gonfla, et, des cavités gutturales, sortit, lent, prolongé, un soupir qui sembla ouvrir un passage à la vie emprisonnée, et terminer une longue oppression.

En même temps, quatre poitrines se dégonflèrent et soufflèrent joyeusement, délivrées de l'attente anxieuse qui pesait sur elles.

Li-tsi fit doucement palpiter ses paupières, et ouvrit un œil languissant, sans regard, mais qui s'éclaira peu à peu.

— Ma fille! s'écria As-say.

— Ma fiancée! exclama le Fils du ciel.

— Reviens à toi!

— C'est nous! rappelle-toi.

Li-tsi promena autour d'elle un regard étonné.

— Où suis-je? murmura-t-elle, et que m'est-il arrivé?

— Elle a parlé! s'écria As-say hors de joie; elle est sauvée!

Et elle couvrait de baisers les mains de sa fille, en remerciant avec ferveur le Dieu des chrétiens.

— Ma mère! mon fiancé! soupira Li-tsi, dont les yeux s'animaient et dont les joues se coloraient de vie et de bonheur.

— Oui, c'est nous, nous qui t'aimons! dit avec effusion le Fils du ciel.

— Et vous aussi, Pinson! et vous aussi, Pé-tchi-li!

— Oui, tous! tous! dit Pinson.

— J'ai donc failli vous quitter, mes bons amis?

— Dieu a eu pitié de ta jeunesse, de la douleur d'une mère, de la douleur de tous ceux qui t'aiment, répondit As-say.

— Oh! j'ai bien souffert. Il me semblait qu'un fer rouge me brûlait la poitrine. Puis, j'ai eu froid, et j'ai cru que la mort me glaçait.

— Pauvre Li-tsi! soupira le Fils du ciel.

— Mais je vous suis rendue, et je suis bien heureuse; car vous m'aimez, n'est-ce pas?

— Et nous ne nous quitterons plus maintenant.

— Oh! merci, merci!

— Merci à Dieu, ma fille! car c'est lui qui m'a ramenée vers toi; car c'est lui qui t'a sauvée!

— Oui, merci à Dieu! dit Li-tsi, en levant ses yeux au ciel et en joignant ses deux petites mains charmantes.

Cette scène avait un caractère éminemment émouvant, et tous les acteurs en subissaient l'influence.

As-say, Pinson, Pé-tchi-li, se prosternèrent aux paroles de la jeune malade, et le Fils du ciel lui-même, fléchissant le genou sous une puissance étrange, mêla sa voix à celle de sa fiancée, et adressa la prière de son cœur à un Dieu qui n'était pas Bouddha.

— Mais mon père, le Tao-sze, n'est pas là pour bénir notre prière et l'offrir au Dieu qu'il nous a fait connaître, fit la jeune malade en regardant autour d'elle.

En ce moment, on entendit des pas précipités dans les appartements voisins, et le missionnaire apparut bientôt sur le seuil de la porte, haletant, épuisé, chancelant, couvert de sueur, les yeux hagards.

Pinson et le Fils du ciel se précipitèrent vers lui.

— Qu'y a-t-il? demanda celui-ci.

— Parlez, dit Pinson.

— Dieu veut-il encore nous éprouver? fit As-say en joignant les mains.

Pé-tchi-li était toute tremblante. Un sourire de sainte résignation plissa les lèvres de Li-tsi.

Quant au missionnaire, il s'appuyait contre la porte et prenait haleine.

— Malheureux enfants... dit-il enfin, fuyez, ou vous êtes perdus!

— Qui ose nous menacer? demanda le Fils du ciel en fronçant le sourcil.

— Ah! on y revient, fit Pinson; pour ma part, j'en étrangle vingt avant qu'on me passe sur le corps.

— Il s'agit bien de combattre! dit le père André. La mort est sous nos pieds; le sol est prêt à nous engloutir. Des volcans s'allument dans les entrailles de la terre, et bientôt ces palais, ces jardins ne seront plus qu'un monceau de cendres.

— Que dites-vous?

— Est-ce possible!

— Hélas! reprit le missionnaire, malheur! malheur! nous n'avons même plus le temps de fuir; tout est miné autour de nous sur un long espace, et vous ne sauriez plus même où vous réfugier.

— Mais enfin, quel est réellement le malheur qui nous menace, et qu'avez-vous appris? demanda le Fils du ciel.

— Écoutez! répondit le missionnaire : il y a quelques instants, je rentrais au palais, l'œil abattu, l'esprit triste, l'âme oppressée. Les crimes qui se commettent autour de nous contre les Fan-kouei m'attristaient profondément. Tout à coup je me sens heurter. Ce sont les bonzes qui s'enfuient, effarés, chargés d'objets précieux.

— Et où couraient-ils ?

— Je ne savais ; mais, dans leur fuite, ils faisaient des signes à certains autres individus qui venaient à eux, parlaient à voix basse, et ceux-ci prenaient, épouvantés, leur élan à la suite des bonzes.

— Que veut dire cela ?

— C'est ce que j'ai voulu savoir. J'ai remarqué, fuyant avec les bonzes, un jeune officier dont le Fils du ciel m'a dernièrement accordé la grâce. J'avais droit à sa reconnaissance. Je l'ai interrogé.

— Qu'a-t-il répondu ?

— Écoute, m'a-t-il dit, tu es un Fan-kouei, un Tao-sze, un étranger-démon, et peut-être devrais-je te laisser périr, car la mort des étrangers et de leurs amis est résolue.

— Les misérables ! fit le Fils du ciel.

— Mais tu m'as sauvé la vie, continua-t-il ; service pour service. D'ailleurs, je ne veux rien devoir à un Fan-kouei. Eh bien, si tu ne veux pas périr, ne rentre jamais au palais ; fuis ces jardins, car des tonnerres couvent sous la terre et vont éclater de toutes parts.

— Que veux-tu dire ? lui ai-je demandé.

— Là-bas, sous nos pieds, m'a-t-il répondu, s'étendent de vastes souterrains. Partout la main des frères a creusé des mines au pied des murs et des piliers qui soutiennent les voûtes. La poudre est de tous côtés répandue, et couvre toutes les galeries d'un immense réseau fulminant. En ce moment, un frère dévoué y promène la flamme. Le feu va courir avec la rapidité de l'éclair qui sillonne la nue, mille voix tonnantes vont gronder dans la terre ; et de ces palais il ne restera que des décombres, et des Fan-kouei et du prince impie qui l'habite, il ne restera que des débris calcinés.

Il dit, et me laissa là épouvanté.

Je volai : je me précipitai vers l'entrée des souterrains pour tâcher d'arrêter la communication de la flamme. Toute issue était fermée, et il aurait fallu de longs efforts et des forces considérables pour s'ouvrir un passage. Alors, je suis accouru ; je vous ai crié : La mort vous cherche! vous n'avez pas voulu fuir; que notre destinée s'accomplisse. Mais si Dieu n'a pas encore marqué notre dernière heure, les habiles desseins des méchants ne changeront pas les arrêts de son immuable volonté. Nous n'avons plus d'espoir qu'en Dieu. Prions!

Le missionnaire se découvrit, se prosterna, et éleva ses bras au ciel.

Cependant, divers sentiments agitaient les personnes présentes à cette scène.

Il y avait si longtemps que le malheur poursuivait Li-tsi, que la pauvre enfant ne regardait un moment de joie que comme une trêve inespérée ; l'adversité la reprenait calme et résignée. Mais en ce moment, entre une mère retrouvée, un fiancé qu'elle aimait, un père qui la bénissait, des amis qui l'entouraient de leurs soins affectueux, la mort lui paraissait plus affreuse. As-say se résignait au châtiment du ciel, qui, pour la punir de ses crimes, la frappait au moment où elle revoyait sa fille. Le Fils du ciel se rapprochait de Li-tsi, comme s'il eût voulu la couvrir de son corps.

En présence du péril, ces divers personnages s'étaient groupés selon leur affection ; chacun se pressait vers l'être qu'il aimait. Il se fit un instant de silence, où tous attendaient l'issue du fatal événement qui se préparait. Moment terrible! tout le sang avait afflué au cœur ; les yeux étaient dilatés et fixes ; les bouches étaient béantes ; les cheveux se hérissaient sur la tête. A chaque instant, on espérait voir la terre s'entr'ouvrir et manquer sous les pieds. C'était une de ces attentes palpitantes qui secouent si violemment une existence et l'usent si vite! On aurait dit la muette agonie de six individus de qui l'esprit conservait toute sa liberté, assistant, avec d'horribles angoisses, à la désorganisation du corps. A cette dernière heure, toutes les soifs de l'existence firent irruption, et chacun se raidissait contre la mort avec cette répulsion désespérée qu'éprouve le condamné en montant sur l'échafaud. Tous cherchaient du regard, imploraient du cœur un secours miraculeux ; tous s'accrochaient à la vie avec cette ardeur désespérée de gens qui laissent du bonheur sur la terre. Ils étaient tous un peu retenus par cet étrange sentiment qui leurre le cœur d'une espérance, même au milieu des fatalités les plus inéluctables. Ils attendaient tout des événements. Le missionnaire seul conservait un calme plein de recueillement, parce que, lui, il n'espérait rien de la terre et attendait tout du ciel.

Tout à coup, un bruit épouvantable, semblable au fracas de la foudre, éclata dans les airs ; la terre parut ébranlée ; les fondements du palais semblèrent bouleversés. Les murs, remués fortement, oscillèrent comme s'ils allaient se renverser. Les six personnages dont nous nous occupons poussèrent un cri terrible, jetant les bras en avant, cherchant un appui, et chancelèrent, comme si le sol allait manquer sous leurs pieds. En même temps, on entendit une succession de bruits sourds, qu'on aurait dit produits par une lointaine canonnade ou par une pluie de gros grêlons. Une nuit subite, éclairée de rouges lueurs, envahit les airs.

Puis il se fit un silence effrayant, anxieux comme l'est l'intervalle qui sépare deux décharges d'artillerie.

— Mon Dieu, ayez pitié de nous ! exclamèrent le missionnaire et les personnes qui l'entouraient.

Une partie des jardins impériaux venait de sauter. Les pierres, lancées dans l'espace, produisaient, en tombant, le bruit que nous avons décrit ; et c'était la poussière et la fumée mêlée de flammes qui avaient enveloppé le palais de ténèbres.

A chaque instant, on s'attendait à voir partir dans les airs le palais tout entier.

Cependant, le ciel s'était éclairci ; la pluie de pierres avait cessé. Quelques colonnes de poussière et de fumée tourbillonnaient seules au-dessus des ruines.

— Sauvé ! s'écria soudain une voix qui s'éleva des décombres.

Pinson et le Fils du ciel se précipitèrent aux fenêtres.

Alors, ils virent un homme, les vêtements en désordre, couvert de débris, sortir de dessous une voûte écroulante, et se dresser au milieu des ruines comme l'ange de la destruction.

Cet homme agita ses bras et s'écria encore :

— Sauvé ! sauvé !

C'était l'ange du salut.

— Coupoutaï ! exclama le Fils du ciel.

C'était en effet Coupoutaï.

Le philosophe sortit des ruines qui l'entouraient, et, sur un signe, se dirigea vers l'appartement où se trouvait le Fils du ciel.

Celui-ci et ses amis n'étaient pas encore exempts de crainte. Aussi se précipitèrent-ils vers Coupoutaï pour lui demander des renseignements sur l'étrange catastrophe qui venait de bouleverser une partie des jardins impériaux et qui menaçait peut-être tout le palais.

Ils étaient encore tout pâles et tout frémissants.

Coupoutaï parut sur le seuil de l'appartement.

— Tout va-t-il sauter? lui demanda-t-on avec anxiété.

— Rassurez-vous, répondit le philosophe, c'est terminé.

— Et qui nous a sauvés? lui demanda le Fils du ciel.

— Divine lumière, répondit Coupoutaï, j'ai eu ce bonheur et cet honneur.

— Tous les biens, tous les honneurs, dit le Fils du ciel, ne suffiront pas pour te récompenser.

— A quoi bon! fit le sceptique philosophe, sans vous déplaire, ô lumière des lumières, j'ai pris l'habitude de ne compter que sur ma reconnaissance, et je me suis récompensé moi-même.

— Comment cela?

— Je me suis sauvé la vie.

Alors il raconta ce qu'il avait vu et ce qui lui était arrivé dans la salle basse où les bonzes et Fo-hi l'avaient abandonné, et où il devait périr sous les décombres du palais.

— Les bonzes, continua Coupoutaï, reprirent en toute hâte le chemin par où ils étaient venus et je restai seul avec Fo-hi

— Aucun supplice ne sera assez terrible pour ce misérable! dit le Fils du ciel.

— Fo-hi, reprit le philosophe, devait mettre le feu aux poudres. J'avoue que je n'étais pas sans inquiétude à me trouver sans arme en face de cette bête féroce, d'autant plus que le Ye-ko me regardait avec ses yeux fauves d'un air peu rassurant et caressait le manche de son poignard.

— Je connais cet œil-là, fit Pinson avec une grimace.

— Et vous connaissez le poignard aussi, reprit Coupoutaï; vous savez qu'œil et poignard ont la même promptitude. Je fis pourtant bonne contenance. C'est ce qui me sauva.

— Coupoutaï, me dit enfin le Ye-ko d'une voix brève, la lame me démange dans sa gaîne. Mais c'est assez de sang; tu es un brave, et il n'a tenu qu'à toi d'être un de nos meilleurs frères. Je ne sais pas si je te laisserai longtemps la vie; mais en ce moment ma main t'épargnera. D'ailleurs, en ce moment, tu peux m'être utile.

— Je m'explique mieux la modération.

— Écoute donc ce que j'ai à t'ordonner : Tu connais le mot de passe qui peut faire ouvrir la porte de fer des souterrains; tu vas marcher devant moi qui te suivrai, cette pointe dans les reins, jusqu'au gardien qui tient les clefs ; tu feras ouvrir. Au moindre mot, au moindre signe de ta part, contraires à mes projets, je t'étends mort à mes pieds. Marche maintenant.

Fo-hi était résolu et bien armé ; je n'avais aucun intérêt à m'ensevelir dans la salle basse ; je pouvais tout sauver dans les souterrains où se préparait l'œuvre de mort et de destruction; je marchai.

Le mot de passe fut donné et la porte de fer s'ouvrit devant nous.

Nous avons passé, et les lourds battants de fer se sont refermés. Fo-hi m'a fait suivre une longue galerie qui nous a conduits au rond-point des souterrains.

Une lampe était suspendue à la voûte. Le Ye-ko l'a décrochée et m'a dit :

— Tu vois, ma main t'épargne ; je te quitte ; mais que je n'entende pas tes pas derrière moi ou je te cloue à un de ces murs. Quand je serai parti, sauve-toi comme tu pourras, si le feu t'en donne le temps.

Il dit et s'éloigna. Quelque temps je vis flotter son ombre qui s'allongea dans l'espace sombre des galeries souterraines. Puis je ne vis qu'un point brillant au fond des souterrains. Ce point resta fixe un instant, puis il s'éteignit.

Fo-hi avait disparu. Je restai dans les ténèbres.

Pourtant je n'avais pas perdu mon orientation, et je pouvais même, dans la nuit qui m'enveloppait, retrouver le chemin que j'avais parcouru. Mais je ne doutais pas que Fo-hi, en partant, eût allumé la mèche qui devait faire éclater les mines, et je pensais, en frémissant, qu'avant que je fusse arrivé hors d'atteinte, les jardins et les bâtiments du palais auraient été bouleversés par la poudre. Que faire?

Tant d'existences étaient menacées en même temps que la mienne, que je commençais à m'émouvoir violemment. Il y avait plusieurs mines creusées, et elles communiquaient entre elles par un réseau de traînées de poudre.

En coupant la communication qui reliait les mines, je pouvais préserver le palais. Concevoir cette idée fut rapide. La mettre à exécution au milieu des ténèbres était chose lente et difficile.

Je repris à tâtons la route par laquelle j'étais venu, palpant le sol de ma main et cherchant les traînées de poudre. Enfin, je touchai une matière friable qui suivait une longue ligne jusqu'à une perforation. A tout hasard, j'établis une large solution de continuité dans cette traînée. J'agis de même pour d'autres lignes de poudre, et coupai ainsi tout chemin à la conflagration qui me menaçait. Et bien me prit de me hâter, car, dans le lointain, le feu s'alluma tout à coup et l'explosion se fit. Une seule mine sauta; la flamme m'éblouit. La commotion fut terrible, et l'éclat de la mine gronda avec des bruits effrayants dans tous les échos des souterrains. Le sol trembla; les murs tressaillirent; les voûtes s'écroulèrent près de moi avec un fracas semblable à celui d'une cataracte. Mais la destruction s'arrêta à quelques pas, et le ciel, où la lumière du matin naissait, a fait luire à mes yeux, par l'entrebâillement des voûtes en ruines, le jour inespéré de la délivrance.

— Allons! nous l'avons échappé belle, grâce à toi, Coupoutaï!

— Peuh! fit le philosophe, Fo-hi n'en restera pas là. Vaincu sur ce point, il recommencera sur un autre.

— Mon Dieu! mon Dieu! toujours cet homme, murmura Li-tsi en frémissant.

— Si je le tenais une seconde fois entre deux eaux! fit Pinson en serrant les poings.

— Bah! dit Coupoutaï, c'est vous qui seriez noyé. Cet homme est protégé du ciel.

— Ou de l'enfer ! dit le missionnaire ; c'est l'enfer qui l'a suscité contre Dieu !

— L'enfer sera-t-il plus fort que le Fils du ciel ? exclama l'amant de Li-tsi. Allons ! Coupoutaï, Pinson, vous que le ciel a doués de la force et de l'intelligence, veillez sur nos ennemis. Je vais donner des ordres pour que l'on visite les souterrains et pour que l'on poursuive les coupables. Et vous, ma chère Li-tsi, vous, âme de ma vie, ne redoutez rien, le Fils du ciel vous a sous sa puissante garde.

— J'ai foi en vous, dit Li-tsi, et j'ai foi en Dieu.

Li-tsi et le Fils du ciel échangèrent un tendre regard, et ce dernier sortit suivi de Coupoutaï, de Pinson et de Pé-tchi-li.

Le Tao-sze était resté pensif dans un angle de la chambre. Il songeait, avec tristesse, à ces sombres péripéties qui depuis quelque temps accidentaient sa vie et celle des êtres qui l'entouraient. Était-ce une épreuve que Dieu lui envoyait, était-ce un châtiment ? N'avait-il pas assez fait pour le Christ ? Son cœur était-il bien dégagé des choses de la terre ? Non, toutes ses actions s'étaient accomplies en vue de Dieu, et sa conscience était tranquille.

Mais sa fille n'avait-elle pas offensé le ciel ? La jeune chrétienne aimait un adorateur de Bouddha ; la servante d'un Dieu de vérité s'abandonnait à une coupable affection pour un des soutiens des faux dieux. C'était elle qui attirait la colère du Très-Haut : les malheurs qui arrivaient autour d'eux étaient un avertissement. Les méconnaître plus longtemps, ce serait s'exposer aux terribles effets de la vengeance céleste.

As-say entourait sa fille de tendres soins. Elle l'aidait à se remettre et de la fatale influence du poison, et des événements remplis d'émotions qui avaient successivement marqué les quelques heures qui venaient de s'écouler.

Le missionnaire s'approcha du lit de Li-tsi et la regarda longtemps avec des yeux humides de tendre pitié.

— Rassurez-vous, mon père, dit Li-tsi, qui s'aperçut de la tristesse du prêtre ; les méchants nous ont accordé une trêve, et j'ai échappé à la mortelle influence du poison.

— Oui, Dieu a écarté la mort qui planait sur nos têtes, mais qu'avons-nous fait pour Dieu ?

— Eh quoi! dit Li-tsi, vous lui avez sacrifié votre existence; ma foi, la foi de ma mère, était à Bouddha, j'ai donné ma foi à votre Dieu, pour lui que faut-il faire encore?

— Votre Dieu, ajouta As-say, n'a-t-il pas assez de mes larmes? votre Dieu a-t-il trop peu des souffrances de mon enfant?

— Vous vous plaignez, As-say! vous murmurez, Li-tsi! Dieu était pur, Dieu était saint, et il est mort sur la croix. Li-tsi, votre cœur est-il pur de tout blâmable attachement?

— Ah! tout amour ne vient-il pas du ciel, mon père!

— Oui, quand le ciel peut bénir cet amour! Mais quelle bénédiction peut-il tomber d'en haut sur deux cœurs qu'une même religion n'unit pas?

— Que faut-il faire, mon père?

— Il faut répudier cette folle passion.

— Je ne puis...

— Il faut fuir.

— Quoi! ne plus le voir?

— Dieu le commande.

— Je l'aime!

— Dieu le défend!

— Pourquoi a-t-il mis cet amour dans mon cœur?

— C'est une épreuve. Peut-être est-ce l'œuvre du démon.

— Le démon n'allume pas une flamme aussi sainte, aussi pure, aussi dévouée.

— Malheureuse! songe que persévérer dans cette fatale passion, c'est renoncer à Dieu, c'est renoncer au ciel; c'est épouser les barbares doctrines de Bouddha; c'est renier ton titre de chrétienne; c'est te replonger dans les ténèbres où le sort t'avait fait naître, et d'où un miracle de bonté céleste t'avait tirée.

— Mon père, je l'aime!

— Tais-toi! tais-toi! n'offense pas la mère du Christ qui t'appelait sa fille! n'attriste pas le cœur des anges qui t'appelaient leur sœur.

— Mais je l'aime, mon Dieu!

— Hélas! et moi pourrai-je t'appeler ma fille? Dieu ne me défendra-t-il pas de te laisser mon cœur? Fallait-il que ce malheur me fût réservé! Quinze ans j'ai passé mes nuits et mes jours à former ton âme; quinze ans j'ai nourri ton cœur et ton esprit de la pensée et des saints préceptes du Christ. Et un homme, un étranger, un ennemi du Christ a détruit tout cela. Tu as renoncé à quinze ans de pure et sainte affection, pour te livrer à un amour que l'Église condamne, et tu renies ton père en reniant ton Dieu.

— Pitié! pitié! mon père!

— Fuis alors, oublie cet homme!

— Si vous saviez combien je l'aime, et combien je souffre...

— Mais cet amour même est maudit, repartit le missionnaire avec exaltation, et il attirera sur le *Fils du ciel* lui-même la colère de Dieu...

— Oh! ne dites pas cela!

— Et pourquoi donc?

— Ah! vous êtes cruel.

— Je suis juste, et je ne veux te rien cacher de la vérité.

— Unis-toi donc à lui, porte dans sa demeure la fatale destinée qui te poursuit. Rends-le solidaire de ton crime. Étends sur lui les malheurs que Dieu te réserve! Israël fut puni du crime de David; que ce peuple soit puni par toi. Rends le *Fils du ciel* le jouet de l'infortune; qu'il soit honni de son peuple, et qu'il apprenne à te mépriser, parce que tu l'auras rendu méprisable, et à te haïr, parce que tu lui auras ravi l'amour de ses sujets; qu'il te maudisse, parce que tu l'auras rendu misérable.

— Ah! que dites-vous? s'écria Li-tsi hors d'elle-même. Accablez-moi, mais épargnez le *Fils du ciel.*

— Son sort est entre tes mains.

— Vous voulez ma mort!

— Je veux ton salut éternel.

— Le ciel lui fera-t-il grâce au moins?

— Le ciel aura pitié de lui, parce que tu auras beaucoup souffert.

— Qu'il reçoive alors le sacrifice de mon cœur!

— Ma fille! s'écria le missionnaire.

— Mon enfant! s'écria As-say.

— Vous l'avez voulu! s'écria Li-tsi, en tombant éplorée dans leurs bras, que ma destinée s'accomplisse! Mais je suis brisée, je n'ai plus de force, et ma souffrance ne sera pas longue sur cette terre. Si je pouvais mourir!

Et la jeune fille s'affaissa, les bras pendants, la tête pâle et penchée.

Le père André joignit les mains, contempla un instant ce spectacle navrant, et laissa lui-même pencher sa tête sur sa poitrine :

— Mon Dieu! s'écria-t-il, ai-je le droit de torturer ainsi une créature humaine? Suis-je prêtre ou bourreau? N'est-ce pas un crime de tuer cette enfant qui ne sait qu'aimer? Si un jour vous me demandez compte de cette jeune vie que j'ai brisée, pardonnez-moi, mon Dieu, mon cœur n'a en vue que votre gloire!

Cependant, le *Fils du ciel* venait de reparaître sur le seuil; et dès qu'il le vit, le père André, sûr désormais du consentement de Li-tsi, entraîna As-say avec lui, dans le but d'aller tout préparer pour le départ; — un départ prompt lui paraissait la seule issue possible à cette situation dont les dangers augmentaient à chaque instant, et en agissant ainsi, il croyait bien sincèrement agir dans l'intérêt de Li-tsi et dans celui du *Fils du ciel*.

Quand ce dernier rentra dans la salle et qu'il retrouva Li-tsi, encore toute pâle et tout émue, il se précipita vers elle, les mains tendues.

— Qu'avez-vous, Li-tsi? lui dit-il avec un frisson d'effroi.

La jeune fille se rejeta vivement en arrière en jetant un cri de douleur.

— Mon Dieu! mon Dieu! dit-elle en se tordant les bras, vous voulez donc mettre mon courage à toutes les épreuves!

— Mais que se passe-t-il? d'où vient ce désespoir?

— Laissez-moi! laissez-moi! je ne dois plus vous voir!

— Vous ai-je offensée?

— C'est Dieu que nous offensons par notre amour!

— Li-tsi, ce n'est pas votre cœur qui a fait cette réflexion.

— Et qu'importe, si elle est vraie!

— C'est le Tao-zse!...

— Ne l'accusez pas, c'est Dieu qui l'inspire.

— Ainsi, poursuivi de tous côtés, haï de mes sujets, trahi par mes amis, par ceux que je protége, trompé par celle que j'aiime.

— Ping-si !...

— Tenez, votre résolution n'est pas sérieuse ; vous ne voulez pas, vous ne pouvez pas me fuir ; car vous m'aimez !...

— Taisez-vous !

— Mais non, vous ne m'aimez pas, car l'amour ne change pas ainsi, et vous n'accepteriez pas avec tant de résignation une séparation qui doit me tuer.

— Ah ! vous ne savez quelles tortures sont les miennes.

— Vous m'aimez donc ?

— Pourquoi m'arracher cet aveu ?

— Parle ! oh ! parle !...

— Ne me faites pas parler ! Craignez d'attirer sur nous la colère de mon Dieu...

— Et n'ai-je pas moi-même éveillé la fureur de Bouddha ? Ton Dieu n'est-il pas l'ennemi du mien ? Et cependant, je t'aime ! je t'aime !

— Grâce ! vous me maudiriez tous, si mon cœur répondait à vos paroles, et tous les efforts dont une femme est capable suffisent à peine à comprimer la voix de mon cœur.

— Mais quel est donc cet amour de mère qui peut ainsi accabler une enfant, et la briser à plaisir ? s'écria le Fils du ciel avec amertume. Quelle est cette tendresse de père que n'ont pu fléchir ni tes cris ni tes sanglots ? Quel est ce Dieu qui se repaît des souffrances de sa créature, et exige des sacrifices plus terribles que les sacrifices humains ?

— Taisez-vous ! taisez-vous ! interrompit la jeune fille, accablée, vos paroles jettent le trouble dans mon esprit, et ma raison s'égare et se perd... Ne m'enlevez pas cette dernière croyance, cette dernière foi. Dans la solitude de ma vie, laissez-moi ce doux appui de l'amour d'une mère et de l'affection d'un père.

— Et ont-ils hésité, eux, à tuer mon bonheur, à me tout ravir ? Écoute donc ! tu veux partir, dis-tu, tu veux me quitter, malgré mes prières, malgré mes larmes ; eh bien ! tu n'auras pas à lutter longtemps ! ton sacrifice va s'accomplir sans combats. Cette vie qui m'est odieuse, cette vie qui serait dans ton souvenir un regret ou un remords, je puis en arrêter le cours, en arrêter les souffrances... Eh bien ! je mourrai !

— Oh! que dit-il? balbutia Li-tsi. Ah! vous ne savez pas, tenez... vous ne savez pas que c'est pour vous que je fuis; et que m'importe le reste, pourvu que tu sois sauvé et que tu vives par moi! Ce sera ma dernière consolation, ne m'enlève pas celle-là...

— Pour moi! c'était pour moi! s'écria le Fils du ciel, et tu veux que j'accepte un pareil sacrifice, qui nous ferait malheureux l'un et l'autre?... Non!... écoute-moi... laisse-moi te dire que je t'aime, laisse-moi t'arracher cet aveu de ton cœur.

Et en parlant ainsi, il prit vivement la jeune fille dans ses bras.

Celle-ci n'avait plus la force de résister. Toutes ces émotions l'avaient brisée, elle était sans défense contre son propre cœur, et d'ailleurs, elle aimait.

— Ah! je le sens, tu m'aimes, s'écria le Fils du ciel, ton cœur a crié merci! c'est assez de résistance; ton Dieu pas plus que le mien n'exige des actes au-dessus des forces humaines. Cet amour est trop puissant pour être inspiré par le démon. Il vient du ciel, Li-tsi, du ciel, cette source de tout amour!

La jeune fille éperdue renversa sa tête en arrière et se raidit dans un suprême effort. Le Fils du ciel se pencha sur elle, la brûla de ses yeux ardents et de son souffle de feu, et ses lèvres avides se posèrent un moment sur le front de Li-tsi; un soupir haletant, une espèce de râle sortit du gosier aride de la jeune fille; ses yeux mourants, renversés, se voilèrent sous les paupières palpitantes, et un frisson courut par tous ses membres.

— Li-tsi, tu es à moi! je t'aime! dit tout bas Ping-si.

— Je t'aime, soupira la jeune fille, dont la tête se pencha sans force sur le sein de son fiancé.

— Et maintenant! revienne le démon! vienne ton Dieu t'arracher au Fils du ciel!

— Ah! je suis maudite.

— Non! car ton fiancé, le *Fils du ciel* te bénit!

Le Fils du Ciel

As-say et le missionnaire étaient sortis du palais impérial.

Ils étaient silencieux et tristes. Des pensées pénibles les préoccupaient. La résistance de Li-tsi, ses larmes, ses déchirements les jetaient l'un et l'autre dans une lutte de sentiments contraires. Leur devoir sollicitait d'un côté leur volonté à laquelle, d'un autre côté, leur affection pour Li-tsi livrait de rudes assauts. C'est qu'ils se trouvaient dans la plus terrible alternative qui puisse tourmenter un cœur de mère, un cœur de père, car le missionnaire avait pour la jeune fille une véritable affection paternelle

Ils étaient forcés de la maudire ou de la torturer, d'en faire une réprouvée ou une martyre!

Le cœur d'As-say saignait surtout douloureusement. Elle penchait bien plus vers son amour de mère que vers son zèle religieux. C'éta t une récente néophyte, plutôt entraînée par sentiment que par conviction, et ce sentiment s'appuyait sur l'amour qu'elle portait à sa fille. Or, dans cette circonstance, cet amour rudement attaqué par le sentiment même auquel il servait de base se révoltait et retirait son appui.

Le missionnaire cédait lui-même à une espèce de découragement, et ce découragement s'était formulé au moment même où il venait de briser la résistance de Li-tsi.

A mesure qu'ils marchaient, les traits d'As-say devenaient plus sombres. Ses yeux reprirent leur dureté fauve ; sa lèvre murmurait rapidement des mots inintelligibles.

Tout à coup elle s'arrêta, saisit le missionnaire par le bras et lui dit d'une voix brève :

— Li-tsi est malheureuse, et je souffre !

— Crois-tu que je souffre moins que toi ? lui répondit le missionnaire.

— C'est toi qui fais couler les larmes de mon enfant.

— Crois-tu que je ne l'aime pas ?

— Aime-t-on ceux que l'on tourmente ?

— As-say, c'est Dieu qui commande, et je ne fais que répéter ses ordres.

— Oh ! quelle est donc cette divinité qui dicte ces ordres inhumains ?

— C'est un Dieu tendre et miséricordieux, mais c'est aussi un Dieu vengeur. Soumettons-nous sans murmurer.

— Je me soumets ! je me soumets ! quoique j'aie bien souffert ! Je suis coupable. Mais ma fille est-elle coupable des crimes de la mère ?

— Elle aime un infidèle !

— L'amour est fatal ! on le subit.

— Subissons aussi les épreuves que Dieu envoie même à ses plus fidèles serviteurs.

Et le missionnaire baissa le front en donnant à son visage une expression pleine d'amertume.

As-say secoua la tête avec un air de sombre doute et d'impatience nerveuse.

— Je veux croire à Dieu, je veux aimer Dieu, dit-elle tout à coup, avec une sorte d'impétuosité. Mais qu'il ne me prenne pas ma fille ; tu m'en réponds sur ta tête, entends-tu bien ?

— Ah ! tu peux me frapper, As-say, fit le missionnaire avec désespoir, car je voudrais mourir !

Ces paroles, l'abattement du prêtre touchèrent As-say et la désarmèrent.

— Tu souffres donc autant que moi ? soupira-t-elle avec un regard moins dur et une voix plus douce.

Le missionnaire leva au ciel des yeux chargés de larmes.

Ils marchèrent ensuite tous les deux côte à côte sans mot dire.

Bientôt le fleuve vers lequel ils descendaient parut à leurs yeux, avec son mouvement d'embarcations et de maisons flottantes, avec ses cris de marchands, de bateliers, de matelots, de passagers.

— Là est le salut, dit le prêtre à As-say en lui montrant une embarcation chinoise. Notre passage arrêté, tous les maux sont conjurés. A Pé-king, nous quittons tous les malheurs qui nous ont poursuivis et qui nous menacent encore. Loin de ces lieux ta fille oubliera ; les blessures du cœur se cicatrisent comme celles du corps.

— Quand elles ne sont pas mortelles, murmura As-say.

— Que faire de mieux ? Nous ne sommes pas maîtres de la destinée. Ici, Li-tsi est plus exposée que loin du Fils du ciel. Près de lui, elle perd son âme, et tous les jours les complots de nos ennemis tendront, le couteau à la main, des piéges à son existence. Qu'elle parte, et elle vivra dans la paix de Dieu au milieu d'amis dévoués qui chercheront à dissiper les orages de son cœur.

As-say ne répondit rien. Cette alternative que lui dépeignait le prêtre lui paraissait trop réelle.

Ils se trouvaient à Pé-king, pour ainsi dire, entre l'esprit du bien et l'esprit du mal, entre Dieu et Fo-hi, ce dernier personnifiant le démon.

As-say et le missionnaire marchaient donc l'esprit préoccupé de ces réflexions, et ils n'aperçurent pas une barque qui traversait le fleuve et qui eût dû vivement les intéresser.

La barque était montée par cinq individus : quatre étaient aux rames ; le cinquième était étendu au fond de la barque sur une sorte de brancard.

Les vêtements de ce dernier étaient tachés de sang. Il était pâle ; ses traits étaient contractés sans doute par la douleur.

Pourtant il ne murmurait aucune plainte et ne soupirait aucun gémissement.

Il se soulevait sur un de ses coudes et regardait le bord comme un homme impatient d'arriver.

Bientôt après, la barque toucha la rive. Les quatre rameurs

débarquèrent le blessé, et se disposèrent à charger sur leurs épaules le brancard où il était couché.

En ce moment, à une trentaine de pas de ce groupe, deux exclamations étouffées se firent entendre, mais leur bruit n'arriva pas heureusement jusqu'aux cinq individus de la barque.

— Fo-hi! avait dit une voix avec étonnement.

— Fo-hi! s'était écriée une deuxième voix avec terreur.

C'était bien Fo-hi que portaient les quatre rameurs.

— Est-ce Dieu qui nous venge? murmura As-say en remarquant l'état du Ye-ko.

— Notre ennemi est frappé mortellement, mais il se relèvera, fit le missionnaire.

— Cet homme semble défier la mort, reprit As-say.

— Parce qu'il fait l'œuvre de la mort, murmura sourdement le père André.

— Vous croyez donc qu'il est toujours à craindre?

— Il nous a fait voir la mesure de sa haine indomptable.

— Je doute alors qu'il nous laisse partir.

— Peut-être ne connaîtra-t-il pas notre départ.

— Il a des espions partout.

— Il faudrait le suivre et l'observer.

— Vous chargez-vous de tout préparer pour la fuite?

— Je vais arrêter notre passage.

— Et moi, dit As-say, je suis Fo-hi pour déjouer ses projets. Nous nous retrouverons au palais.

As-say et le missionnaire se séparèrent sur ces mots.

Cependant, les rameurs qui portaient le Ye-ko, après avoir traversé la ville, s'étaient engagés dans un chemin désert et avaient gagné une petite maison perdue dans la campagne, sous le feuillage des arbres.

Fo-hi fut couché sur un lit, et on fit venir un jongleur qui examina les plaies. Le Ye-ko était fortement contusionné, et en plusieurs endroits il avait reçu des blessures profondes.

Mais aucun membre n'était brisé.

Quand le jongleur lui fit remuer les pieds et les mains, quand il fit jouer les jointures des membres et les phalanges des doigts, et qu'il lui annonça qu'il serait bientôt rétabli, la figure du Ye-ko se dilata sous le sentiment d'une joie cruelle.

— Tout n'est donc pas fini, murmura-t-il, et je pourrai agir!

A ces mots, un gémissement se fit entendre au dehors, semblable à un triste murmure du vent.

Le Ye-ko tressaillit.

— Quelle est cette voix? demanda-t-il en se dressant sur son séant.

— Ce sont les arbres qui s'agitent, lui répondit-on.

— Ou ma vengeance qui murmure! reprit-il sourdement.

Un second gémissement semblable au premier vint encore faire tressaillir le blessé.

Le lecteur s'est déjà demandé à la suite de quel événement Fo-hi se trouvait en ce piteux état.

Il est temps de répondre à sa question.

Le Ye-ko avait quitté Coupoutaï au rond-point des galeries souterraines; une centaine de pas plus loin, il avait allumé une mèche qu'il avait mise en communication avec une des mines creusées sous le palais impérial.

Cela fait, il avait fui rapidement vers le corridor par lequel nous l'avons vu passer précédemment. Mais dans sa précipitation il avait éteint sa lampe et s'était tout à coup trouvé plongé dans l'obscurité.

Le Ye-ko avait frémi d'effroi. Pourrait-il retrouver aisément son chemin et sortir de ces voûtes avant que la poudre les fît sauter?

Il allait, pâle, haletant, les cheveux dressés, tâtant rapidement de ses bras frémissants les murs du souterrain.

Enfin, sa main se posa à l'orifice du corridor par où il devait fuir.

Il respira et se crut sauvé.

En ce moment, une lueur éclatante resplendit au lointain, et une détonation effroyable retentit avec des roulements prolongés.

Fo-hi poussa un hurlement de fureur; sa main se crispa comme si elle se cramponnait au salut.

Mais autour de lui tout était ébranlé, et la destruction promenait le ravage au-dessus de sa tête.

Les pierres tombaient et le blessaient dans leur chute. Puis il se fit un éboulement considérable qui le couvrit presque entièrement.

En même temps, la voûte, partout fendue, lézardée, chancelait au-dessus de lui, et menaçait à chaque instant de l'ensevelir à jamais.

Fo-hi se sentait perdu s'il n'arrivait bientôt à se dégager. Il fit des efforts inouïs. Il oublia un moment les meurtrissures qu'avaient reçues ses bras, les raidit contre la pierre, et tira violemment son corps d'entre les décombres. Il n'eut égard ni aux pierres qui comprimaient ses membres et froissaient les chairs, ni aux fragments aigus qui les déchiraient. Il avait la mort suspendue sur sa tête, et la soif ardente de la vie décuplait le courage et la force de cette nature déjà si énergique.

Enfin, il sortit des décombres, et se glissa meurtri et sanglant dans le tube souterrain que la mine avait épargné.

Il était temps. Un craquement sourd se fit entendre, et la voûte, qui tout à l'heure chancelait à peine, s'abîma avec un bruit lugubre.

Fo-hi frissonna; une sueur glacée se mêlait au sang qu'il perdait. L'effort qu'il venait de tenter avait épuisé ses forces.

Il s'évanouit.

Mais cet affaiblissement fut passager. Cette nature avait des ressources inouïes.

Il se traîna jusqu'à la maison délabrée qui servait de secrète issue aux souterrains, poussa un cri particulier, auquel répondirent, dans le lointain, quatre cris semblables.

Bientôt quatre individus se trouvèrent en présence du Ye-ko.

Ces hommes avaient été prévenus la veille par ce dernier, et devaient, à tout événement, se trouver aux abords de la petite maison.

Ils firent, avec quatre rames et des vêtements, un brancard sur lequel ils placèrent Fo-hi et le transportèrent ainsi que nous l'avons décrit.

La petite maison des champs dans laquelle le Ye-ko venait d'être déposé avait plusieurs issues.

Fo-hi savait toujours se ménager des entrées et des sorties inopinées.

Par une de ces issues cachées disparurent les quatre hommes qui l'avaient ramené.

Le jongleur, resté seul avec lui, oignit les membres du blessé d'un baume salutaire, et bientôt les douleurs devinrent moins vives, les articulations jouèrent avec plus de liberté, une douce fraîcheur se répandit dans le sang et éteignit la fièvre qui s'allumait.

Fo-hi soupira avec une sorte de sentiment de plaisir et respira plus à l'aise.

— Du repos, maintenant, lui dit le jongleur.

— Du repos! du repos! murmura Fo-hi en serrant les dents, quand le Fils du ciel vit encore! Du repos, quand ceux que je hais vont m'échapper!

— Il le faut. Ce soir je reviendrai; d'ici-là, gardez-vous de bouger.

Le jongleur disparut aussitôt, et le Ye-ko demeura seul.

Bientôt un sommeil bienfaisant s'empara du blessé. Ce sommeil fut calme d'abord. Puis le malade se tourmenta sur son lit, obsédé sans doute par un songe pénible.

Enfin, il ouvrit les yeux et s'éveilla en sursaut, comme débarrassé d'un lourd cauchemar.

Mais en même temps il fit entendre une exclamation terrible, et se dressant sur ses mains, il allongea rapidement un de ses bras vers un poignard qui se trouvait près de son chevet.

Une main calme, quoique ferme, arrêta le bras menaçant de Fo-hi.

C'était As-say!

— Je ne viens pas vers un ennemi, dit-elle d'un ton affectueux, et j'ai oublié les maux qu'on m'a fait souffrir!

Fo-hi écouta ces paroles avec un étonnement soupçonneux. Puis il retomba sur son lit en murmurant :

— Que me veux-tu alors?

— Je veux te pardonner et faire la paix avec toi.

Un sourire cruel plissa les lèvres pâlies du Ye-ko.

As-say comprit ce sourire, et un doute poignant attrista davantage ses traits déjà si sombres.

— Quelle douce parole pourrait amollir cette âme de fer? murmura-t-elle avec découragement.

— Enfin que me veux-tu? reprit brusquement Fo-hi, qui se sentait gêné sous l'humide regard d'As-say.

— Écoute, Fo-hi, j'ai bien souffert! poursuivit cette dernière, et tu as été la principale cause de mes maux.

— Que veux-tu? que veux-tu?

— Je ne sais pas si mon cœur a vieilli; mais ce dont je suis certaine, c'est qu'il est éteint à la haine et ne vit désormais que pour la pitié et l'amour.

— La pitié, soit! dit brutalement Fo-hi avec ironie; mais l'amour...

— Mon amour n'est pas le sentiment qui fait tressaillir les sens. C'est le pardon des injures, c'est la compassion du malheur, c'est ce sentiment généreux qui nous porte à aider les hommes et à nous réjouir de leur bonheur comme de notre bonheur personnel. Quand je pensais comme toi, Fo-hi, j'étais malheureuse au milieu des plaisirs mêmes. Aujourd'hui, mon amour m'aide à supporter les coups qui me frappent. Écoute-moi donc, Fo-hi, j'ai peu de mots à te dire, et peut-être ne nous verrons-nous jamais plus.

— Qui le sait?

— Fo-hi, n'attriste pas de ta raillerie notre dernière entrevue. Je viens à toi le pardon et la prière sur les lèvres. Laisse-toi aller à mes paroles; ouvre ton cœur aux doux sentiments.

— Ah! si Li-tsi me parlait ainsi!

— Ne blasphème pas! Li-tsi ne peut être à toi.

— Elle ne sera pas à un autre!

— Elle ne sera pas du moins au Fils du ciel.

— Dis-tu vrai? s'écria Fo-hi en bondissant.

— Je le jure!

— Que ne parlais-tu d'abord! fit le Ye-ko d'un ton de fausse douceur. J'ai été dur pour toi dans nos premières paroles; je croyais que tu m'espionnais. Va! je ne suis pas méchant; mes amis pourraient certifier de la bonté de mon cœur. Toi-même, quand tu ne t'es pas mise en travers de mon chemin, m'as-tu pu reprocher un acte hostile? Ai-je bénévolement cherché à te nuire? N'est-ce pas toi, ne sont-ce pas les tiens qui avez mis obstacle à tous mes projets, qui avez déjoué tous mes plans? Eh bien! moi aussi je te pardonne; et si tu n'abuses pas de ma crédulité, voilà ma main, je te la tends en gage d'amitié, et tu peux la prendre sans hésiter.

— Eh! je ne crains pas la mort! Si jamais la haine te reprend, épargne ceux que j'aime, ne t'en prends qu'à moi, n'attaque que moi. Je t'abandonne ma vie.

— Non! non! le ressentiment est évanoui, la haine est éteinte. Je vous aime tous, puisque Li-tsi ne doit plus être au Fils du ciel.

Et le Ye-ko pressa les mains d'As-say avec effusion. Pourtant, malgré ses protestations, son œil restait froid, et un étrange sourire courut sur ses lèvres. As-say ne vit ni cette froideur, ni ce sourire. Son cœur allait au devant d'une réconciliation, et elle s'y livrait sans défiance.

— Ta parole me fait du bien, dit As-say; elle me rassure, et je pourrai partir sans crainte.

— Partir! s'écria Fo-hi en se dressant sur son lit; tu pars, et... les autres?

Fo-hi était pâle; ses traits étaient empreints d'anxiété. As-say le considéra avec inquiétude et s'éloigna de lui.

Le Ye-ko se mordit les lèvres. Il comprit son imprudence. Son exclamation avait failli trahir l'arrière-pensée qui lui dictait sa fausse douceur. Aussi se hâta-t-il de reprendre :

— Eh bien! je suis heureux d'apprendre ce départ. Tu n'es pas seule à quitter Pé-king. Tous les Fan-kouei vont te suivre sans doute?

— Oui, le missionnaire s'en va.

— Il n'aurait dû jamais venir. Que de malheurs il nous eût épargnés!

— Ne l'accuse pas! Cet homme a dans l'âme des trésors de dévoûment.

— Soit; à lui aussi je veux rendre mon amitié. Et vous partez tous les deux seuls? ajouta Fo-hi, en cherchant à donner à cette question un air d'indifférence.

Mais son regard curieux et interrogateur, le frémissement de sa voix trahissaient un vif intérêt qu'il pouvait difficilement cacher.

— Tu veux savoir ce que deviendra Li-tsi ? Rassure-toi, elle nous accompagne.

Fo-hi ne put retenir un mouvement de ses sourcils, qui dénotait son désappointement. Il espérait que la jeune fille, une fois privée des fermes appuis qui jusque-là l'avaient soutenue, tomberait plus facilement dans ses piéges.

— Tu vois d'un mauvais œil le départ de Li-tsi, dit As-say ; qu'espérais-tu donc ?

— Non ! non ! c'est malgré moi que j'ai froncé le sourcil. Li-tsi s'éloigne ; je ne la verrai plus ; mais du moins elle échappe à la puissance du Fils du ciel.

— Tu l'aimes donc toujours ?

— Que t'importe ? Sache seulement que sa fuite sauve son amant. Peut-être même sauve-t-elle l'empire.

— Tu ne mettras donc aucun obstacle à son départ ?

— Aucun.

— Tu ne chercheras pas à m'enlever ma fille ?

— Je le promets.

— Tu n'attenteras pas à sa vie, à la mienne ?

— Mon poignard est là, et tu vis encore.

— C'est vrai.

— Je suis brisé ! je ne puis marcher. Tu vois bien que ta fille est hors de mes atteintes.

— Merci ! je ne crains rien.

— Et quand pars-tu ?

— Je ne sais.

— Tu as peur ?

— Que t'importe-t-il de le savoir ?

— As-say, te souviens-tu du passé ?

— Je dois l'oublier.

— Un temps, il fut heureux pourtant !

— Pourquoi ce souvenir ?

— Au moment de nous quitter pour toujours...

— Eh bien ?

— Je suis ému.

— Toi !

— Tu doutes ?

— Peut-être.

— J'ai un remords.

— Dis-tu vrai ?

— Je t'ai aimée autrefois.

— Amour maudit.

— Cet amour n'est peut-être pas encore entièrement éteint dans mon cœur...

— Fo-hi, je n'aime plus que ma fille !

— Je ne demande pas ton amour. Mais rends-moi un peu de cette affection qui t'a attachée à moi. Fais-moi un peu d'amitié dans ton cœur des débris de ton amour.

— Je ne te hais pas, Fo-hi.

— Eh bien ! ne quitte pas ainsi brusquement un pauvre blessé qui vit seul, souffrant. Ne me dis pas adieu aujourd'hui. Que j'aie l'espérance de te revoir !

— Je reviendrai.

— Merci. Si je mourais maintenant, je mourrais tranquille ; j'ai ton pardon, j'ai ton amitié. Mais Li-tsi me pardonnera-t-elle ?

— Son cœur est formé à l'oubli des injures.

— Oh ! qu'elle vienne entendre de ma bouche mon repentir ; et que moi j'écoute sur ses lèvres le pardon que j'implore !

— Non ! elle ne doit plus te voir.

— Eh quoi ! elle ne me dira pas que son cœur fait grâce à celui qui l'a persécutée ! Je ne saurai pas qu'elle me pardonne ! Je n'aurai pas cette consolation !

— Elle ne viendra pas !

A ces paroles, Fo-hi poussa de toutes ses forces un cri aigu, prolongé. As-say le regarda avec étonnement. Un instant après, deux cris répondirent dans le lointain.

— Pourquoi ces cris ? demanda As-say inquiète.

— J'avertis les frères que j'ai arrêté ma vengeance. Rien ne sera tenté contre vous.

Fo-hi avait un air sinistre en disant ces paroles. As-say ne put s'empêcher de frissonner.

— Tu trembles! dit le Ye-ko.

— Et toi, tu me trompes, répondit la femme.

— Que veux-tu dire?

— Je veux dire que ce repentir n'est pas sincère, que ces gémissements sont feints, et que dans ton âme couve quelque noir projet.

— Adieu! As-say, adieu à vous tous! Tu m'accuses! peu importe. Partez en paix. Moi aussi je pardonne.

— Dieu te fasse grâce alors. Je m'éloigne. Mes vœux de bonheur les plus ardents resteront toujours près de toi.

— Adieu, As-say.

— Fo-hi, adieu!

As-say sortit précipitamment. Elle était émue. Longtemps elle avait cru que l'attendrissement du Ye-ko n'était qu'un piège; mais ses dernières paroles avaient presque dissipé ses doutes en remuant profondément son âme.

Quand elle se trouva dehors, elle se sentit heureuse, sa poitrine se dégonfla; la haine de cet homme lui pesait; elle se sentait débarrassée d'un lourd poids. Elle souriait; son cœur chantait.

Fo-hi, resté seul, écouta un instant le bruit des pas d'As-say qui s'éloignait. A mesure que le bruit s'affaiblissait, il éteignait sur son visage la douce expression qu'il avait un instant empruntée, et revêtait ses traits de leur dureté naturelle.

Puis il poussa le cri particulier qu'on connaît déjà, et s'étendit dans son lit.

Quelques minutes après deux bonzes entrèrent.

— Nous avons entendu ton cri d'appel, frère, dirent-ils, et nous sommes accourus.

— Croyez-vous à mon dévoûment à la cause des Trois-Unis? demanda Fo-hi.

— Ces blessures dont tu es couvert répondent pour nous.

— Êtes-vous vous-mêmes dévoués à cette cause?

— Que faut-il faire?

— Une femme vient de sortir d'ici.

— Nous le savons.

— Bien. Vous la reconnaîtrez?

— Parfaitement.

— Cette femme va partir avec une jeune fille et un étranger.

— Un étranger-démon?

— Un Fan-kouei, un Tao-sze.

— Veux-tu leur mort?

— Pour le salut de la nation, pour le salut de l'empire, il ne faut pas qu'ils partent.

— Ils ne partiront pas.

— Vous m'en répondez?

— Sur notre vie!

— Et sur la leur. Morts ou vivants, il faut qu'ils demeurent, dit Fo-hi.

Et il indiqua la porte aux deux bonzes, qui se hâtèrent de s'éloigner.

As-say avait rejoint le missionnaire au bord du fleuve. Le père André était assis sur le bordage d'une barque en chantier, les mains jointes sur ses genoux, la tête penchée. Il paraissait plongé profondément dans de tristes réflexions, car la désolation se lisait sur ses traits, et il ne s'aperçut pas de l'arrivée de la mère de Li-tsi, bien que celle-ci l'eût appelée deux fois.

As-say, encore sous l'impression de la conversation qu'elle venait d'avoir avec Fo-hi, regarda le prêtre d'un œil tout humide de commisération et de pitié. Elle n'osa troubler cette douleur recueillie, pareille à cet intime holocauste de joies de l'âme que les malheureux offrent au ciel.

Enfin, elle lui posa la main sur l'épaule.

— Vous êtes triste, mon père! lui dit-elle alors.

Le missionnaire tressaillit et se leva en sursaut.

— Les angoisses de la terre, répondit-il, nous font plus ardemment désirer les félicités célestes de l'autre monde.

— J'ai vu Fo-hi...

— Que prépare-t-il?

— Rien contre nous.

— En êtes-vous bien sûre?

— Trompe-t-on le cœur d'une mère?

— Non, mais on peut le séduire.

— J'ai attendri Fo-hi.

— Ce cœur de fer!

— Le feu amollit le fer, et il est dans le cœur d'une mère qui veut sauver son enfant des paroles qui ont l'ardeur du feu.

— Le fer amolli se refroidit et devient dur.

En ce moment deux hommes en habits de travailleurs pénétrèrent dans la barque en réparation près de laquelle se tenaient le prêtre et As-say ; ces deux hommes se mirent à radouber la barque sans avoir l'air de faire attention à nos deux interlocuteurs. Toutefois, un observateur attentif aurait remarqué qu'ils tenaient l'œil sournoisement dirigé, et l'oreille constamment tendue du côté d'As-say et du missionnaire.

Ceux-ci ne virent pas les deux ouvriers, et continuèrent la conversation qui les captivait.

— Ainsi, dit le père André, Fo-hi connaît le départ de Li-tsi.

— Il le connaît et l'approuve, répondit As-say.

— Alors il nous suivra.

— Impossible !

— Pourquoi ?

— Il est blessé.

Le missionnaire se tut, et regarda d'un œil mélancolique et triste une jonque élancée qui se balançait à quelque distance.

— Mais notre départ est-il donc assuré ? interrogea As-say.

— C'est cette jonque qui doit nous emmener.

— Bientôt ?

— Demain.

— Tout est convenu.

— Tout.

— Alors, demain nous serons heureux.

— Oui, dit le prêtre, si rien ne vient mettre obstacle à ce bonheur, que je crains pour Li-tsi, autant que je le désire pour nous.

Comme il finissait de parler, un des deux ouvriers dont nous avons parlé quitta discrètement la barque et se dirigea vers le navire désigné par le missionnaire.

Nul ne l'avait vu, et quand le père André et As-say s'éloignèrent il montait à bord de la jonque, et demandait à parler au capitaine.

Ce que ces deux hommes se dirent, nous le saurons plus tard ; pour le moment, il n'est pas hors de propos de retourner un instant sur nos pas et de revenir à nos amis Pinson et Tittmarsh, que nous avons peut-être un peu perdus de vue.

Pinson et Tittmarsh sont pour le moment en compagnie de Coupoutaï, assis sur des nattes de paille de riz, devant un déjeuner, le plus succulent que la cuisine chinoise du palais impérial ait pu servir.

Pinson trouve le déjeuner excellent; il a d'ailleurs deux choses pour l'assaisonner : sa bonne humeur qui le quitte rarement, et Pé-tchi-li qui ne le quitte plus. La jeune fille sert les deux amis; mais sa grâce, sa gaîté ne parviennent pas à dérider Tittmarsh, dont une tristesse inexplicable assombrit les traits.

— Voyons, dit tout à coup l'ex-gamin de Paris à son honorable ami, vous voilà au faîte des grandeurs : capitaine des gardes impériaux! plus que ça de monnaie!... moi qui n'ai jamais pu être que caporal dans la garde nationale!

Tittmarsh sourit tristement à cette boutade, et remua la tête :

— J'aimerais mieux être constable dans la Cité, répondit-il, que mandarin à Pé-king.

— Vous êtes bien dégoûté!...

— Je m'ennuie.

— Dans le meilleur des mondes.

— Le meilleur des mondes possibles, c'est l'Angleterre.

— Ou bien la France.

— La France est près de l'Angleterre.

— Pour un Chinois le meilleur des mondes, c'est la Chine, objecta le philosophe.

— Mais nous ne sommes pas Chinois.

— Nous sommes Français.

> Ah! qu'on est fier d'être Français
> Quand on regarde la colonne!

Le Chinois, lui, n'est fier que de sa tour de porcelaine...

— Ce qui revient à dire, interrompit Coupoutaï, que l'on n'est bien que chez soi.

— C'est mon avis! approuva Tittmarsh.

— Alors, vous voulez partir?

— Ça me serait agréable.

Pinson fit un geste insouciant.

— Au fait! dit-il avec gaîté, il y a des moments où le boulevard du Temple me manque ici.

— Qui vous empêche d'aller le retrouver?

— Dame... il y a une raison à cela.

— Laquelle?

— C'est que je ne peux avoir mon boulevard qu'à la condition de perdre Pé-tchi-li.

— Alors, il faut enlever Pé-tchi-li.

Pinson regarda la jolie Chinoise du coin de l'œil.

— Heim!... murmura-t-il, ce n'est pas la bonne volonté qui me manquerait.

— Qu'est-ce donc?

— Il y a loin d'ici Paris.

— Eh bien?...

— Et nous ne trouverions pas de prêtre pour nous unir...

Tittmarsh haussa les épaules.

— Cela vous arrête?

— Pas moi...

— A Londres, dit l'ex-marin avec un sourire plein de malice, les femmes n'y regardent pas de si près.

— A Paris, non plus, mais à Pé-king c'est peut-être différent...

— Qu'en dit Pé-tchi-li?...

La petite Chinoise avait écouté sans interrompre. Quand elle se vit interpellée et obligée de répondre à une question directe et assez embarrassante, une timide rougeur colora ses joues, et elle remua doucement la tête.

— Pé-tchi-li n'a rien à répondre, dit-elle, elle n'a pris encore aucun parti, et elle attendra pour se décider tout à fait que son cœur et sa raison se soient mis d'accord.

Tittmarsh fit la moue, et cligna de l'œil à cette réponse :

— Voilà qui ne compromet personne, riposta-t-il aussitôt, et nous ne sommes pas près de partir.

— Pourquoi cela? demanda Pinson.

— Parce qu'il n'y a pas d'exemple qu'une femme ait jamais pu faire accorder son cœur et sa raison.

Cette repartie amena un sourire sur les lèvres de chacun des auditeurs.

— Au surplus, ajouta Coupoutaï, cette idée de départ me semble au moins prématurée.

— Qu'est-ce à dire?

— Eh quoi, dit le philosophe, après avoir traversé tant de dangers divers, serait-il sensé, je le demande, de quitter Pé-king au moment où vous allez y être admis à admirer le plus beau spectacle que vous ayez jamais vu?

— Quoi donc?

— La fête des Lanternes!...

— Qu'est-ce que c'est que ça?... demanda Tittmarsh.

— Ça, repartit Pinson, en haussant les épaules, eh bien, c'est comme qui dirait la fête des Lampions, une réjouissance chinoise, à l'instar des journées de juillet, et certes, Coupoutaï a raison, je ne me permettrai jamais de m'en aller avant d'avoir joui de ce coup d'œil.

— Pé-tchi-li fit un signe approbatif.

— D'autant plus, ajouta-t-elle, que vous parlez ici de départ un peu à la légère.

— Comment! fit Pinson; est-ce que je ne suis donc pas libre de me donner un coup de jardin?

— Peut-être...

— Expliquez-vous.

— Je vous connais mieux que vous ne le croyez, Pinson, et je suis sûre que si le *Fils du ciel* ou As-say, ou Li-tsi réclamait votre concours, vous ne songeriez pas à les fuir.

Pinson prit vivement la main de la jolie fille, et l'attira contre sa poitrine.

— Et vous avez raison, ô Chinoise de mon cœur, s'écria-t-il avec une gaîté mêlée d'attendrissement. Pour tous ces êtres que j'ai connus en Chine, et que j'aime, je me ferais hacher en petits morceaux.

Pé tchi-li sourit.

— On ne vous demandera pas un tel sacrifice, répondit-elle.

— Je l'espère bien, d'autant que je veux me conserver en entier pour une autre personne que j'aime aussi, et qui ne me laissera pas partir tout seul, qu'en dites-vous?

— Nous verrons.

— Après la fête des Lanternes?...

— C'est selon.

— Pourquoi ne pas répondre plus franchement ; voyez, tout est fini aujourd'hui, nous voilà en disponibilité. — Le *Fils du ciel* aime Li-tsi, Li-tsi aime le *Fils du ciel*, je ne vois pas trop ce que nous avons à faire ici ?

— Le missionnaire l'avait pourtant décidée à partir, objecta Coupoutaï.

— Oui, mais Ping-si l'a décidée à rester.

— Cela devait être.

— Et pourquoi aurait-elle agi différemment? L'amour, n'est-ce pas la plus douce chose de ce monde, et quelle est la religion assez cruelle pour réprouver un pareil sentiment ?

— C'est mon avis, dit Coupoutaï.

— Mais ce n'est pas celui du père André, repartit Pé-tchi-li, et tenez, le voici justement avec As-say.

— Au port d'armes alors, ajouta Pinson, et silence dans les rangs ; ils n'ont pas l'air joyeux l'un et l'autre, et notre gaîté les rendrait encore plus tristes.

As-say et le père André entraient, en effet, en ce moment, dans la salle où se trouvaient réunis nos personnages.

Depuis longtemps, nos lecteurs ont pu le voir, la tristesse et la désolation semblaient s'être typifiées sur le visage du père André. En ce moment, son âme semblait plus que jamais être en proie à des tourments intérieurs; ses agitations morales se traduisaient extérieurement par des mouvements fébriles auxquels succédait une grande prostration. Ses yeux étaient creusés ; ils brillaient parfois d'un feu sombre ; puis ils s'éteignaient sous une atonie terne, les paupières avaient au bord cette teinte brûlante des yeux qui ont beaucoup pleuré et où les larmes sont taries.

Quant à As-say, elle était rêveuse ; elle avait des tristesses qu'un éclair de joie illuminait tout à coup. Chose bizarre, elle avait honte de son chagrin et elle avait peur de sa joie. Elle se recueillait donc en elle-même avec un air de défiance qui donnait à ses traits une expression indécise ou fugitive.

Ce qui rendait ainsi le missionnaire, c'est qu'il venait d'apprendre, lui aussi, que Li-tsi avait cédé aux ardentes sollicitations du Fils du ciel.

Ainsi son œuvre était détruite, ses quinze années de soins pieux, de tendres sollicitudes, n'avaient abouti qu'à former pour le démon cette jeune fille dont il voulait faire un ange pour le Seigneur.

As-say, nous l'avons dit, était une néophyte toute récente, une chrétienne par occasion. Le sentiment le plus puissant qui vibrait dans son cœur, c'était l'amour maternel.

Et sa fille était heureuse.

Pouvait-elle se plaindre, elle sa mère? devait-elle la maudire?

On connaît cette parole célèbre d'une femme illustre : ce n'est pas à une mère que Dieu aurait ordonné d'accomplir le sacrifice qu'il commanda à Abraham.

Pinson s'approcha doucement du missionnaire, et chercha à lui prendre la main.

— Mon père, dit-il, nous parlions de vous tout à l'heure. Notre mission est à peu près accomplie, et nous avons, Tittmarsh et moi, le vif désir de retourner au pays; ne voudriez-vous pas être des nôtres?

— Peut-être! répondit le missionnaire d'un air de doute sinistre.

— On dirait qu'il rêve à la mort, dit tout bas Coupoutaï.

— Et puis, ajouta le philosophe à voix plus haute, il y a un homme que vous oubliez.

— Qui donc?

— Fo-hi.

— Le Ye-ko.

— Soyez sûr qu'il veille, et qu'il attend...

Pinson se frappa le front.

— Vous avez pardieu raison, dit-il, et je l'avais oublié. — Mais c'est égal, il ne perdra rien pour attendre, et avant de m'éloigner je lui ferai son affaire.

— Arrêtez, dit gravement le missionnaire, Dieu ne permet de frapper un ennemi que quand il vous attaque.

— Vous croyez peut-être qu'il vous ménage! répliqua Pinson.

— Je veille! moi aussi, reprit le missionnaire; ayez foi en mon dévoûment. J'ai consacré mon existence à Li-tsi, si je n'ai pu sauver son âme, du moins sauverai-je sa vie. Partez, allez revoir la patrie qui vous est chère.

— Vous ne voulez pas la revoir avec nous? demanda Pinson.

— Je vous ai dit peut-être. Du reste ma patrie est au ciel. Ecoutez, Pinson, vous allez en France, dans notre pays, je ne sais pas si je la reverrai jamais, voulez-vous accepter avant de partir un dépôt que je désire vous confier?

— Avec grand plaisir, quoique je préférasse vous voir nous suivre!

— Merci. Ce sont des papiers, ils contiennent la relation de ce que j'ai fait pour l'œuvre des missions; c'est le compte rendu de ma conduite, que vous voudrez bien remettre à Paris, à son adresse,

— Ah! sapristi, dit Pinson ému de cette simplicité calme dans un moment que la circonstance rendait suprême, et s'il ne vous faut qu'un certificat pour vous présenter aux portes du paradis, je m'engage à vous en donner un.

Le missionnaire sourit mélancoliquement à cette boutade.

— Je vous quitte, mes enfants, mais je vous reverrai avant votre départ.

La lutte est maintenant entre Fo-hi et nous. Que le Dieu qui éprouve prenne ma vie en holocauste et pardonne à ceux que j'aime. Et vous, femme, dit-il à As-say, Dieu ne commande jamais à une mère de maudire sa fille; déplorez son aveuglement, mais il vous est permis d'être heureuse de son bonheur.

Et le missionnaire s'éloigna lentement.

— Pauvre homme! dit Pé-tchi-li larmoyante.

— Grand cœur! ajouta Pinson, en essuyant un commencement de larme du revers de sa main droite.

Un repos de quelques heures avait suffi à Fo-hi pour rétablir un peu ses forces. Armé de son indomptable énergie, le Ye-ko s'était bientôt levé, prêt à recommencer son œuvre de vengeance et d'extermination.

Il était encore dans la maison où As-say était venue le trouver. L'impatience se lisait dans tous ses gestes; il se mordait les lèvres, ses sourcils étaient froncés, sa main se crispait avec des mouvements nerveux; son pied frappait le sol avec fureur.

— Ils ne viennent pas! Peut-être les ont-ils laissés partir. Oh! si cela était, qu'ils tremblent les misérables!

Enfin, deux hommes parurent.

Si nous avions dépeint les traits et les vêtements des deux ouvriers qui étaient venus radouber la barque auprès de laquelle As-say et le missionnaire eurent la conversation que nous avons rapportée, nos lecteurs auraient immédiatement reconnu les deux hommes qui venaient d'entrer chez Fo-hi.

— Eh bien? leur demanda impétueusement le Ye-ko.

— Ils ne partiront pas!

— Enfin!

— De plus, dit un des deux individus, nous avons appris un fait important.

— Parlez vite!

— Les étrangers seuls auraient quitté Pé-king.

— Que voulez-vous dire?

— Li-tsi...

— Eh bien!

— Elle demeurait...

— Avec le *Fils du ciel!* s'écria Fo-hi avec rage.

— Avec le *Fils du ciel!*

— Alors la guerre est entre lui et nous.

— Pourtant si les étrangers-démons quittent notre pays.

— Oui, mais leur infâme doctrine reste.

— Comment?

— Li-tsi est chrétienne, et celui qui l'aime est le *Fils du ciel.*

— Vous avez raison, c'est là la racine du mal.

— Il faut l'extirper.

— Tous nos projets échouent.

— Nos coups sont partis de trop loin.

— Que faire alors?

— Frapper de plus près.

— Le poignard?

— Vous avez compris. C'est une arme qui ne rate pas.

— Mais qui frappera?

— Moi.

— Vous?

— Ma main s'est-elle jamais montrée timide?

— Non! le Ye-ko! est digne d'être le frère supérieur. Mais attendrez-vous nos ennemis pour porter vos coups!

— Bientôt on doit célébrer la fête des Lanternes.

— Dans quelques jours.

— Durant cette fête l'empereur parcourt seul les rues de Péking, selon l'usage consacré.

— Oui, mais comment le reconnaître au milieu de la foule?

— N'a-t-il pas toujours au doigt la bague céleste qui est l'insigne du pouvoir?

— Toujours.

— A cette bague on le reconnaîtra.

— C'est juste.

— Que tout soit donc prêt pour la fête des Lanternes. Mon poignard est là. Je frapperai et l'œuvre des Trois-Unis sera accomplie.

— Nous serons prêts.

— C'est bien, dit Fo-hi, que le mystère le plus profond plane sur notre œuvre... nos ennemis veillent eux aussi; le moindre indice peut nous perdre... songez que vous tenez entre vos mains les destinées de l'Empire et la gloire des Trois-Unis.

— Nous saurons accomplir notre mission jusqu'au bout.

— Allez donc, mes amis, mes frères; dans quelques jours, notre main s'armera de nouveau, et cette fois du moins, la divinité conduira notre bras...

— A bientôt donc.

— A bientôt.

Et ils se séparèrent sur ces mots, pour préparer leur œuvre de sang.

L'anneau des fiançailles

Le missionnaire avait surpris le sinistre complot tramé pour le jour de la fête des Lanternes contre la vie du Fils du ciel.

Il n'avait qu'un mot à dire pour faire échouer le projet de Fo-hi.

Il ne dit pas ce mot.

Quelle pensée guidait le missionnaire dans cette occurrence, quel sentiment arrêtait la révélation sur ses lèvres?

Pour répondre à ces questions, nous suivrons le prêtre dans sa course désordonnée à travers les jardins impériaux, et nous ferons assister le lecteur à la lutte intérieure qui se livre dans son esprit, à l'orage qui a éclaté dans son âme.

Le prêtre était en proie à une émotion violente. Il éprouvait une de ses angoisses terribles qui précèdent les actes décisifs ou les grands événements.

Une pensée fatale, un sentiment étrange, mais qui n'était pas encore franchement accusé, agitaient sourdement le missionnaire.

Cet homme désirait mourir!

Le croira-t-on? lui, voué à toutes les épreuves qu'il plaît à Dieu d'envoyer à ses serviteurs; lui, prêt à toutes les souffrances, à toutes les croix que le malheureux peut porter sur la terre; lui, le prêtre, l'homme saint, le missionnaire...

Il désirait la mort!

Ainsi, à moitié de sa course, il était fatigué du rude voyage. Il se couchait à côté de sa cognée, comme le bûcheron, avant d'avoir abattu l'arbre. Il avait peur de son œuvre. Le cœur lui défaillait dans cette bataille terrible qu'il livrait à la barbarie. Il s'endormait dans le sillon où il était venu pour semer.

Il voulait mourir !

Avait-il fait fausse route? Ses années perdues ; le monde qu'il voyait peut-être à travers des illusions, des passions mal éteintes, et se ranimant trop tard, tout cela lui faisait-il prendre en haine une vie qui maintenant ne pouvait plus avoir d'attrait pour lui? Peut-être était-ce une âme ardente, inquiète, qui avait rêvé la gloire du martyre, et qui se trouvait déçue dans ses espérances, à souffrir en détail des misères obscures, à deux mille lieues de Paris ou de Rome.

Il voulait mourir!

Il avait, lui prêtre, ce désir du trépas aussi coupable qu'un suicide!

Pourquoi donc désirait-il la mort, d'où lui venait ce suprême détachement des choses de ce monde?

C'est que sa vie a été bien durement éprouvée depuis quelque temps.

L'existence pour lui est devenue une impossibilité; il se trouve dans une situation fausse, tendue, dans laquelle il est forcé, par un bizarre concours de circonstances, de combattre pour Dieu et de faire triompher le démon.

En effet, que le Fils du ciel soit assassiné, et Li-tsi, sa fille bien-aimée, est rendue au vrai Dieu, ramenée à la vraie religion. Elle perd un époux serviteur de Bouddha, et elle redevient l'épouse de Jésus-Christ.

Mais le prêtre ne peut laisser commettre un crime, ce crime dût-il en apparence sauver une âme.

Alternative terrible!

Se taire, c'était être complice d'un meurtre, c'était devenir assassin ; parler, c'était vouer une âme égarée par la passion à une mort éternelle ; c'était commettre un assassinat moral.

Une autre pensée agitait encore l'esprit du missionnaire. Devait-il fuir la Chine où il était venu planter la croix, devait-il rester? Son départ constituait le triomphe le plus éclatant des ennemis du vrai Dieu, c'était avouer la victoire de la barbarie sur la civilisation. C'était donner pour longtemps une preuve flagrante de l'impuissance des apôtres de la religion chrétienne.

Mais rester, c'était perpétuer une lutte alors stérile; c'était entretenir dans l'empire cette agitation qui menaçait l'État, sans profit pour les saines doctrines; c'était fournir un prétexte à tous les mécontentements, à toutes les intrigues, à toutes les turbulences.

D'ailleurs quels fruits avait-il retirés de ses durs sacrifices? Dans ces malheureuses contrées, il avait pris une enfant jeune, impressionnable. Il avait façonné cette âme susceptible de toute forme à la religion chrétienne; et puis, le moindre choc des passions avait suffi pour détruire l'empreinte sacrée qu'il avait tracée et qu'il croyait indélébile.

Ses douleurs ses fatigues, ses privations, son amour des hommes, étaient inconnus ou comptés pour rien dans cette contrée étrangère et ennemie. Rien en lui n'avait séduit, frappé les peuples qu'il voulait transformer.

Voilà pourquoi le prêtre voulait mourir.

Telles étaient les pensées qui agitaient l'esprit du missionnaire pendant sa course à travers les allées des jardins du Fils du ciel.

Et il vainquit les doutes de son esprit et triompha des répugnances de son cœur.

Il se dit :

— Je mourrai, et ces peuples apprendront ce qu'un chrétien peut puiser d'abnégation et de courage dans les préceptes de sa religion.

Puis une voix secrète, profonde, si profonde et si intime qu'à peine si Dieu put l'entendre, lui murmura ces mots, qui le firent tressaillir.

— Tu mourras, et le Fils du ciel vivra; et Li-tsi, ta fille, sera heureuse; et tu ne seras plus là pour maudire son bonheur!

En ce moment le prêtre était dans la situation d'un soldat qu'un grand désespoir anime; il se bat, non pour vaincre, mais pour se faire tuer; son ardeur à la bataille n'est pas de la valeur; c'est un défi jeté à la mort pour la forcer à frapper.

De même, le missionnaire voulait périr, mais périr en servant la cause de Jésus-Christ.

Quand ce projet fut bien arrêté, et fixé dans son esprit comme une fatalité inévitable, il n'eut plus d'hésitation, et quelques minutes après, il allait trouver Li-tsi qui, seule, pouvait l'aider à atteindre son but.

Seulement, il fallait agir avec adresse, et prendre garde surtout qu'elle ne lût son secret dans l'incertitude de son regard.

Quand le missionnaire se présenta à Li-tsi, la jeune fille était seule dans une salle particulière du palais impérial.

En attendant le *Fils du ciel*, et en attendant son fiancé, la pauvre enfant reportait, rêveuse et attendrie, son regard vers le passé.

Tout ce qui lui était arrivé, lui semblait un rêve... elle était heureuse, et cependant malgré cette joie qui emplissait son cœur, elle se sentait frémir encore par moment, quand l'image de son père passait devant ses yeux.

Elle avait peur de l'avenir!

Sur la sommité où elle se trouvait, elle regardait d'un côté le chemin ardu, rude, qu'elle venait de gravir; et de l'autre, la pente douce et fleurie qu'elle allait descendre.

Ces fleurs ne voilaient-elles pas un abîme? pourrait-elle s'arrêter une fois engagée sur les déclivités où elle pouvait glisser et rouler?

C'est dans ces dispositions d'esprit que le père André la trouva, et dès qu'elle le vit, elle courut à lui, les bras tendus, et le front souriant :

— Mon père! mon père! s'écria-t-elle, ah! vous m'avez pardonné, n'est-ce pas?

Le prêtre s'arrêta.

Il contempla un instant avec une triste douceur cette jeune fille qu'il avait tant aimée, et qui éveillait encore au fond de son cœur d'intimes tressaillements. Son regard était empreint d'une bienveillante mansuétude; son front était grave sans sévérité.

La jeune fille levait vers lui ses bras hésitants, son œil étonné; sa bouche était entr'ouverte et les supplications y expiraient. L'inquiétude flottait indécise sur les traits de son visage.

— Relevez-vous, Li-tsi, dit le prêtre d'une voix émue, vous n'avez rien à craindre.

— Votre affection me serait-elle rendue? exclama la jeune fille avec un subit élan soudainement comprimé.

— Dieu m'ordonne d'aimer tous les hommes, même ceux qui l'offensent, reprit le missionnaire d'une voix dont il déguisait mal la tendresse.

— Oh! merci, mon père!

— Vous êtes heureuse, Li-tsi?

— Votre tendresse manque à mon bonheur.

— Ma tendresse serait importune, Li-tsi; une femme qui aime ne fait pas deux parts de son cœur, elle le livre tout entier.

— Mais! je vous aime, mon père!

— Je ne suis plus votre père, Li-tsi. Rien en vous ne provient de moi, vous avez tout dépouillé de ce que je vous avais donné.

— Ah! ne m'accablez pas! la fatalité m'a poussée impitoyablement.

— Ce ne sont pas des reproches qui tombent de mes lèvres; Dieu n'a-t-il pas dit que la femme quitterait son père et sa mère pour suivre son époux? Vous avez fait comme la femme dont parle Dieu, vous avez quitté votre mère.

— Quoi! vous ne voulez rien être pour moi! vous me reniez! pas un mot d'affection ne sortira pour moi de votre cœur. Puisque j'agis selon la loi de Dieu, vous ne devez pas me haïr, vous pouvez m'aimer, vous pouvez encore me nommer votre fille. Oh! je le vois, votre sein se gonfle, vos yeux se mouillent de larmes. Mon père! mon père!

Et Li-tsi se jeta aux pieds du missionnaire, et lui baisa les mains avec ardeur.

— Laissez-moi, Li-tsi; j'ai besoin de courage. Votre voix m'a ému, il est vrai; je me suis rappelé que je vous ai aimée autrefois.

— Autrefois! murmura la jeune fille en sanglotant.

— Toujours!... dit tout bas comme avec terreur le missionnaire.

— Oh! je le savais bien! s'écria Li-tsi en se jetant dans ses bras.

Le père André ne put résister à l'entraînement de son cœur; il étreignit tendrement sa fille bien-aimée.

— Mon Dieu, pardonnez-moi! dit-il dans sa pensée; vous savez bien que je la vois pour la dernière fois!

— Tout à l'heure j'étais triste, mon père, dit Li-tsi, quand ils furent remis de leur émotion.

— Quoi! déjà votre bonheur se ternit?

— Oh! non, c'était le ciel qui se jouait de mon cœur pour le mieux surprendre... Maintenant, je n'ai plus peur, puisque vous m'êtes rendu.

— J'ai vécu pour vous, Li-tsi, pour vous je suis prêt à mourir.

Et un nuage passa sur le front du missionnaire. La jeune fille ne comprit pas le sens réel de ces paroles, et ne vit pas le rapide nuage. Elle était tout entière à son bonheur.

— Ah! vous êtes bon, dit-elle, avec un doux abandon.

— C'est pour ton bonheur que je viens vers toi.

— Mon bonheur?...

— Sans doute... tu penses maintenant, n'est-ce pas, que je ne puis plus rien pour toi... tu es heureuse, tu crois l'être éternellement... enfant... non, écoute-moi bien... je ne sais si je resterai à Pé-king, je ne sais si je retournerai en France, mais avant de m'éloigner, je veux assurer à jamais l'avenir de mon enfant...

— Qu'est-ce donc? demanda Li-tsi étonnée.

— Mais il faut me seconder.

— Parlez.

— Tu verras bientôt le *Fils du ciel*, n'est-ce pas?

— Je l'attends...

— Eh bien, tu sais qu'il porte toujours au doigt un anneau que lui seul a droit de porter.

— On me l'a dit.

— Eh bien je veux avoir cet anneau.

— Vous, mon père?

— Moi, Li-tsi, mais pour quelques heures seulement...

— C'est donc un caprice.

— C'est une surprise que je te ménage.

Li-tsi sourit.

— Ce que vous préparez est donc bien merveilleux que vous ayez besoin de tant de prestige pour l'exécuter?

— Faut-il donc tout te dire?

— Non, je ne demande plus rien.

— Ainsi tu t'empareras de la bague.

— Dans un instant.

— Et tu me l'apporteras.

— Dès que je serai seule!

— C'est bien!...

— A bientôt.

— A bientôt.

Et le père André s'éloigna, en jetant à la jeune fille un dernier regard de profond amour.

A peine eut-il disparu, que Li-tsi se hâta d'entrer dans les appartements contigus à ceux où elle avait reçu son père. C'était une espèce de gynécée ouvert seulement au Fils du ciel et aux femmes qui servaient Li-tsi. Elle pénétra dans une sorte de charmant boudoir où le luxe et la coquetterie avaient réuni tout ce que l'art chinois peut avoir de tendre, de délicat et de somptueux.

Un officier alla annoncer aussitôt au *Fils du ciel* que Li-tsi désirait le recevoir.

Cette nouvelle retentit aux oreilles de l'empereur comme celle d'un bonheur inespéré, et il se rendit aussitôt à l'invitation qui lui était faite.

Quand il entra, Li-tsi était nonchalamment étendue sur des coussins. Un de ses bras était gracieusement replié sous sa tête; sa manche était flottante, et laissait entrevoir la ferme rondeur des chairs. L'autre main soutenait le tuyau d'une longue pipe aromatisée, et ses deux lèvres roses s'entr'ouvraient légèrement pour envoyer de petites bouffées de fumée dans les spirales capricieuses de laquelle la jeune fille semblait lire toutes les fantaisies rêveuses de l'Orient.

Elle était belle ainsi, elle était enchanteresse.

Les portes n'avaient pas crié sous la main du Fils du ciel; les tapis avaient étouffé le bruit des pas.

Et il était là debout, à la contempler, muet, immobile, ravi!

Enfin, Li-tsi leva les yeux et, en l'apercevant devant elle, elle poussa un léger cri et rougit :

— Restez, dit le Fils du ciel en se précipitant à ses pieds et en lui prenant la main qu'il baisa avec ardeur, vous êtes belle ainsi, et j'aime à vous voir dans cette attitude si séduisante.

— J'ai donc encore besoin de vous séduire, fit la jeune fille avec une moue charmante.

— Non, mais il me semble que vous êtes toujours plus belle.

— Asseyez-vous donc là, à mes pieds, et écoutez-moi, car j'ai à vous parler.

Et la jeune fille présenta le bétel au Fils du ciel.

— Prenez garde, dit le fiancé, je ne sais pas si mes yeux laissent assez d'attention à mes oreilles.

— Eh bien, fermez les yeux, j'ai besoin d'être écoutée.

Et Li-tsi présenta la pipe au *Fils du ciel.*

Celui-ci appuya avec délice ses lèvres sur le bout ambré du tuyau, et ferma les yeux.

— M'écoutez-vous ? demanda Li-tsi.

— Je vous écoute, répondit le *Fils du ciel.*

— Eh bien, poursuivit Li-tsi, dont une imperceptible rougeur couvrit en ce moment les joues, vous savez que toute jeune fille qui est sur le point de se marier doit aller consulter le devin.

— Et vous l'avez consulté ?

— Je l'ai fait venir.

— Et que vous a-t-il dit ?

— Il a ouvert un livre à demi, comme s'il eût craint de laisser lire à des yeux profanes ce qu'il contenait, et il a prononcé à voix basse des mots inconnus. Puis il a pris deux petites pièces de cuivre, gravées seulement d'un côté de chiffres mystérieux.

— Et il les a jetées en l'air ?...

— C'est cela même.

— Et qu'est-il arrivé ?

— La première est tombée les chiffres dirigés vers le ciel.

— Ah !

— Mais la seconde...

— Achevez...

— La seconde a roulé un instant, a vacillé comme si elle hésitait entre les deux faces ; enfin elle est tombée...

— Les chiffres en haut.

— Non, en bas.

— Ah! fit le *Fils du ciel* avec une légère tristesse. Et de quelle manière le devin a-t-il interprété cet augure?

— En bien et en mal.

— Et vous croyez à ce présage?

— Pas précisément, mais il m'inquiète. Cependant, on peut le conjurer.

— Les devins sont gens de ressources.

— Voici le moyen. Il s'agit de porter au doigt pendant deux lunes l'anneau de mon fiancé.

— Mon anneau! l'insigne de ma puissance!

— Celui-là ou un autre. Seulement vous devrez porter toute la vie l'anneau que vous m'aurez prêté.

— Et toute ma vie je porterai l'anneau impérial.

— Alors voilà mon doigt.

— Vous voulez donc que j'y passe ma bague?

— A moins que vous ne désiriez me voir frappée du destin.

— Tenez, c'est l'anneau qui nous unit à jamais.

Et en glissant la bague, le Fils du ciel baisa les doigts effilés et la main mignonne de Li-tsi, qui le laissa faire.

La pauvre enfant était heureuse; elle ne cherchait plus à se défendre... le père André avait lui-même souri à son bonheur.

Et puis, n'avait-elle pas au doigt cette bague, qui lui semblait maintenant comme un gage éternel d'amour et de fidélité...

L'anneau du Fils du ciel était orné d'un gros diamant.

Ce diamant, de la plus belle eau, avait des éclairs étincelants qui éblouissaient le regard.

Quand Li-tsi eut au doigt ce cercle d'or où se trouvait enchâssée cette pierre lumineuse, elle admira un instant cette brillante parure qui rehaussait de tant d'éclat les formes délicates de sa main.

Elle eût voulu ne pas s'en séparer.

Était-ce coquetterie de jeune fille, était-ce pressentiment? Nul ne saurait le dire.

Peut-être ces deux sentiments étaient-ils mêlés au fond de son cœur et prêtaient un puissant attrait à ce bijou merveilleux.

Le Fils du ciel s'était retiré; elle demeurait seule.

Sa main, tout éclairée du splendide insigne de la puissance

impériale, était posée sur son genou. Son œil suivait les caprices de la lumière du diamant qui avait l'air d'allumer les doigts de la jeune fille.

Elle resta longtemps l'œil fasciné, absorbé. Elle hésitait à remplir le désir du missionnaire. Cet acte si simple en apparence lui coûtait à accomplir.

On pouvait livrer tant de choses avec ce diamant irrésistible. Tous les biens, tous les maux étaient attachés à cet anneau, circulaire comme la roue de la Fortune. Chaque rayon qui partait des diverses faces du polyèdre enflammé pouvait ou féconder l'empire ou y allumer des incendies.

Que voulait faire de cette bague le missionnaire?

N'en abuserait-il pas contre ses ennemis? Et tous les infidèles, et le Fils du ciel étaient les ennemis du prêtre, par cela même qu'ils n'étaient pas chrétiens.

Le père André avait retiré la malédiction qu'il avait d'abord lancée. Mais était-il bien sincère dans la manifestation de la subite indulgence qu'il avait montrée?

Ces réflexions passèrent rapides, confuses au fond de l'esprit de Li-tsi.

Elle aimait tant son fiancé, et on avait entouré cet amour de tant d'entraves et de malheur, que tout acte, si innocent qu'il fût, qui se rapportait à l'objet aimé, lui faisait ombrage et l'effrayait.

Du reste, la vertu éclatante du missionnaire ne fut qu'un instant obscurcie à ses yeux ; bientôt la jeune fille se rassura, et la pureté d'intention de son père se montra nette à ses yeux comme l'éclat du cristal se dégage sous l'évaporation d'une humide haleine qui l'a terni.

La jeune fille reprit son enjoûment et sa joie confiante. Elle se félicita même du stratagème à l'aide duquel elle avait obtenu le joyau impérial.

Aussi fut-ce presque avec une allégresse enfantine qu'elle vint le présenter au père André.

Celui-ci attendait sombre et soucieux la venue de sa fille ; quand il entendit son pas et le timbre de sa voix, il tressaillit, comme doit tressaillir le condamné qui, le jour du supplice, entend approcher le geôlier et le bourreau.

C'était la mort qu'on venait lui annoncer.

Pourtant il composa son visage et l'éclaira d'un contentement factice.

— Eh bien? demanda-t-il avec une curiosité inquiète.

— D'abord, mon père, dit Li-tsi avec une teinte d'espièglerie et en cachant la main qui portait la bague, il faut que je vous fasse un aveu.

— Quel aveu?

— J'ai menti.

— C'est une faute.

— Vous en êtes cause.

— Involontairement.

— Sans doute.

— Mais pourquoi ce mensonge?

— Pour avoir la bague.

Et Li-tsi montra au missionnaire le précieux bijou qui eut des reflets flamboyants.

Le prêtre se recula effaré et eut un tremblement involontaire.

C'était là sa sentence.

Tout homme a peur de la mort.

— Qu'avez-vous? demanda Li-tsi; est-ce mon innocent mensonge qui vous effraie?

— Peut-être, dit le missionnaire en calmant son émotion. Mais n'est-ce pas là l'insigne de la puissance absolue?

— Eh bien?

— Qui dans l'empire n'est pas ému et terrifié à la vue de cette bague magique?

— Il est vrai.

— Et tu vas me la remettre?

— Je ne sais si je dois...

A cette réponse de Li-tsi le missionnaire fut frappé d'une idée subite. Étrange chose que le cœur humain. Cet homme était résolu à la mort. Il préparait lui-même son supplice; il s'offrait de son propre mouvement au poignard d'un assassin. Et pourtant une lueur d'espérance venait de luire dans son cœur; son âme venait de s'accrocher à la vie. Que Li-tsi lui refusât la bague, et son dévoûment devenait impossible, et il était forcé de se laisser aller à l'existence.

Voilà quelle pensée subite l'avait frappé et l'avait un instant fait secrètement palpiter.

Cette pensée fût involontaire, rapide; elle le prit pour ainsi dire au dépourvu.

C'était l'homme en lui qui s'était soudainement éveillé.

Le prêtre tua l'homme.

Sa résolution fatale revint calme, implacable.

Il fallait mourir.

— Pourquoi devrais-tu me refuser cet anneau? demanda-t-il à la jeune fille.

— Je ne sais; mais j'ai peur.

— Enfant!

— N'avez-vous pas tremblé vous-même?

— En effet, cet objet est entouré d'un tel prestige...

— C'est peut-être là la raison.

— Sans aucun doute.

— Voilà la bague alors.

Et Li-tsi ne la tendait pas pourtant.

— Aurait-elle un doute ou serait-ce un pressentiment? se demanda le prêtre.

— Tu hésites! reprit-il tout haut.

— Oh! tenez, prenez-la; mais je ne sais pas ce que j'éprouve, il me semble que j'ai un remords.

— C'est d'avoir menti.

— Peut-être. Mentir à celui qu'on aime, c'est mal...

— Mais pour quelqu'un que l'on aime c'est excusable.

Satisfaite et rassurée de ces deux raisons, Li-tsi présenta la main où brillait le diamant du Fils du ciel.

Toutefois son doigt se recourba, comme par un reste de résistance instinctive, lorsque le missionnaire en retira la bague.

Entré en la possession de cet objet, le prêtre eut une émotion qui lui serra la gorge. Li-tsi sentit elle-même son cœur étreint par un sentiment de tristesse et de regret dont elle ne s'expliquait pas la cause.

Il y eut un moment de silence. A cette heure suprême, le père

André ne pouvait se décider à se séparer de sa fille; il ne devait plus la revoir. A jamais la mort allait le séparer d'elle, et il n'osait lui dire adieu. Et il ne savait comment la presser une dernière fois sur son cœur sans éveiller ses soupçons. L'ardeur de son baiser, ses larmes qu'il ne saurait peut-être retenir, les palpitations de son âme qu'il ne pourrait faire taire, tout ne révélerait-il pas à sa fille la fatale destinée qu'il allait provoquer? Aussi se tenait-il dans une froide réserve; aussi comprimait-il par les plus violents efforts les irrésistibles élans de son cœur.

Il avait peur de son affection pour Li-tsi.

— Quand vous reverrai-je? demanda-t-elle au missionnaire.

— Cette question fit une impression inattendue sur le prêtre, car il frissonna : il aurait dû répondre : jamais!

— En ce monde, dit-il, quand on se quitte, sait-on si l'on se reverra?

— Il y a des malheurs imprévus; mais enfin les probabilités sont pour nous.

— En tout temps les probabilités sont pour la mort.

— Vous êtes sombre aujourd'hui, mon bon père.

— Viens sur mon cœur.

— Oh! je vous aime!

— *Ce mot me fait* du bien.

— Puisse-t-il vous rassurer.

— Jouissons du présent que Dieu nous donne et résignons-nous sur l'avenir. Adieu.

— Adieu, mon père.

— Encore un baiser. Je ne sais quel sentiment me retient près de toi.

— Oh! je le sais bien, moi. C'est le regret d'avoir voulu m'abandonner.

— Oui; c'est cela. Aussi maintenant je ne voudrais plus te quitter, et malgré moi je te retiens sur mon cœur.

— Le même sentiment me pénètre.

— Nous étions si intimement amis. Car tu es mon enfant, n'est-ce pas?

— Toujours.

— Tu te rappelleras un peu même, dans les splendeurs de ton

bonheur, le pauvre prêtre qui t'a nourrie, qui t'a élevée, celui qui a guidé tes premiers pas.

— Oh ! je n'oublierai pas.

— Non, n'est-ce pas ? Tu te souviendras que c'est moi qui ai appris à ton jeune esprit à connaître Dieu et à ton cœur à l'aimer. N'ai-je pas été le compagnon constant de ton enfance ? dans tous les souvenirs de ton jeune âge tu me retrouveras, n'est-il pas vrai ? Songe quelquefois à cet âge, songes-y, ma fille, afin d'y retrouver le vieux prêtre.

— Mais, mon père, je n'aurai pas besoin de mes souvenirs pour vous retrouver.

— Ah ! c'est que je suis tout entier dans ton passé. Si jamais dans le cours de ta vie puissante tu as besoin d'un conseil, d'une consolation, interroge les avertissements que je prodiguais à ta jeunesse, fais revivre nos longues conversations d'autrefois, et ton père te parlera par tes souvenirs, t'aidera et te consolera. Du reste ta mère est jeune, elle s'est épurée au creuset des passions. C'est un appui pour toi.

— On dirait que nous allons nous séparer pour toujours.

— Non, Li-tsi ; l'homme ne quitte jamais l'homme. Ce n'est là du reste qu'une touchante réminiscence sur laquelle je me suis appesanti.

— Mon cœur déjà s'oppressait.

— Tendre enfant, donne-moi ton front ; là, regarde-moi un peu avec tes doux yeux ; que je voie bien ma fille ; oui, c'est bien ma Li-tsi ; c'est bien là son pur et clair regard. Ce sont bien ses traits charmants, c'est bien cette beauté qui fait l'orgueil de sa mère. Tu seras heureuse, ma Li-tsi, car tu seras aimée.

— Oh ! quelles bonnes paroles !

— Tu le vois, je suis moins triste ; cette assurance a chassé les ombres de mon front. Je te laisse le cœur plus tranquille.

Le missionnaire tint quelque temps Li-tsi étroitement embrassée. Il ne pouvait se résoudre à s'éloigner. Chaque fois qu'il songeait à cette séparation une douleur déchirante s'emparait de son âme, une pâleur moite lui montait au front, et le cœur lui défaillait dans la poitrine.

Enfin, il y eut un dernier adieu et un dernier baiser échangé.

Le missionnaire s'arracha violemment aux étreintes de sa fille et se précipita vers la porte, sans oser regarder derrière lui.

Dès qu'il eut disparu, une douleur inconnue arracha un cri à Li-tsi qui tomba à genoux en joignant les mains.

Elle pria.

Elle pria pour éloigner une fatalité qu'elle ne pouvait définir, mais dont elle sentait vaguement la menace.

Et longtemps elle resta ainsi abîmée dans une pénible rêverie, jusqu'à ce qu'enfin une main vint se poser sur son épaule.

Elle sortit brusquement alors de son rêve et tressaillit.

— Ma mère! s'écria-t-elle en reconnaissant As-say.

— Oui, ta mère qui veille sur ton bonheur, répondit As-say.

— Serai-je donc encore menacée? demanda Li-tsi.

— Tu me le demandes, quand Fo-hi vit encore...

— Toujours lui! fit la jeune fille avec terreur.

— *Toujours!*

— Je croyais que Dieu avait eu pitié de nous.

— Et tu ne t'es pas trompée; car je connais les projets et les complots de Fo-hi.

— Et vous nous sauverez?...

— Peut-être.

— *Que faut-il faire?*

— Prévenir le ***Fils du ciel.***

— Ah! j'y cours.

— Mais tu ne sais rien encore...

— C'est vrai! je suis si troublée, si agitée depuis ce matin!

— En effet, tu me rappelles que je t'ai trouvée à genoux en arrivant...

— Je priais.

— Tu avais donc peur?

— Oui, une terreur secrète, une émotion indicible. Mon père vient de me quitter, et il me semblait que je ne devais plus le revoir.

— Tu as vu le missionnaire?

— A l'instant.

— Il t'a tout raconté alors?

— Non, rien. Pourquoi?

— Il sait tout cependant.

— Il n'a pas voulu m'effrayer; mais il agira, soyez-en sûre.

— Qui te le fait supposer?

— Son amour pour nous. Puis il est venu me demander l'insigne de la puissance impériale.

— La bague? s'écria As-say...

— La bague, répondit Li-tsi.

— Et tu la lui as remise?

— Sans doute, c'est pour mon bonheur, disait-il, et je n'ai pas voulu refuser.

— Et tu as bien fait.

— Pourquoi?

— Parce que demain, à la fête des Lanternes, on devait assassiner le *Fils du ciel*.

— Que dites-vous?

— Rassure-toi; comme le Fils du ciel assistera déguisé à cette fête, c'est à sa bague qu'on devait le reconnaître.

— Eh bien?

— Eh bien, puisque cette bague se trouvera entre les mains du missionnaire, tu n'as rien à craindre.

Li-tsi se prit à frissonner.

— Ah! n'importe, dit-elle, c'est horrible à penser... toujours la mort sur nos têtes... ce Fo-hi est impitoyable!...

Puis, comme si elle se fût laissé entraîner sur la pente d'autres pensées, Li-tsi regarda tout à coup sa mère avec une singulière expression.

— Mais une chose m'étonne, reprit-elle aussitôt.

— Laquelle? dit la mère.

— Pourquoi le père André m'a-t-il caché ce qu'il savait...

— Pour ne pas t'effrayer sans doute.

— Je veux le croire... ma mère; et cependant pourquoi me demander cette bague, quand il suffisait d'empêcher le *Fils du ciel* de la porter.

— Tu as raison.

La jeune fille passa sa main rapide sur son front.

— Tenez, poursuivit-elle, en devenant pâle, il me vient, depuis un instant, de bien terribles pensées.

— Qu'est-ce donc?

— Il y a des mots que j'avais écoutés sans les comprendre, et qui m'épouvantent maintenant...

— Calme-toi.

— Me calmer!... mais songez-y donc, ma mère, cette bague va le désigner au poignard des assassins.

— Que dis-tu?

— Je dis, ma mère, que le père André accomplit peut-être un sacrifice inouï, et qu'il veut aller offrir sa poitrine aux coups de Fo-hi.

— Est-ce possible?...

— Ah! si cela était...

— Mais il faudrait l'empêcher.

— Oui, car j'en porterais éternellement le remords.

— Toi!...

— N'est-ce pas pour moi qu'il veut se sacrifier...

— Qui le dit?

— Oh! le père André m'aimait comme sa fille; c'est mon amour pour Ping-si qui l'a tué... c'est moi qui le frapperai par les mains de Fo-hi.

As-say prit Li-tsi dans ses bras, et la baisa ardemment au front.

— Pauvre chère enfant, murmura-t-elle, tu exagères ta faute.., et les conséquences de ton amour... d'ailleurs, tout peut être réparé encore... La fête des Lanternes ne commence que demain; d'ici là je trouverai le père André; je lui parlerai, je lui redemanderai la bague, et sois sans inquiétude, mon enfant, il m'écoutera et renoncera à son projet, si toutefois il est vrai qu'il y ait songé un moment.

— Ah! puissiez-vous dire vrai! s'écria Li-tsi.

— Compte sur moi.

— Et vous allez le voir?

— A l'instant.

— Allez donc, ma mère; moi je vais prier Dieu pour qu'il éloigne de moi cette nouvelle angoisse, et ce remords qui me tuerait... Ah!... n'importe, je ne sais quel fatal pressentiment me dit que vous arriverez trop tard.

— A bientôt... dit encore As-say.

— A bientôt! à bientôt! répéta Li-tsi.

La fête des Lanternes

(suite)

Nous le précéderons de quelques instants à la porte de l'Ouest, vers laquelle il se dirigeait.

Un grand mouvement s'opérait à cette porte. Les gardes sortaient précipitamment en armes de la tour qui la défend, et se rangeaient en ligne, comme pour rendre des honneurs militaires.

En ce moment, un personnage, vêtu de riches habits, sans attributs pourtant, se présenta intérieurement, prêt à franchir le seuil de la porte. Sa démarche était grave, mais d'une dignité un peu affectée. C'était sans doute un grand dignitaire du Céleste-Empire, plus que cela peut-être, car les fanfares exécutèrent des airs qui ne sont joués que sur le passage de l'empereur.

En effet, ce personnage étendit la main, comme pour rendre le salut que présentèrent l'officier et les soldats du poste, et à cette main on vit briller un diamant d'un éblouissant éclat : c'était l'anneau insigne de la puissance impériale.

Les assistants portèrent, à cette vue, les deux mains à leur front, et firent une révérence des plus profondes. La plupart mirent un genou à terre.

On se prosternait devant la majesté impériale.

C'était donc le *Fils du ciel*.

Pourtant un esprit observateur, malgré les ombres de la nuit,

— Quoi! deux lieues au pas de course! fit Tittmarsh avec une grimace.

— Rassurez-vous, dit Coupoutaï, un philosophe n'aime pas voyager à pied. Une bonne voiture bien suspendue, bien capitonnée nous mènera rondement.

— En remise, quoi! fit Pinson.

— Vous allez voir.

En effet, nos trois compagnons arrivèrent près d'une station de voitures peintes et enluminées comme des écrans chinois. Elles étaient attelées chacune d'un excellent cheval ou d'un bon mulet. L'intérieur était parfaitement garni soit de drap, soit de satin.

— Si vous préfériez une chaise à porteurs? demanda Coupoutaï en ouvrant la portière d'une de ces voitures.

— Non, cela suffira, fit Pinson avec un air de résignation comique.

Un instant après ils galopaient vers le faubourg que désigna Coupoutaï. Le soleil n'était pas encore levé lorsque le philosophe fit arrêter la voiture.

— Sommes-nous arrivés? demanda Pinson.

— Il y a encore une centaine de pas que nous ferons à pied, répondit le philosophe; nul véhicule ne s'est jamais arrêté devant l'hôtellerie où nous nous rendons.

— Elle est donc bien mal située?

— Une hôtellerie où l'on couche à un cash la nuit!

— A un centime! fit Pinson stupéfait. Paul Niquet est enfoncé!

— Et combien y a-t-il de chambres? demanda Tittmarsh ébahi.

— Une seule, répondit Coupoutaï.

— Et combien de lits? fit Pinson.

— Un seul; mais il peut contenir quinze cents personnes.

— De tout âge? interrogea Pinson.

— Et de tout sexe! reprit le philosophe.

— Oh! shoking! shoking! compléta l'Anglais.

Voici ce qu'était l'hôtellerie à un centime.

Dans une rue étroite, défoncée, sale, boueuse, s'élevait un grand bâtiment circulaire flanqué d'un petit pavillon. Ce petit pavillon était occupé par le maître de l'hôtellerie ; quant à la rotonde, elle n'était composée que d'une immense salle, dans laquelle on avait entassé une prodigieuse quantité de plumes de poule.

C'était là le lit des habitués de l'hôtellerie.

Lorsque le jour tombait, à l'heure où les barrières interdisaient la circulation dans les rues, une foule hâve, maigre, déguenillée, souillée de boue et de misère, affluait vers ce bouge. C'étaient des enfants demi-vêtus, des femmes en haillons, des hommes, des jeunes filles, des vieillards, tous marqués au sceau du vice, du malheur et de la dégradation. Ils s'enfouissaient pêle-mêle dans ce monceau de plumes, au gré du hasard, au gré de la débauche.

Toute loi semblait s'arrêter au seuil de ce repaire ; l'œil du juge n'aurait osé sonder les hideux attentats, les monstrueux incestes qui s'y commettaient, souvent même à l'insu de ceux qui s'en rendaient coupables.

Quand toute cette hideuse population était ainsi entassée, mêlée, grouillante, une immense couverture de feutre descendait des combles du bâtiment et, s'abattant sur les dormeurs, couvrait les scènes horribles qui avaient lieu dans cet antre.

Cette couverture, assez semblable à un vaste parapluie, était percée d'une multitude d'ouvertures rondes, à travers lesquelles les habitués passaient leur tête pour respirer.

Cependant Coupoutaï et ses deux compagnons étaient arrivés sur le seuil de l'hôtellerie. Le maître de ce pandæmonium ne fut pas peu surpris de voir à sa porte trois hommes humainement vêtus. Il porta ses deux mains à la tête et fit une profonde salutation.

Coupoutaï prit la parole.

— C'est aujourd'hui la *fête des Lanternes*, dit-il au logeur. Le Fils du ciel répand ses largesses.

L'hôte salua trois fois.

Le philosophe reprit :

— Vous logerez gratis toute cette canaille pendant trois jours et vous lui jetterez quelques poignées de cash. Voilà de l'argent, de l'argent envoyé par le *Fils du ciel*.

Le logeur fit trois révérences, prit des mains du philosophe un immense chapelet de petites pièces de cuivre enfilées à un cordon de soie.

C'est ainsi que les Chinois portent le plus souvent leur argent.

— Maintenant, reprit Coupoutaï, conduisez-nous dans votre hôtellerie.

— Hôtellerie est flatteur! dit Pinson en pénétrant dans le bouge.

Le ronflement de quinze cents dormeurs, sonore comme un roulement de tonnerre, salua la venue des trois amis.

En ce moment, un premier rayon de soleil vint dorer le faîte de la rotonde. Une énorme cloche s'ébranla aussitôt, et des valets armés de longs fouets parurent aux issues en poussant de grands cris. Ce fut alors un tumulte de mouvements, de cris, de bâillements, de gémissements : les dormeurs s'éveillaient.

Au même instant, on entendit grincer une poulie, et l'immense couverture de feutre s'enleva au plafond. Alors toute la population de ce lieu se leva hargneuse, hérissée, et secouant les plumes dont elle était couverte.

— La place Maubert n'a rien de pareil! dit Pinson émerveillé à la vue de cette scène.

Quant à Tittmarsh et à Coupoutaï, ils se bouchaient le nez.

Comme les dormeurs tardaient à partir, les valets abattirent sur eux leurs longs fouets, et hâtèrent l'évacuation.

Lorsqu'eurent déguerpi tous ces gens

Sans coiffe et sans semelle
Qui hors d'un bouge affreux se ruaient pêle-mêle,

Coupoutaï arrêta au passage un individu de haute taille, aux larges épaules, aux bras musculeux, mais dont le vice, la débauche et la misère sapaient la forte organisation. Il se retirait lentement, avec ce flegme qui caractérise les Chinois, insoucieux des cris et des coups de fouet.

— Man-hop, dit Coupoutaï à cette espèce d'hercule, où déjeuneras-tu ce matin?

— Où tu voudras, répondit celui-ci de l'air de quelqu'un qui flaire une proposition.

— Eh bien ! va déjeuner dans quelque taverne, et tu inviteras oute cette canaille qui vient de sortir d'ici.

— C'est toi qui paies ?

— C'est moi qui paie.

— Dîne-t-on aussi ?

— C'est selon.

— Que faut-il faire ?

— J'ai besoin de douze cents individus pour ce soir.

— Où faut-il les rassembler ?

— Il faut les échelonner, durant la *fête des Lanternes*, le long des deux rives de l'In-ho.

— Ils y seront.

— Bien ; tu habilleras tes hommes en lanternes.

— De quelle couleur ?

— Blanche à bandes rouges.

— Et que feront ces lanternes vivantes ?

— Elles rencontreront d'autres lanternes du même genre.

— Ah !

— Seulement, celles-ci seront blanches à la bande bleue.

— Et que faudra-t-il faire à ces secondes lanternes ?

— Il faudra les éteindre.

— C'est tout ?

— Provisoirement.

— Mais quel sera le mot de reconnaissance ou de ralliement ?

— Ton nom, Man-hop.

— C'est convenu.

— Pour les instructions ultérieures, trouve-toi, ce soir, après le feu d'artifice, à la porte principale du palais impérial.

— J'y serai...

— Voilà cinquante talcs ; ce soir pareille somme te sera remise.

— Je suis à toi corps et âme.

— Ton corps, je l'accepte ; mais ton âme ! elle est destinée à habiter la peau de quelque chien.

— Comme il te plaira, fit Man-hop, sans s'émouvoir. A ce soir.

— A ce soir !

Et Man-hop disparut dans les rues tortueuses du faubourg.

Coupoutaï et ses deux compagnons remontèrent en voiture et regagnèrent le palais impérial.

Arrivés à la première enceinte du palais du *Fils du ciel*, nos trois amis renvoyèrent leur véhicule.

— Il faut avertir les sentinelles, dit Pinson. Tittmarsh est officier des gardes. Ce soin le regarde.

— Soyez tranquille ; notre homme ne sortira pas, dit Tittmarsh.

— Tu donneras son signalement, reprit Pinson.

— Qui ne le reconnaîtrait pas ? dit le philosophe ; longue barbe assez mal peignée ; visage pâle et mélancolique ; sourire triste et affectueux ; œil rêveur et contemplatif ; humble démarche, front baissé.

— Oui, reprit Pinson, et vêtu aujourd'hui en mandarin de première classe.

— Bien ! bien ! fit Tittmarsh, je vais donner mes ordres.

Et les trois amis se séparèrent.

Quel était cet homme que l'on consignait ainsi dans le palais impérial ? Quels étaient les projets des trois individus que nous venons de suivre dans leur course matinale ?

Ces questions trouveront successivement leur réponse dans la série des faits que nous avons à raconter.

Cependant dès la pointe du jour, de nombreuses salves d'artillerie, tirées sur tous les forts de Pé-king, avaient annoncé la *fête des Lanternes*.

Un mouvement extraordinaire se manifestait dans la capitale. Toutes les maisons se pavoisaient. Les cabarets pour le vin, les tavernes pour le thé s'emplissaient d'une joyeuse population de buveurs. Les artisans fermaient leurs échoppes ; les marchands étalaient leur plus attrayante marchandise. Les badauds chinois, plus flegmatiques et plus ébahis que le badaud parisien, parcouraient avec lenteur les rues et les places où se préparait la vaste illumination qui devait le soir jeter sur Pé-king les mille caprices de ses flammes et de ses couleurs.

Mais comme la *fête des Lanternes* n'a un aspect réellement féerique que lorsque la nuit est tombée, nous guiderons le lecteur, en attendant le soir, dans un lieu où jamais peut-être aucun Européen n'a pénétré, mais qui est toujours ouvert au romancier.

Dans la troisième enceinte des bâtiments impériaux, au milieu d'un vaste enclos, s'élève une petite ville, résumé de la capitale du Céleste-Empire. C'est un quadrilatère de mille mètres de côté ! Cette ville a, comme la grande cité, ses quatre portes aux quatre points cardinaux, ses tours, ses murailles, ses parapets, ses créneaux, ses rues, ses places, ses halles, ses temples, ses marchés, ses boutiques, ses tribunaux, ses palais, son port. C'est Pé-king en miniature.

C'est là un vaste théâtre où, plusieurs fois l'année, se représente la vie réelle : les eunuques du palais sont les acteurs. C'est une sorte de foire simulée ; on trouve là, imités, tout le commerce, tous les marchés, tous les arts, tous les métiers, tout le fracas, tout le mouvement tumultueux des grandes villes. Les marchandises s'étalent ; les ateliers retentissent, les commerçants circulent ; les voitures roulent, les vaisseaux arrivent au port. La foule des eunuques, revêtue des mille habits divers qui caractérisent les différentes professions, court, va, vient, se rue, se pousse, se dispute, se bat.

Au milieu de cette cohue se promènent les spectateurs : ce sont l'empereur, l'impératrice, ses femmes, quelques princes ou quelques grands.

Là tout est permis ; tous sont égaux. A peine distingue-t-on le souverain. Et même, dans ce jour de folie, pour que le plaisir soit complet, les friponneries sont autorisées. Aussi les filous se montrent-ils nombreux et fort habiles. Tous les larcins s'y exécutent avec un art merveilleux. Vol à la tire, vol au bonjour, vol à l'américaine, vol au mouchoir, toutes les variétés des fourberies y sont pratiquées par des sujets du plus haut mérite.

Du logement de l'empereur, le chemin conduit presque tout droit à cette petite ville. Il était près de midi. Le *Fils du ciel* fit prévenir Li-tsi et ses femmes, et toute la cour se rendit à la foire des eunuques. Ceux-ci vendent ce jour-là pour les marchands de Pé-king ; bien que cette foire soit particulière et uniquement destinée au plaisir de l'empereur, les ventes qui s'y font ne sont pas moins réelles. De magnifiques étoffes d'or et d'argent, de riches soieries furent offertes par le souverain à Li-tsi et à sa suite. On visita tous les étalages ; les moindres caprices furent prévenus ou satisfaits. On s'arrêta devant les baraques de spectacles.

Ces riches présents, ces bruyants plaisirs n'excitaient dans l'âme de Li-tsi qu'une joie distraite ; elle était soucieuse, inquiète. Il ne fallait rien moins que la présence de son fiancé pour éclairer ses traits de quelques joyeux rayons. Et même encore souvent avait-elle l'air de redouter les regards du *Fils du ciel.*

On sait quelles sollicitudes tourmentaient la fille adoptive du missionnaire. Elle se sentait arrivée au jour terrible du drame qui se préparait.

D'un autre côté, elle n'avait pas au doigt le diamant que le *Fils du ciel* lui avait confié. Et que dirait son fiancé, s'il venait à s'apercevoir de la disparition de l'insigne impérial ?

Aussi la jeune fille cachait sa main sous les longues manches de ses vêtements, et tendait à peine le bout effilé de ses jolis doigts à la main empressée de l'empereur.

Li-tsi savait pourtant qu'autour d'elle des amis dévoués travaillaient ardemment à déjouer les projets sinistres qui se tramaient. Confiante dans cette espérance, elle cherchait parmi la foule un signe d'intelligence, quelque avertissement qui vînt la rassurer.

Rien ne se manifesta.

Pourtant sur une place publique, sous le déguisement d'un magicien diseur de bonne aventure, Li-tsi crut distinguer un clignement d'œil particulier et reconnaître un accent depuis longtemps familier.

Li-tsi ne s'était pas trompée. Le magicien n'était autre que Coupoutaï La jeune fille fit semblant de lui adresser quelques questions secrètes et les quelques paroles suivantes furent échangées à voix basse.

— Eh bien ? demanda vivement Li-tsi.

— Nous le sauverons ! répondit Coupoutaï.

— Oh ! c'est moi que vous sauvez.

— J'ai voulu vous rassurer et je suis accouru. Mais comme la famille impériale a seule accès dans cette ville réservée, j'ai pris ce déguisement et je me suis fait passer pour eunuque.

— Je reconnais votre dévoûment. Mais la bague : le *Fils du ciel* peut à chaque instant me la réclamer, et je tremble à la pensée de ne pouvoir produire ce joyau si puissant et si important,

— Bah! c'est aujourd'hui le jour des friponneries, vous direz qu'on vous a volé la bague. Tantôt une femme, Pé-tchi-li, déguisée en marchande, viendra vous offrir des rafraîchissements. Vous les accepterez. La marchande se mettra à genoux et baisera votre main qui aura touché sa marchandise. Quand cette femme aura disparu, vous l'accuserez d'avoir soustrait votre anneau.

— Il paraît que ce magicien a de longues révélations à vous faire, dit le *Fils du ciel* intervenant.

— J'ai tant de choses à connaître! dit Li-tsi.

— Pour moi, il n'y en a qu'une qui m'importe, reprit le *Fils du ciel*, et c'est la connaissance de votre cœur!

La cour s'éloigna. Le philosophe disparut.

Au détour d'une rue, une jeune fille, vêtue d'un costume piquant, vint présenter du thé à Li-tsi. Malgré l'étrangeté du costume et l'altération pratiquée aux traits du visage, la fille d'As-say reconnut Pé-tchi-li qui venait de lui être annoncée par Coupou-taï. On procéda de la manière qu'avait indiquée le philosophe. Tout réussit. Du reste, la foule donnait toute chance au déguisement, et rien ne pouvait être découvert.

Cependant le jour commençait à décliner, et la foire perdait un peu de son activité et de son tumulte.

Le *Fils du ciel* et sa suite descendirent vers le port où un navire tout pavoisé était préparé pour les recevoir. De moelleux coussins couvraient le pont au-dessus duquel des tentures de soie formaient un dais. A l'arrière, des musiciens jouaient des airs de fête. Au haut du mât principal, était hissée une énorme lanterne en ivoire sculpté, d'un travail plein d'élégance et de délicatesse. La transparence de l'ivoire tamisait une douce lumière. Elle avait une forme sphérique et sur ses flancs étaient peintes en vives couleurs les merveilles du ciel de Bouddha. Autour de ce monde céleste gravitaient d'autres mondes, lumineux satellites, planètes de satin, étoiles de nacre, balancés au souffle du soir.

Le navire était ainsi tout chargé de fanaux bariolés. On en avait suspendu le long des sabords. Les cordages en étaient garnis. Et toutes ces lanternes étaient remarquables par leurs formes, la beauté des couleurs dont elles étaient peintes, et la richesse de la matière dont elles étaient fabriquées.

En présentant la main à Li-tsi qui montait à bord, le *Fils du ciel* s'aperçut de l'absence de la bague. Il en fit la remarque. La réponse dictée par Coupoutaï lui parut plausible. Seulement il fronça légèrement le sourcil.

— Vous regrettez cet anneau? demanda Li-tsi.

— Ce n'est pas cela; l'anneau sera retrouvé.

— Qu'avez-vous, alors?

— Vous ne comprenez pas?

— Vous vous effrayez peut-être du présage qui n'est pas conjuré?

— Je ne suis pas superstitieux; pourtant je suis inquiet.

— Pour moi?

— Non.

— Pour vous?

— Oui.

— Eh bien! rassurez-vous; aucun présage ne peut changer mon amour. Je suis même heureuse de ce vol qui me procure une inquiétude si tendre.

Et le vaisseau sortit du port et glissa dans le canal en reflétant dans les eaux les mille lueurs de ses lanternes.

La barque impériale allait donner le signal des illuminations. Un magnifique feu d'artifice devait ouvrir la fête. Il était tiré sur la plate-forme de la plus haute tour du palais.

Mais avant d'assister à ce spectacle splendide de pyrotechnie, racontons tout de suite une petite scène qui se passait auprès de la principale porte du palais impérial.

Trois énormes lanternes étaient placées de chaque côté de la porte. Elles étaient blanches rayées de bleu. Leur forme était des plus étranges. A gauche, chaque lanterne était surmontée d'une tête de tigre, la gueule béante, les yeux lumineux; à droite c'étaient trois têtes de lion. Ces lanternes étaient mouvantes, car chacune d'elles était occupée à l'intérieur par un homme.

Ces six individus, ainsi travestis, demeurèrent quelque temps en attente. Enfin, une septième lanterne vint à eux et leur glissa à l'oreille ces mots qui furent pourtant entendus par deux hommes couverts de vêtements sombres et auxquels on ne fit pas attention.

— Six lanternes comme vous, dit la septième, surveillent chaque porte du palais, prêtes à donner le signal lorsque l'homme à la bague sortira. Pourtant, on pense que l'empereur pénétrera dans la ville, au retour de la promenade sur l'eau, par la porte de l'Est, qui est celle-ci.

— C'est bien, dirent les lanternes. Quel est le mot d'ordre ?

— Fo-hi !

— Fo-hi ! répétèrent à voix basse les six hommes lumineux.

Et la septième lanterne disparut.

Les deux hommes qui avaient écouté cette conversation tinrent conseil.

— Si on les pendait en guise de réverbères ? dit l'un.

— Bah ! nous n'y verrions guère plus clair, dit l'autre, et l'alarme serait donnée.

— C'est vrai ; il faut pourtant qu'ils ne puissent courir, car, d'une manière ou d'autre, ils pourraient bien reconnaître le *Fils du ciel*. Il y aurait bien un moyen...

— Voyons le moyen.

— Les coudre ensemble par leurs habits. C'est un divertissement que je me suis procuré dans mon pays, au milieu des foules, quand j'étais gamin.

— J'en sais un plus drôle.

— Lequel ?

— Ces longues queues de cheveux qui leur pendent derrière le dos...

— C'est cela ! Les attacher par la queue !

— Allons ; prenons-en trois chacun.

Et nos deux individus, favorisés par la foule, se glissèrent parmi les six lanternes et les attachèrent trois à trois en formant avec leurs queues deux tresses parfaitement enlacées et inextricablement nouées.

— Et maintenant, dit Pinson à Coupoutaï, l'empereur peut passer !

Cependant trois coups de canon avaient été tirés sur le vaisseau monté par l'empereur. Au même instant, une longue fusée, flèche enflammée, avait rayé le ciel. Une immense clameur accueillit dans Pé-king le signal du feu d'artifice. L'art pyrotechnique a fait assez de progrès en Chine. Mais nos lecteurs ne sont pas sans avoir admiré les merveilles de fulmination que l'art européen allume les jours de fête populaire. C'étaient, comme toujours et comme partout, des soleils, des corbeilles de fleurs, des arcs de triomphe, d'immenses bouquets qui s'épanouissant resplendissent des plus vives lumières et des couleurs les plus éclatantes. C'était une pluie lumineuse de rubis, d'émeraudes, de topazes, de diamants! Mais, ce qui surtout ravissait les regards des spectateurs, c'était de voir s'allumer dans l'air des figures d'animaux. Ainsi passaient tour à tour des éléphants couleur de feu avec des trompes d'or; des tigres rouges lançant par leurs yeux des rayons verts, des lions vomissant des flammes. Enfin, toute cette magie flamboyante fut couronnée par un vrai chef-d'œuvre national: c'était la représentation de la fameuse tour de porcelaine, qui brilla dans l'air, avec ses neuf étages, ses toits dorés, ses clochettes rutilantes, ses fenêtres inondées de lumière, et qui parut suspendue dans les airs comme un étonnant météore.

Trois coups de canon furent de nouveau tirés sur la barque impériale, c'était la fin du feu d'artifice et le signal de l'illumination.

Au même instant, douze cents hommes habillés en lanternes blanches rayées de bleu se répandirent le long de la principale rue par laquelle devait passer le *Fils du ciel*, lors de sa promenade solitaire dans Pé-king, et ces individus échangèrent en passant le mot d'ordre: *Fo-hi*.

Et peu après, douze cents autres lanternes de couleur blanche rayée de rouge parurent à leur suite.

Et en passant, chacune d'elles laissa tomber le mot de *Man-hop!*...

Pendant ce temps, Pé-king s'enflammait comme par enchantement. Des flots de lumières de toute couleur baignaient la ville et lui prêtaient des reflets fantastiques. Les féeries les plus étourdissantes, les feux de Bengale les plus éblouissants, ne sont rien en comparaison de cette inondation de flammes qui envahit les rues, les maisons, les édifices, les appartements, les jardins. Tout fut littéralement pavoisé de feu. C'était un embrasement général, un incendie universel. On voyait des palais de feu, des hommes de feu, des animaux de feu, des navires de feu qui glissaient sur une onde enflammée. La flamme courait, ruisselait, serpentait, se balançait, s'élançait en jets, tombait en cascades, formait des guirlandes, des fleurs, des arbres. Le ciel lui-même, frappé de tous ces rayons, formait au-dessus de cette vaste scène resplendissante comme un dôme étincelant de lumières...

Tout cela paraîtrait le rêve d'une imagination délirante, si nous n'avions à citer, à l'appui de ce que nous écrivons, la relation d'un témoin oculaire. La voici textuellement :

« Il n'y a point de Chinois si pauvre qui, pour cette fête, n'allume quelques lanternes : on en fait et on en vend de toutes sortes de figures, de grandeurs et de prix. Ce jour-là, toute la Chine est illuminée ; mais nulle part l'illumination n'est si belle que chez l'empereur, et surtout dans sa maison de plaisance. Il n'y a pas de chambre, de salle, de galerie où il n'y ait plusieurs lanternes suspendues au plancher; il y en a sur tous les canaux, sur tous les bassins, en façon de petites barques que les eaux amènent et ramènent ; il y en a sur les montagnes, sur les ponts, et à presque tous les arbres : elles sont toutes d'un travail fin et délicat, en figures de poissons, d'oiseaux, d'animaux, de vases, de fruits, de fleurs, de barques, et de toute grandeur; il y en a de soie, de corne, de verre, de nacre, de toutes matières; il y en a de peintes, de brodées et de tous prix ; j'en ai vu qui n'avaient pas été faites pour mille écus. Je ne finirais pas, si je voulais en marquer toutes les formes, les matières et les ornements. »

Cependant trois salves d'artillerie annoncèrent que la barque impériale touchait au port du palais. Puis trois nouvelles salves indiquèrent que l'empereur allait sortir par les rues de Pé-king.

Un mouvement se manifesta alors parmi les douze cents lanternes blanches rayées de bleu.

Les douze cents lanternes blanches rayées de rouge observèrent ce mouvement et se tinrent prêtes.

Le mot d'ordre, *Man-hop*, courut de bouche en bouche. Au même instant les douze cents lanternes blanches furent éteintes par les douze cents lanternes bleues ; et douze cents poignards se levèrent pour imposer silence et arrêter toute résistance.

Pendant que ces faits se passaient sur les deux rives de l'In-ho, une fanfare d'honneur retentissait à la porte de l'Est du palais impérial.

C'était l'empereur qui se rendait dans sa bonne ville de Pé-king.

Les six lanternes apostées à cette porte reconnurent aussitôt le *Fils du ciel*, et voulurent se précipiter pour aller porter cette nouvelle.

Mais six cris de douleur retentirent.

Elles se trouvaient attachées l'une à l'autre par ces longues tresses de cheveux que tous les Chinois portent derrière la tête.

A cette vue, un immense éclat de rire s'éleva du sein de la foule. Ce furent des huées, des trépignements, des cris, des quolibets. Les six lanternes se tiraillaient, se démenaient, sans pouvoir arriver à se séparer les unes des autres.

Elles devinrent l'amusement de la multitude, et peu s'en fallut que, comme le renard de la fable, elles ne perdissent leur queue dans cette bagarre.

Tout à coup, un homme bondit au milieu d'eux, écartant la foule à coups de manche de poignard. Il arrive près des six lanternes, les détache, et après avoir murmuré le mot d'ordre, leur demande où est le *Fils du ciel*.

— Parti ! disent celles-ci toutes confuses.

— Parti ! s'écrie l'homme au poignard en rugissant.

Au même moment, s'avançait vers cet individu une lanterne géante rayée de bleu.

C'était Man-hop.

— Fo-hi ! murmura l'hercule.

L'homme au poignard se retourna vivement.

— Celui qui porte la bague, reprit Man-hop, sort en ce moment par la porte de l'Ouest.

Et cela dit, il s'éteignit et disparut.

Quant à l'homme au poignard, qui n'était autre que le Ye-ko, à peine eut-il entendu les paroles du géant, qu'il remit son poignard dans sa gaîne, et fendit la foule.

Un instant après, il disparut dans la direction de la porte de l'Ouest.

La fête des Lanternes

C'était le matin.

L'aube venait à peine de poindre ; les barrières qui ferment, la nuit, les ruelles de Pé-king, n'étaient pas encore levées.

Trois individus sortirent du palais impérial, franchirent les trois enceintes dont se trouve entourée la résidence du ***Fils du ciel*** et se trouvèrent dans un des quatre côtés de Pé-king.

Ils arrivèrent après quelques minutes de marche sur la rive droite de l'In-ho, rivière sur laquelle est bâtie la capitale du Céleste-Empire.

Ces trois hommes s'arrêtèrent. C'étaient Pinson, Tittmarsh et Coupoutaï.

— Nous voici arrivés, dit ce dernier, à l'endroit où la fête sera le plus brillante.

— C'est donc ici qu'il faut placer nos hommes ? demanda Pinson.

— Je le pense, répondit Coupoutaï.

— Où les trouverons-nous ?

— Avez-vous de l'argent ?

— Tittmarsh a sept à huit cent mille cash.

Nos lecteurs savent sans doute que le cash vaut environ un centime.

— C'est peu, reprit le philosophe, mais cela suffira. Maintenant nous allons nous diriger vers l'un des faubourgs, où il nous faut à tout prix arriver avant le lever du soleil.

et grâce à la splendide illumination qui éclairait Pé-king, eût pu concevoir quelques doutes sur l'identité de ce personnage. Il avait bien le costume chinois, une couche dorée couvrait sa figure; mais l'œil n'avait pas cette direction oblique que l'excessive saillie des pommettes donne aux yeux de la race jaune.

Pour toute escorte suivaient quatre ou cinq personnes sans armes et sans distinctions apparentes.

Enfin, le mystérieux personnage prit la direction de la large rue qui suit la rive droite de l'In-ho.

En ce moment, Fo-hi arriva. Il aperçut le petit cortége. Sa tête se pencha; son œil avide chercha la main de l'individu qui marchait en tête.

Il remarqua la bague.

Un éclair jaillit de ses yeux, aussi froid, aussi éclatant, mais plus terrible que le vif rayon qui partait du diamant. Un rictus diabolique contracta ses lèvres, et sa main, par un geste instinctif, se posa frémissante sur un long poignard pendu à sa ceinture.

A l'arrivée du Ye-ko, un mouvement presque imperceptible s'était manifesté dans l'escorte impériale, et l'homme à la bague jeta un furtif regard du côté de Fo-hi. Un léger sourire inexprimable courut sur sa lèvre. Son œil s'anima, et son front se creusa de ce petit pli signe de fermeté, de courage et d'observation, puis sa main droite se dégagea avec indifférence des larges manches qui couvraient ses bras, et laissa miroiter les facettes du diamant.

Ce miroitement avait pour Fo-hi un attrait fascinateur.

Le Ye-ko observait. Il suivait d'un air cauteleux l'homme que couvait son fauve regard.

Il est évident qu'aux yeux de Fo-hi, le personnage n'était autre que le Fils du ciel, le Fils du ciel dont il méditait depuis si longtemps la mort.....

Enfin, il tenait son ennemi à la portée de son glaive. C'était bien là, à quelques pas, le protecteur des Fan-kouei, l'heureux amant de Li-tsi! Enfin, ces feux terribles allumés par la jalousie, par la haine, par la vengeance, il allait d'un seul coup les éteindre dans le sang! Il allait étancher cette soif qui le brûlait; et son cœur palpitait, et ses tempes battaient, et tout son corps frissonnait. Il caressait sa cruelle espérance avec cette joie intime qui saisit le voyageur des brûlants déserts, lorsqu'il aperçoit à l'horizon les cimes de quelques verts palmiers, indicateurs d'une source rafraîchissante.

Une chose pourtant aurait pu l'inquiéter : des lanternes blanches, rayées de bleu, devaient se trouver échelonnées le long de la grande voie du bord de l'eau; or, c'étaient des lanternes blanches rayées de rouge qui s'y trouvaient répandues.

Mais Fo-hi était trop préoccupé du coup de main qu'il allait tenter pour remarquer cette particularité.

On avançait toujours; la foule était nombreuse et serrée. Le cortége impérial marchait avec difficulté. Le Ye-ko attendait, pour se jeter sur sa proie, qu'un courant de population coupât le cortége et séparât l'homme à la bague de sa suite. Il épiait l'occasion avec cette démarche tortueuse des bêtes féroces qui suivent une proie.

Et le diamant brillait toujours à ses yeux avec des chatoiements provocateurs. On aurait dit que l'homme qui le portait le faisait ainsi briller avec intention; car il ne négligeait aucun des gestes qui, sans trahir une intention, pouvaient le mettre en évidence et l'allumer aux rayons de l'illumination.

Cependant le cortége impérial s'éloignait peu à peu de la foule. Il arriva à l'entrée d'une rue étroite peu fréquentée, et s'y engagea. Fo-hi, un instant arrêté par le flot des curieux, perdit de vue la victime qu'il guettait. Le Ye-ko frémit de rage. Sa vengeance semblait lui échapper au moment où il la tenait au bout de son couteau. Il promenait dans la foule des regards inquiets, rapides, effrayants. On aurait dit que de ses yeux partaient des traits acérés qui cherchaient à frapper au milieu des spectateurs de la fête.

Enfin, Fo-hi retrouva son ennemi de l'œil au moment où il tournait l'angle de la petite rue dont nous avons parlé. Il respira; son regard devint rayonnant. Encore une fois, sa haine pouvait être assouvie.

Toutefois, il fallait franchir le rempart vivant qui lui barrait le passage. Mais le Ye-ko, qui depuis si longtemps vivait dans les ténébreux complots, savait l'art de se glisser à travers les grands rassemblements. Aussi passa-t-il comme une couleuvre au milieu de tous ces courants qui se croisaient, se coupaient, se heurtaient. Au bout de quelques instants, il se retrouva à portée de celui qu'il cherchait.

Ce dernier avait fait une courte halte ; et comme le Ye-ko arrivait, il reprenait sa marche le long de la rue solitaire. Le lieu était sombre, à peine éclairé par les lueurs mourantes des quelques lanternes pendues aux fenêtres. On n'entendait que le bruit des pas des promeneurs inaccoutumés dont nous suivons la course, et la clameur lointaine, confuse, bourdonnante, qui arrivait des bords de l'In-ho, principal rendez-vous des curieux.

L'endroit était propice à une rencontre ou à un crime.

Fo-hi rampa le long des maisons, et ayant pris l'avance, alla se blottir derrière un poteau qui marquait la limite d'un étalage de marchand.

Une fois là, il attendit :

L'œil fixe, la main serrée, le corps replié, et prêt à bondir sur sa proie.

L'homme à la bague avançait seul en tête de l'escorte restée quelques pas en arrière.

Quand il vit son ennemi à portée, Fo-hi mesura la distance d'un coup d'œil rapide. D'un bond il pouvait arriver sur lui, le frapper au cœur, et s'évader avant que l'escorte eût eu le temps d'arriver.

Il s'élança donc aussitôt, la main levée, et l'acier raya les ombres d'un froid éclair.

Puis, on entendit un rugissement, et un homme alla rouler dans la boue.

C'était Fo-hi !

Son ennemi, par un rapide demi-tour, avait évité sa lame, et, d'un habile coup de pied, avait lancé le Ye-ko dans le ruisseau.

Mais celui-ci, avec son agilité de chat, fut bientôt sur pied.

— A nous deux ! s'écria Pinson, car c'était lui qui portait la bague impériale et qui venait d'exécuter cette leste voltige.

Fo-hi était muet, grinçant des dents, terrible de rage déçue. Il se sentait pris au piége, et son indomptable courage se doublait de fureur et de désespoir.

Les gens qui suivaient Pinson frissonnèrent à l'aspect terrible du Ye-ko. C'étaient Tittmarsh, Coupoutaï, As-say et Pé-tchi-li. Ils se rapprochèrent, comme pour protéger leur compagnon.

— Du tout! fit Pinson en les éloignant du geste. Je veux me payer le Ye-ko. Il y a assez longtemps que nous nous regardons en chiens de faïence; voici l'occasion. Que personne n'y touche!

— Prenez garde! cria Pé-tchi-li éperdue.

Fo-hi venait de s'élancer de nouveau sur Pinson. Celui-ci para le coup, mais pas assez rapidement. La lame lui mordit l'épaule, et lui arracha un cri de douleur. Mais c'était là un coup d'aiguillon qui lui stimulait l'ardeur. L'équilibre de haine et de fureur s'établissait entre les deux adversaires.

Pinson n'avait pas eu le temps de tirer son poignard, tant an du Ye-ko avait été foudroyant. Il rompit d'un pas, et dé-na.

— Allons! allons! dit-il; ce n'est qu'une égratignure.

Mais Pé-tchi-li, voyant couler le sang de son amant, avait jeté un cri d'effroi et de détresse, et était tombée dans les bras d'As-say.

C'était un spectacle palpitant que cette lutte à mort en face de ces deux femmes si intimement liées aux destinées des deux ennemis. Mais elles étaient sous l'impression de sentiments bien différents. As-say voyait devant elle l'homme qui depuis si longtemps la menaçait, elle ou ceux qu'elle aimait. Dans un moment de lassitude, peut-être d'élan généreux, elle avait offert la paix et le pardon à ce persécuteur infatigable; et elle avait été jouée, trahie! Elle n'avait plus rien à ménager, et elle attendait la mort de Fo-hi comme on attend justice d'un crime, et elle avait foi en la vengeance de Dieu.

Pé-tchi-li était en butte à deux sentiments contraires. L'anxiété comprimait son cœur; elle était attentive, haletante, effarée. Et pourtant cette situation extrême de Pinson éveillait sa curiosité d'amante. N'était-ce pas là une épreuve pour le Français, une épreuve dans laquelle allaient se manifester son courage et son agilité. Toute femme aime à être fière de celui qu'elle aime, et dans ce combat à outrance, à ses yeux, Pinson pouvait devenir un héros.

Tittmarsh qui, de son côté, connaissait les talents de Pinson en fait de boxe et d'escrime, pensait que Fo-hi allait passer un mauvais quart d'heure. Il avait croisé les bras comme un maître d'armes qui assiste à un duel.

Quant à Coupoutaï, il estimait que son ami s'exposait un peu témérairement aux coups d'un furieux, et qu'il avait tort, pour satisfaire un vain amour-propre, de se priver du secours décisif de ses deux amis.

Les deux adversaires s'observaient, la main prête, le corps ramassé, le cou tendu. Ils tournaient l'un autour de l'autre, comme pour chercher un côté favorable pour frapper. Le cercle qu'ils décrivaient allait se rétrécissant. Enfin, ils se trouvèrent en face l'un de l'autre, et engagèrent leurs poignards.

Les lames s'entrechoquèrent, des éclairs jaillirent du fer, les mains tournoyèrent avec rapidité.

Les deux ennemis se serraient de si près que leurs haleines se confondaient, et qu'ils se soufflaient l'un à la face de l'autre le feu qui brûlait leur poitrine. Parfois ils restaient immobiles, dressés sur les orteils, la main levée, cherchant un passage à la lame, l'œil flamboyant, le front menaçant.

Puis, le bras s'abattait et faisait une large entaille dans les vêtements. Mais ces coups, prestement parés, ne faisaient qu'effleurer la peau. Les habits étaient lacérés, déchiquetés, en lambeaux; mais l'épiderme était encore à peu près intact.

Cependant, les deux ennemis ne s'en tinrent pas à ces préambules; les feintes les irritaient, les coups parés excitaient leur rage. Pinson voulut en finir. Il simula un coup en pleine poitrine; Fo-hi arriva prestement à la parade; mais son adversaire, tombant sur un genou par un mouvement prompt, trouva découverte la partie inférieure du corps du Ye-ko, et lui enfonça son fer dans le ventre. Fo-hi poussa un sourd râlement de rage en se sentant blessé. Pourtant la lame, s'étant détournée grâce à un mouvement du Ye-ko, n'avait fait que trouer la peau, et la pointe s'était émoussée sur l'os de la hanche. Fo-hi avait alors saisi son adversaire par le cou, et lui avait courbé la tête avant qu'il eût eu le temps de se relever.

Alors commença une lutte corps à corps. Les bras s'enlacèrent, les fronts se heurtèrent ; tous les muscles étaient tendus ; les poitrines soufflaient ; le sang affluait au visage des lutteurs ; les yeux saillaient hors des orbites.

Mais dans ce genre de combat, Pinson ne pouvait avoir l'avantage. Dans un combat à distance, il pouvait mettre à profit son adresse, tandis qu'ainsi inextricablement noué avec son adversaire, il ne devait compter que sur sa force musculaire. Or, le Ye-ko avait des ressources de vigueur inouïes. Il pressait son adversaire, le serrait, le comprimait, l'étouffait.

Pinson était perdu si un secours inattendu ne venait à lui !...

En ce moment un homme déboucha dans la rue où se passait cette scène. Ses cheveux, ses habits étaient en désordre; sa respiration était haletante. Il accourait rapidement et arriva sur le lieu du combat au moment où Fo-hi allait triompher de Pinson et le frapper de son arme.

— Arrêtez ! arrêtez ! s'écria cet homme. Quoi ! vous les laissez s'égorger ! Dieu ne veut pas de crime. Prenez plutôt ma vie s'il vous faut du sang !

Et il se jeta sur les combattants pour les séparer.

Fo-hi avait laissé échapper un juron énergique en voyant ce nouvel adversaire venir lui enlever sa victime.

Il le reconnut d'un coup d'œil, et se dégageant de Pinson, il se rua sur le nouveau venu.

— Eh bien ! soit, dit-il, et puisque tu viens jusqu'ici braver mon poignard, tu n'échapperas pas à la mort que tu mérites...

Et en parlant ainsi, il lui enfonça dans la poitrine le fer qui allait percer le cœur de Pinson.

L'homme poussa un gémissement, s'affaissa sur lui-même et alla rouler sur le pavé.

La lueur des lanternes éclaira son pâle visage résigné.

C'était le missionnaire !...

Pé-tchi-li, As-say, Tittmarsh se précipitèrent à son secours pendant que Coupoutaï se jetait sur Fo-hi et le désarmait.

Pinson allait le frapper, le philosophe l'arrêta :

— Laissez-le, dit-il, ce n'est plus un ennemi, c'est un assassin ! Il appartient à la justice du *Fils du ciel*.

On le garrotta, et Tittmarsh fut commis à sa garde.

Cependant il s'était fait un rassemblement de gens qui rentraient de la fête. Avec l'aide de plusieurs personnes un lit fut bientôt organisé ; on y posa doucement le missionnaire, et comme son état se refusait à un long trajet, on le transporta dans une maison voisine.

Le Ye-ko fut conduit dans la même maison, sous la garde de Tittmarsh, en attendant qu'on le dirigeât, sur l'ordre de l'empereur, vers une prison de Pé-king. Fo-hi ne manifestait aucune émotion. Il se montrait indifférent du passé et calme pour l'avenir.

Cet homme ne désespérait jamais tant qu'il lui restait tous ses membres pour agir.

La nouvelle du meurtre s'était répandue avec rapidité. Des attroupements se formaient à la porte de la maison où l'on avait conduit le blessé. Comme à la suite de tout événement, on faisait circuler les versions les plus absurdes.

Tout à coup on entendit dans le lointain les pas d'une troupe de cavaliers.

La foule s'écarta.

Un personnage, que la troupe entourait avec respect, descendit de cheval et ouvrit les rideaux d'une chaise à porteurs qui le suivait. Ce personnage tendit la main à une jeune femme qui sortit de la chaise, et il la soutint, chancelante et éplorée, jusqu'à l'asile du missionnaire.

Le personnage était le *Fils du ciel*; la jeune femme était Li-tsi.

Arrivée dans la chambre où reposait le prêtre, Li-tsi se précipita à genoux au chevet du lit, prit la main du missionnaire qui pendait en dehors et la couvrit de baisers et de larmes.

— Mon père ! mon père ! murmura-t-elle.

Et ses sanglots étouffèrent sa voix.

Le *Fils du ciel* était debout, tête nue, triste et pâle.

Le prêtre ouvrit les yeux à la voix de sa fille. Ses lèvres eurent un léger tremblement ; mais il ne put articuler aucune parole.

Nous devons une courte explication au lecteur.

On a sans doute été surpris de voir Pinson, muni de la bague impériale, se présenter au lieu et place du missionnaire au poignard de Fo-hi.

As-say avait promis à sa fille de sauver le prêtre. As-say dévoila à Pinson les sinistres projets du Ye-ko, et lui exprima en même temps ses soupçons sur la résolution qu'avait prise le missionnaire de se faire tuer par Fo-hi.

L'occasion était belle. Pinson ne pouvait la laisser échapper.

— Le Ye-ko! s'écria-t-il; ça me regarde! C'est moi qui prendrai la bague. Seulement, j'accompagnerai ce bijou d'un bon couteau. Il y a assez longtemps que la main me démange.

Cela dit, il alla trouver Tittmarsh.

Tittmarsh avait la garde du palais.

Par lui, il put empêcher la sortie du missionnaire auquel on reprit la bague.

Nous savons comment le Français s'en servit.

Cependant, le missionnaire avait deviné le projet de Pinson. Il frémit. Pinson était fort et valeureux, mais Fo-hi était terrible.

Il pouvait prévenir un malheur.

Du reste, un prêtre peut, en toute occasion, sacrifier sa vie. Son existence ne compte pas dans ce monde.

Mais quand il s'agit de ses frères, il doit tout faire pour conjurer un meurtre.

Il avait donc trompé la surveillance dont on l'entourait, et quelques indices l'avaient guidé sur le lieu du combat.

Il arriva pour écarter le coup préparé pour Pinson et le diriger vers sa propre poitrine.

Il était frappé mortellement.

Cependant il respirait encore. On sonda la blessure. Nul espoir de le sauver ne put être conçu. Li-tsi éclata alors en sanglots. Le *Fils du ciel* était ému, et les larmes brillaient dans les yeux de Pinson, de Tittmarsh et de Coupoutaï.

Fo-hi seul, relégué dans un coin obscur, observait cette scène avec une sombre préoccupation.

Plusieurs fois le missionnaire s'était évanoui. Quelques gouttes d'une liqueur le ranimèrent un instant. Son regard était doux et calme ; mais il s'imprégna d'une légère teinte de tristesse lorsqu'il se reposa sur Li-tsi ; c'était sa fille. Il allait la quitter. Peu à peu même il s'attendrit sur elle et des pleurs coulèrent le long de ses joues.

— Vous souffrez, mon père? demanda la jeune fille d'une voix pleine de larmes.

Un sourire plein de résignation angélique plissa les lèvres pâles du missionnaire.

— Je ne songe pas à la douleur, dit-il d'une voix faible, mais je vais vous quitter, mes enfants.

— Oh! vous vivrez! ne songez pas à la mort.

— Croyez-vous qu'elle m'effraie? La mort est pour moi une récompense! mon Dieu, je l'espère, me recevra dans son sein. Mais je te laisse, ma fille, au milieu de dangers terribles pour ton âme jeune et ardente, et peut-être y succombera-t-elle ; car tu n'auras plus auprès de toi un père, un chrétien.

— Votre souvenir m'accompagnera toujours et me guidera.

— Et de là-haut je veillerai sur toi. Je prierai l'Éternel de t'inspirer la constance, d'éveiller la tolérance dans le cœur du *Fils du ciel*, d'éclairer les infidèles. Peut-être, ma fille, as-tu une divine mission ; peut-être Dieu a-t-il mis une chrétienne sur le trône du Céleste-Empire, comme il mit autrefois Esther sur le trône de Syrie, pour ménager une puissante influence à ses serviteurs. Où est ton fiancé? Est-il là près de nous? Mes yeux s'obscurcissent...

Une main saisit la main du prêtre et la pressa doucement.

Un doux rayon éclaira l'œil du père André.

— Veillez sur elle, reprit le mourant en s'adressant au *Fils du ciel*, et ne faites pas violence à sa foi.

— Je ne demande que son amour, dit le *Fils du ciel*.

— Aujourd'hui, repartit le prêtre, c'est votre cœur qui parle. Dans quelque temps vous vous étonnerez que cette jeune fille n'adore pas le même Dieu que vous. Vous lui ferez de votre religion une raison de convenance, une raison d'État. Et comme je ne serai plus là pour soutenir sa ferveur, elle cédera peut-être. Mais songez-y, le regret, le remords restera dans son cœur, et cet amour l'effraiera, et cette affection sera empoisonnée par les terreurs de sa conscience.

— Ne craignez rien ; Li-tsi est libre. Je le dis hautement ici ; et afin que vous bénissiez notre union, je prends cette jeune fille pour épouse. Qu'importe que notre Dieu se nomme Christ ou Bouddha ! ce sont toujours des prières et des actions de grâces qui montent vers lui ; ce sont toujours de saints préceptes qui sont gravés dans leurs livres sacrés.

— Le ciel vous a doué de l'esprit des sages ! Venez, mes enfants, que je bénisse votre amour !

Le *Fils du ciel* prit la main de Li-tsi et les deux époux se prosternèrent au chevet du lit du missionnaire. Celui-ci étendit alors sur leur tête sa main défaillante et implora pour eux les faveurs du ciel.

C'était un spectacle étrange que cette union contractée près du lit d'un mourant, à côté d'un meurtre et en présence d'un assassin. L'amour en présence du crime ! La fumée de l'encens mêlée à la vapeur du sang répandu ! La fête nuptiale célébrée dans une chambre mortuaire ! Terrible contraste ! Un homme qui meurt à côté de deux enfants qui entrent dans la vie, dans l'amour ! car l'amour, c'est la vie.

Bien des gens auraient vu là un funeste augure.

Li-tsi et le Fils du ciel n'y virent qu'une sanctification.

Et puis le prêtre était la victime expiatoire qui payait à Dieu le prix de leur bonheur.

Pé-tchi-li, Pinson, Tittmarsh, Coupoutaï subissaient le charme attendrissant de cette situation ; ils étaient muets, attentifs, recueillis, et quand le prêtre éleva la main au-dessus des deux époux, par un mouvement involontaire, ils se trouvèrent agenouillés et priant.

Pé-tchi-li et Pinson priaient la main dans la main ; l'amour est quelquefois une prière.

Tittmarsh ressentait cette indicible émotion qui est une oraison inarticulée.

Coupoutaï, devant la réalité de ces touchants tressaillements de l'âme, perdait ce pli sceptique qui relevait perpétuellement le coin de sa lèvre et pressentait cette vie ineffable qui s'agite ailleurs que dans les sens, qui s'élance de la terre vers des régions sereines.

Cette aspiration inconnue, n'était-ce pas une prière?

Un homme seul était resté debout, le front plissé, sombre, l'œil fixe et brûlant.

C'était Fo-hi.

Il demeurait immobile dans un angle obscur de la chambre mortuaire. Dans son cœur se passait un drame horrible. Intérieurement il rugissait; toutes les douleurs le mordaient à la fois. Tous les désespoirs soufflaient la rage dans son âme. Il était vaincu, brisé, prêt à être livré au bourreau.

Et cette fois personne ne serait là pour le sauver.

Et puis, que lui importaient les supplices! que lui importait la mort! Il aurait considéré comme son ami le plus dévoué celui qui en ce moment eût fait sauter la maison où il se trouvait et eût fait ainsi périr tous ceux qu'elle contenait. Jamais cet homme n'avait été torturé par une pareille douleur! Lui, le Ye-ko, le chef des TROIS-UNIS, lui, l'homme indomptable, lui, amoureux de Li-tsi, cet homme aux passions terribles, se trouvait au pouvoir de son ennemi. Il assistait à la fête nuptiale de son rival. Il voyait bénir l'amour du *Fils du ciel*, quand le sien était dédaigné, brisé, tué! Jamais la soif de la vengeance n'avait brûlé sa poitrine avec une telle ardeur.

La liberté et une arme!

Tel était le cri intime de son désespoir. Et il se tordait impuissant! Et il enfonçait ses ongles dans sa poitrine qu'il ensanglantait pour contenir les grondements de son cœur qui éclatait.

Cet homme-là eut une larme.

L'enfer seul pourrait savoir quel abîme de souffrance se creusait dans ce cœur de démon!

Cependant le prêtre s'affaiblissait peu à peu. Il ne voyait plus qu'à travers un épais nuage; ses oreilles commençaient à bourdonner et il lui prenait de fréquents évanouissements. La cérémonie nuptiale terminée, il était tombé dans une sorte de prostration. Son regard devenait fixe et se ternissait. Sa parole était plus faible, plus brève, plus saccadée. Ses membres se glaçaient. Il n'avait plus que quelques instants à vivre.

Il voulut parler ; la voix expira sur ses lèvres.

Quelques nouvelles gouttes de la liqueur dont nous avons parlé lui procurèrent une passagère surexcitation, et il put se faire entendre.

— Vous êtes là, mes enfants ? demanda-t-il encore ; je ne vous vois plus. Parlez-moi ! Hélas, peut-être ne puis-je plus vous entendre. Que la volonté de Dieu soit faite et que le ciel ait mon âme.

— Votre fille est là, dit Li-tsi.

— Oh ! je sais que tu ne m'abandonneras pas.

— Vous êtes mon père, puisqu'elle est votre fille, dit le *Fils du ciel.*

— Vous êtes un grand et noble cœur ! Que Dieu fasse de vous un grand prince, reprit le prêtre.

— Si tout mon sang pouvait vous sauver ! dit la mère de Li-tsi, vous qui m'avez rendu ma fille et m'avez fait connaître Dieu.

— As-say ! fit le prêtre en la remerciant d'un sourire.

— Nous sommes là, nous qui vous aimons, dirent Pinson et ses amis.

Et le missionnaire contempla toutes ces figures bien-aimées avec un tendre regard et un suave sourire.

En ce moment, des pas nombreux se firent entendre dans la rue. On prêta l'oreille. Fo-hi lui-même tendit le cou et écouta. Des lueurs se jouaient sur les murs extérieurs des maisons.

— Qu'est-ce ? demanda le *Fils du ciel.*

Pinson alla vers la fenêtre.

— Ce sont des gens habillés en lanternes, répondit celui-ci.

A ces mots, un éclair subit illumina le visage du Ye-ko.

— Si c'étaient les frères ! murmura-t-il avec des élans d'une joie frénétique, à laquelle il n'osait pourtant s'abandonner.

— Que veut dire cela ? reprit le Fils du ciel.

— Lanternes blanches rayées de bleu ! fit Pinson ; ce sont de braves gens qui ont aidé à protéger la vie du Fils du ciel.

— Qu'on remercie ces fidèles sujets, et qu'on les récompense, fit l'empereur.

Fo-hi retomba lourdement dans son désespoir.

Cependant, une idée paraissait occuper le missionnaire, et son œil inquiet cherchait quelqu'un.

— Que désirez-vous, mon père? demanda Li-tsi avec sollicitude.

— L'homme qui m'a frappé...

— Il sera puni! dit le *Fils du ciel.*

— Où est-il?

— Que voulez-vous de lui? demanda doucement Li-tsi.

— Je veux le voir.

— Sa vue vous sera douloureuse.

— Non.

— Il est là.

— Qu'il approche.

— Eh quoi!...

— Je veux lui pardonner!

A cette parole, tous furent émus. Fo-hi lui-même tressaillit, et un vague espoir caressa sa haine.

— Il a mérité la mort, dit le *Fils du ciel.* Dieu ordonne le châtiment des crimes.

— Le Dieu que je sers a été crucifié, reprit le prêtre, et il a pardonné à ses bourreaux. Dieu veut que l'on pardonne.

— Où donc est l'expiation? demanda le *Fils du ciel.*

— Dans le repentir! dit le prêtre.

— Cet homme-là a été sans pitié, il sera sans remords.

Et l'empereur désignait Fo-hi.

— Dieu a des grâces infinies, dit le missionnaire, et il touche les cœurs les plus endurcis. N'attristez pas mes derniers moments par le spectacle d'un homme qui souffre! Dénouez ses liens; j'ai voulu mourir. Je ne veux pas que ma mort entraîne celle d'un de mes frères.

On détacha le Ye-ko pour satisfaire aux vœux du prêtre.

Le missionnaire continua :

— N'inaugurez pas votre union par un acte sanglant. Les grandes époques de la vie sont marquées par de grandes amnistiés. Je meurs, et vous devenez époux; pardonnons-lui.

— Il faut céder aux vœux d'un mourant, dit tout bas Li-tsi à son fiancé.

Fo-hi suivait avec un intérêt palpitant ce dialogue, dans lequel s'agitait sa vie. Des pensées confuses, étranges, faisaient irruption dans sa tête. Il avait soif de vie et de liberté! Dans quel dessein? Nous ne pourrions encore le dire. Il était difficile de lire dans cette âme ténébreuse. Quoi qu'il en soit, il essayait doucement l'élasticité de ses membres, qu'on venait de débarrasser de leurs liens; sa poitrine se soulevait. Néanmoins, il se contenait et conservait son calme.

Aux dernières paroles de Li-tsi, son œil eut un regard fauve. Puis, ce regard s'adoucit et se reposa, suppliant, sur le Fils du ciel.

— La sagesse commande-t-elle le pardon? dit le *Fils du ciel;* je ne le crois pas. Cet homme nous a poursuivis sans cesse. Il n'a reculé devant aucun crime. Ni le nombre des forfaits, ni le nombre des victimes, ni leur sainteté, ni leur caractère sacré, rien ne l'a arrêté. Quand un plan sanguinaire a échoué, il en a tracé un autre, froidement, sans remords. Cet homme-là est un danger; c'est une éternelle menace contre ceux qui me sont chers, contre ma vie! Il a voulu bouleverser l'empire. D'un seul coup, sa barbare vengeance n'eût pas craint d'engloutir un palais, une ville, pour ensevelir un ennemi. Cet homme-là ne peut attendre de pardon.

Fo-hi fit deux ou trois pas vers le *Fils du ciel.*

— Oui, dit le Yé-ko, j'ai cent fois mérité la mort. Oui, c'est moi qui ai poursuivi Li-tsi, qui l'ai enlevée, violentée, empoisonnée! Je suis coupable, mais je me repens.

Et Fo-hi se jeta aux pieds de l'empereur.

Il continua :

— Grâce! dit-il d'une voix ardente. C'est moi qui ai semé le mécontentement dans l'empire, qui ai entraîné la société des Trois-Unis dans de sanglants projets; c'est moi qui ai soulevé contre l'empereur le poignard de prêtres fanatiques! J'ai promené la destruction dans le palais impérial, et j'ai voulu ensevelir d'un seul coup tous mes ennemis sous les décombres. Le ciel m'a puni. Cependant, mes ennemis n'ont pas été atteints, et j'ai failli périr moi-même sous les ruines que j'avais entraînées. Mes projets étaient maudits. Mais, dans mes aveugles passions, je ne voyais pas la main du ciel qui me frappait. J'ai vécu sans remords. Ma haine croissait parmi les obstacles! Tout brisé, tout sanglant, j'ourdissais encore de nouvelles trames. Ah! j'ai été bien coupable, et j'ai eu l'audace de préparer l'assassinat du *Fils du ciel* pendant la fête des Lanternes.

En parlant ainsi, Fo-hi agitait le poignard dont sa main était armée.

L'empereur tressaillit.

— Oui, poursuivit le Ye-ko, ce poignard que j'ai dirigé sur le Français; ce poignard qui a frappé le prêtre, ce poignard cherchait le cœur du Fils du ciel.

Et à ces mots un sombre et rapide nuage passa sur le front de Fo-hi.

A cette sinistre confession, un frisson d'épouvante courut dans les membres du *Fils du ciel* et de ceux qui l'entouraient. Cet homme, qui accusait et dévoilait ainsi tout ce hideux et sanglant passé, prenait à leurs yeux des proportions terribles. Ils croyaient voir le génie du mal; ils croyaient entendre l'ange de l'extermination.

Tous se reculaient avec un mouvement d'horreur.

Pinson seul observait, et demeurait immobile.

— Pardonnez-lui! mes enfants, murmura le missionnaire, près d'expirer.

— Entendez cette voix suprême! reprit Fo-hi, se traînant toujours vers l'empereur. Grâce! vous n'avez plus rien à craindre de moi. Le ciel m'a vaincu. J'irai vivre dans quelque coin ignoré; j'irai pleurer mes crimes. Voyez, je suis humble; je suis à terre, ployé par votre puissance, brisé par le remords! Je suis à vos pieds, que j'embrasse. Je me traîne à vos genoux. Soyez aussi généreux que vous êtes grand, et accordez le pardon au malheureux qui vous implore!

Le Ye-ko marchait sur ses genoux vers le Fils du ciel. Il avançait, courbé, le front dans la poussière, les mains ardemment tendues vers l'empereur.

Il était arrivé ainsi jusqu'à lui, et il pressait ses pieds, et embrassait ses genoux.

Celui-ci paraissait ébranlé. Sa voix ne pardonnait pas encore, mais elle ne condamnait plus; il laissait venir à lui cet homme, encore tout fumant d'un sang fraîchement répandu; cet homme, son mauvais génie, mais dont Dieu paraissait avoir touché et amolli la fière cruauté.

Le Fils du ciel hésitait.

Fo-hi avait aimé Li-tsi, il ne l'ignorait pas; la passion est aveugle, et les crimes auxquels elle pousse peuvent être dignes de pardon.

Le *Fils du ciel* tourna son regard vers la jeune fille, comme pour la consulter.

— Pardonnez! dit la fiancée, émue. Or, pendant ce mouvement, et comme la main de Li-tsi s'étendait suppliante vers son amant, Fo-hi, dont le regard était ardemment allumé, et qui tordait d'impatience la poignée de son arme, Fo-hi, disons-nous, se dressa tout à coup avec la rapide souplesse du tigre, et, se précipitant, le bras levé, vers l'empereur, il lui plongea son arme dans la poitrine.

C'en était fait sans doute du malheureux amant de Li-tsi, et le Ye-ko allait couronner son œuvre de ténèbres et de sang.

Mais Pinson veillait.

Depuis quelques minutes, il ne l'avait pas quitté de l'œil: un vague soupçon l'avait saisi; il suivait avec anxiété chacun de ses mouvements, et quand il le vit se lever avec un éclair dans les yeux, il ne fit qu'un bond, et, lui lançant dans les reins un rude coup de talon, il l'étendit aux pieds du *Fils du ciel*.

Puis, il se jeta sur le corps du Ye-ko, qui se tordait, lui arracha le poignard des mains, et le lui plongea à plusieurs reprises dans le cœur.

Un râle affreux sortit de la poitrine de Fo-hi. Ses membres se raidirent; une contraction affreuse tourmenta son hideux visage.

— La bête féroce a cessé de mordre! dit Pinson.

Et toutes les poitrines firent entendre un long soupir.

Ce n'était pas un regret.

C'était un sentiment de libération; on se sentait débarrassé d'une fatalité.

Cependant, cette scène violente n'avait pas assez absorbé les esprits pour qu'on eût oublié le missionnaire.

Dès qu'on fut rassuré du côté de Fo-hi, tous les regards revinrent vers le prêtre.

L'infortuné venait de pousser un léger cri.

Un frisson courut sur son corps ; sa bouche s'ouvrit doucement, puis se referma.

Son visage avait une douce sérénité. Depuis un instant, une auréole paraissait couronner son front. On aurait dit qu'il reposait dans un songe heureux.

Ce songe était une divine réalité.

Le prêtre avait rendu son âme à Dieu, et sur son front brillait l'auréole d'une sainte immortalité.

— L'ange a cessé de nous bénir, dit As-say.

— Mon père! mon père! s'écria Li-tsi en se précipitant vers le lit du missionnaire.

— Il te reste ta mère! fit As-say.

— Et ton époux! dit le *Fils du ciel.*

— Et quand nous serons unis, reprit As-say, l'âme du prêtre sera parmi nous.

Et le *Fils du ciel* allait poursuivre, quand il s'arrêta tout à coup, et se recula comme épouvanté.

— Ah! malheur! s'écria-t-il en s'adressant à Li-tsi, il y a du sang sur ta robe nuptiale!

Et il montrait une tache de sang sur le vêtement de la jeune fille.

— Du sang! s'écria celle-ci.

— Du sang de ce maudit!

Mais Li-tsi était déjà rassurée.

— Non! dit-elle avec un céleste sourire, en désignant le corps du missionnaire, c'est du sang d'un martyr!

La trompette du To-min

Il est, dans un des faubourgs de Pé-king, une rue obscure, étroite et boueuse, c'est la rue des *Infâmes*. Là est reléguée une population misérable et méprisée; elle se livre aux plus infimes trafics : baladins, ministres de débauche, corrupteurs de jeunes gens, geôliers, donneurs de bastonnade, marchands de grenouilles et de petits pains sucrés, entremetteurs de mariages; ce sont gens que l'on hue, que l'on maltraite à plaisir : le premier venu est leur seigneur; ils sont corvéables à volonté et à merci.

On les appelle les To-MIN.

Ce sont eux qui traînent le supplicié à son ignoble sépulture.

Ce sont eux encore qui jouent de la trompette devant les morts que l'on porte en terre.

Man-hop, l'hercule de l'hôtellerie à un centime, apparut le soir du meurtre du missionnaire avec quatre de ses lanternes blanches rayées de bleu, à l'entrée de la rue des *Infâmes*.

A la vue de Man-hop et de sa suite, les *To-min* répandus dans la rue s'enfuirent effarés, redoutant quelques-unes de ces avanies auxquelles on les soumettait tous les jours.

Man-hop, de sa large main, saisit au collet quelques-uns des fugitifs, et les passa à ses compagnons.

— Çà! To-min infâmes, dit-il, qu'on prenne les trompettes des morts, et qu'on nous suive.

Douze To-min furent ainsi requis, et l'on s'achemina vers la maison où reposait le missionnaire et où gisait Fo-hi.

Le poignard sous lequel avait expiré le Ye-ko était resté plongé dans la poitrine du cadavre.

On cloua un écriteau au manche de ce poignard avec ces mots :

Voué aux infâmes.

Puis, on attacha une double corde aux pieds du Ye-ko ; deux To-min prirent chacun un bout de la corde, et, trompette en bouche, ils traînèrent le cadavre à travers les rues boueuses de Péking.

La foule, qui assaillait la maison mortuaire, s'ouvrit, saisie d'horreur, devant ces hideuses gémonies.

Tous les dix pas, un des deux To-min sonnait une fanfare funèbre ; puis, l'autre criait à la foule :

— Place ! place ! ce corps appartient aux To-min ; c'est la justice du *Fils du ciel !*

Ces paroles étaient couvertes de huées, de cris de réprobation ; on lançait des pierres, des immondices au cadavre ; et plus d'une fois les deux *infâmes* éprouvèrent le contre-coup des injures et le ricochet des projectiles.

Quelques moments après, la rue des To-min était en grand émoi. Des rondes se formaient à la lueur des lanternes. Une gent famélique, hâve, sale, en haillons, tourbillonnait dans une danse hurlante.

Le corps du Ye-ko était le centre de cette espèce de sarabande. Puis, tous ces danseurs sinistres se précipitèrent sur le cadavre souillé d'une boue sanglante.

Ces tristes dépouilles furent déchirées, dépecées, écharpées. Chacun arrachait un membre, un lambeau de chair.

Le Ye-ko appartenait aux infâmes, et l'infâme qui emportait un morceau du cadavre pouvait, le lendemain, réclamer sa part des biens que laissait le criminel.

Bientôt, la rue maudite fut déserte.

Il ne resta plus que deux ou trois To-min avides qui cherchaient, de leurs mains teintes de sang, quelque débris humain oublié dans l'eau rouge du ruisseau.

Cette épouvantable exécution avait en ce moment pour pendant une touchante cérémonie.

C'étaient les funérailles du missionnaire.

Des ordres avaient été promptement donnés et exécutés avec une célérité merveilleuse.

Les plus grands honneurs devaient être rendus aux restes du prêtre.

Le corps fut conduit en grande pompe au palais du Fils du ciel. Il était posé sur une espèce de lit tenu par huit porteurs. Le cortége était ouvert par les dix To-min requis par Man-hop, et qui sonnaient de funèbres fanfares. Venaient ensuite vingt-quatre musiciens, avec des flûtes et des bassins de cuivre et d'acier. Les flûtes pleuraient des airs lamentables; les bassins grinçaient des plaintes, des cris et des soupirs. Cette singulière musique était complétée par des tambourins en peau de buffle, aux bruits saccadés et aux sourds roulements.

Un officier du palais portait, en les tenant élevés par respect, quatre caractères écrits de la main du Fils du ciel, et contenant l'éloge du missionnaire.

Quatre mandarins à cheval précédaient le lit funèbre.

Huit porteurs, vêtus d'une houppelande de soie parsemée de fleurs, soutenaient un dais au-dessus du lit.

De chaque côté du dais se tenaient à cheval, tristes, pleurant, Li-tsi et le *Fils du ciel.*

Pinson, Pé-tchi-li, Tittmarsh, Coupoutaï, suivaient le corps du missionnaire.

Enfin, la marche était fermée par un détachement des gardes-du corps et par deux cents cavaliers.

Le peuple considérait avec une surprise respectueuse ces honneurs rendus à un étranger.

On entra au palais par la porte occidentale, ainsi que c'est l'usage pour les cérémonies funèbres. Tous les corps-de-garde étaient sous les armes. Des coureurs criaient en avant l'arrivée du convoi.

Dans une des salles du palais avait été improvisée une sorte de chapelle ardente. Le corps du prêtre y fut déposé sous un superbe catafalque recouvert de soie blanche.

Quatre hallebardiers furent placés aux quatre coins du catafalque, et, durant trois lunes, le peuple vint devant cette sainte relique frapper du front neuf fois la terre.

Ajoutons, pour compléter le récit de ces cérémonies, quelques détails qui trouvent ici naturellement leur place.

Pé-king est situé dans une vaste plaine. Comme la coutume chinoise veut que les sépultures soient placées sur des hauteurs, on a élevé une colline de main d'homme, et ses déclivités sont toutes hérissées de sépulcres étincelants de blancheur, et ombragés de pins et de cyprès.

Sur le sommet de la colline, on construisit un mausolée aux murs vernissés, et un cercueil, délicatement ciselé et tout couvert de vernis et de dorures, fut choisi parmi les cercueils du palais.

Nous devons dire, enfin, pour expliquer cette dernière phrase, que les Chinois gardent d'ordinaire chez eux, pendant leur vie, le cercueil destiné à les recevoir après leur mort.

Quelques mois après que le missionnaire eut été inhumé, la cour de Pé-king était en grande fête.

Le Fils du ciel épousait Li-tsi.

La fille d'As-say habitait la maison de plaisance de l'empereur. Comme When-ti, son père, avait disparu, la maison de plaisance était considérée, dans les cérémonies du mariage, comme la demeure paternelle.

C'était là que devaient avoir lieu les formalités préliminaires.

Le matin du jour fixé pour la célébration des fêtes nuptiales, tout fut pavoisé d'étendards, de lanternes aux formes variées, aux couleurs éclatantes, et faites des matières les plus précieuses. Des guirlandes de fleurs couraient le long des murs, autour des colonnes, sur les tours. Les jardins, les vastes cours, les places du palais, étaient pleins de mouvement et de bruit, et ruisselaient d'or, d'argent, d'éclats, de splendeurs.

Le *Fils du ciel* allait épouser Li-tsi.

Les grandes fêtes des souverains offrent partout les mêmes caractères, et nous ne nous serions pas étendu davantage sur celles-ci; mais les cérémonies du mariage pratiquées en Chine ont des particularités si curieuses, que nous cédons au désir de les décrire.

Dès que le premier rayon du soleil parut à l'horizon, une salve d'artillerie annonça la fête nuptiale. En même temps, la fameuse cloche de Pé-king, lourde de cent milliers, s'ébranla sur le massif de pierre qui la supporte, et agita l'espace d'effroyables vibrations.

Le Fils du ciel, vêtu de soie et d'or, étincelant de pierreries, entouré des officiers couverts de brillants costumes, accompagné de Pinson, de Tittmarsh, de Coupoutaï, s'avança vers le temple de ses aïeux. Là, étaient assemblés les parents de l'empereur, sa mère, ses oncles, ses frères; on s'instruisait sur la cérémonie qui se préparait. Un sacrifice était offert à la brillante lignée impériale dont ce lieu était le sanctuaire. Le fiancé se mit à genoux sur les degrés du temple, se prosterna la face contre terre, et ne se leva que lorsque le sacrifice fut achevé.

Pendant ce temps, on préparait deux tables, l'une vers l'Orient pour l'époux, l'autre vers l'Occident pour l'un des oncles de l'épouse, qui représentait le père.

Le maître des cérémonies invita alors le représentant du père à prendre sa place, et aussitôt qu'il fut assis, le *Fils du ciel* s'approcha du siége qui lui était préparé. Le maître des cérémonies lui présenta aussitôt une coupe pleine de vin; il la reçut à genoux, en répandit quelques gouttes sur la terre en forme de libations, fit quatre génuflexions devant son père, et la vida d'un trait.

Le *Fils du ciel* s'avança ensuite vers la table paternelle, et reçut à genoux les ordres de son oncle.

— Allez, mon fils, lui dit celui-ci, allez chercher l'épouse que vous avez choisie; amenez dans ce palais une fidèle compagne qui puisse vous aider à supporter le poids des affaires publiques; comportez-vous en toutes choses avec prudence et avec sagesse.

— J'obéirai, mon père, répondit le *Fils du ciel* en se prosternant quatre fois devant lui.

Il sortit alors, descendit le principal escalier, et trouva ses gardes-du-corps rassemblés dans la cour d'honneur. Une chaise était prête. Il y monta. Tittmarsh se mit à la tête des gardes, et le cortége partit au milieu d'une foule de laquais, munis de lanternes.

Pinson et Coupoutaï suivaient à une légère distance.

— C'est touchant et patriarcal, dit le premier.

— Heu! fit le sceptique philosophe.

— Si je ne pouvais être Français, je voudrais être Chinois.

— Serait-ce pour vous marier à Pé-tchi-li?

— Non, mais une noce chinoise me séduit au dernier point!

— Vous devriez la naturaliser en France.

— Impossible.

— Pourquoi ?

— Parce qu'en France on ne rit pas d'une chose parce qu'on l'a ; on l'a parce qu'on en rit.

— L'heureux pays! Ici on ne rit de rien. La Chine, mon cher Pinson, c'est la coutume immobilisée, éternisée ; c'est la gravité, c'est l'opium, c'est l'ennui. Voyez ce peuple accouru sur le chemin de l'empereur ; il a l'air de faire partie d'une parade. Il ne s'amuse pas ; il est trop respectueux pour cela. Tenez, voyez là-bas, assis sur cette borne, ce vieillard...

— Ce vieillard qui fume...

— Oui ; l'œil terne et vitreux, l'air stupide, le visage affaissé, l'attitude d'un sphinx : c'est le type du Chinois.

— Mais, ce vieillard...

— Eh bien?

— Je l'ai vu quelque part.

— Parbleu! c'est un type ; vous l'avez vu partout.

— Ce n'est pas cela. J'ai vu cette tête-là quelque part, vous dis-je ; je connais cet homme.

— Singulier hasard!

— Si c'était lui!

— Qui donc?

— Ah! diable, je ne le vois plus. Il a disparu parmi la foule.

— Eh bien! quand vous le retrouverez, si vous le reconnaissez, vous me direz son nom. Mais, quant à présent, je le nomme un *Chinois;* c'est un type.

Cependant, Li-tsi s'était aussi parée de riches vêtements. C'était sa mère qui avait tressé sa chevelure, qui avait drapé les riches étoffes qui tombaient autour d'elle en plis somptueux. Li-tsi était heureuse ; Li-tsi était belle. Elle rayonnait ; son cœur se soulevait doucement. Tout son être s'abandonnait à l'enivrement de cette fête de l'amour, si splendide, si éblouissante, pour une jeune fille dont la couronne d'hyménée est une couronne de souveraine.

Pas une ombre ne flottait sur son visage. Le passé, si terrible qu'il eût été, n'avait pas laissé un pli sur le marbre de son front.

Son œil avait tout l'éclat d'une folle joie. Le profond sentiment qui inondait son cœur donnait seul à sa démarche une légère expression de doux recueillement et d'épanouissement intime.

On observa à peu près les mêmes formalités pour Li-tsi, dans la maison de plaisance, que celles observées au palais pour le Fils du ciel.

Ensuite, la jeune épouse vint se placer debout sur les degrés du portique, accompagnée de sa nourrice et de Pé-tchi-li, qui remplissait l'office de maîtresse des cérémonies.

When-ti, le père de Li-tsi, avait disparu depuis quelques mois; toutes les recherches n'avaient pu le faire retrouver. Un des frères d'As-say tenait sa place.

La fiancée s'approcha de son père supposé et de sa mère, et les salua l'un et l'autre quatre fois. Elle salua également tous ses parents, et leur dit le dernier adieu. Alors, Pé-tchi-li lui présenta une coupe de vin, qu'elle reçut à genoux. Li-tsi fit la libation ordinaire, puis elle but le reste du vin. Après quoi, elle se mit à genoux devant la table paternelle.

Le père lui dit :

— Conduisez-vous, ma fille, avec sagesse; obéissez ponctuellement aux ordres de votre belle-mère.

Cependant, la nourrice conduisit Li-tsi hors de la porte de la cour, et sa mère lui mit sur la tête une guirlande d'où pendait un grand voile qui lui couvrait le visage.

— Ayez bon courage, ma fille, lui dit As-say; soyez toujours soumise aux volontés de votre époux, et observez avec exactitude les usages que les femmes doivent pratiquer dans l'intérieur de leurs maisons.

Les concubines du père, les femmes de la suite d'As-say, les suivantes des parents, accompagnèrent Li-tsi jusqu'à la porte de la première cour, en lui recommandant de se souvenir des bons conseils qu'elle avait reçus.

Cependant, le cortége impérial était arrivé à la porte de la maison de Li-tsi. Le père supposé de la jeune fille alla recevoir son gendre, qui lui donna la main. Lorsqu'ils furent arrivés à la seconde cour, le Fils du ciel se mit à genoux, et offrit à son beau-père un oiseau domestique. Les valets prirent le volatile, et le portèrent à l'épouse.

— Qu'est-ce que cet oiseau? demanda Pinson à Coupoutaï.

— C'est un canard.

— Un canard!

— L'emblème de la fidélité.

— Singulier emblème!

— Moins singulier que les choses qu'il représente, fit le philosophe.

— En France, reprit Pinson, il n'y a de fidèle que le caniche.

Cependant, les deux époux se sont rencontrés pour la première fois; ils se sont salués l'un l'autre.

La cour était envahie par une foule curieuse. Une sorte de frémissement se manifesta parmi le peuple à la vue de ces deux époux, si jeunes, si beaux, appelés à de si grandes destinées. Tout le monde connaissait l'histoire de leurs amours. On savait leurs malheurs, les dangers qu'ils avaient courus; on avait appris ce sombre drame dénoué d'hier, qui avait jusqu'alors agité leur existence. On n'ignorait pas que cet hyménée si riant reposait sur deux cadavres.

C'était là un intérêt tout palpitant pour les jeunes filles, pour les jeunes hommes. Les vieillards admiraient le courage et la sagesse de ces deux fiancés qui avaient su triompher de la fatalité.

Pour une partie des curieux, cette cérémonie avait un attrait tout particulier. Il y avait là les débris les plus fanatiques de la société des Trois-Unis. La mort du Ye-ko, l'âme de tous les sinistres complots, avait bien paralysé l'action des conspirateurs. Mais, pour beaucoup, Li-tsi était la fille du Tao-sze, d'un Fan-kouei, d'un étranger-démon.

Au milieu de ces cérémonies, qui rappelaient les traditions nationales, les membres de la société des Trois-Unis voyaient triompher leur système. Ils en jouissaient tout à leur aise. Ils voulaient voir la fille de l'étranger s'humilier devant les coutumes et se plier aux préceptes de Bouddha.

Cependant, le *Fils du ciel* s'était mis à genoux, et avait invité Li-tsi à l'imiter, afin d'adorer le ciel, la terre et les esprits qui y président,

La jeune fille n'avait pas songé à cette circonstance des cérémonies nuptiales pratiquées dans le Céleste-Empire. Quand il fallut adorer des êtres qui n'étaient pas le Dieu révélé par le missionnaire, elle frémit ; un nuage passa sur son front ; il lui sembla voir l'ombre du prêtre se dresser devant elle. Elle se rappela les paroles de son père mourant, les promesses qu'elle lui avait faites de garder la foi de son Dieu. Et, comme si une influence secrète l'eût dominée, elle s'écria tout à coup :

— Je suis chrétienne!

A ces mots, un murmure s'éleva parmi la foule, où se manifesta une grande agitation.

Le *Fils du ciel* regarda sa fiancée avec une douloureuse surprise. Li-tsi elle-même parut étonnée de son exclamation spontanée. Elle promena de son époux à la foule un regard indécis et timide. Il lui montait au visage des rougeurs que coupait une pâleur subite.

Cependant, elle se remit ; une soudaine inspiration, puisée dans son amour, illumina son front ; elle se jeta à genoux auprès de son fiancé, et s'écria d'une voix douce et vibrante qui lui gagna tous les cœurs :

— J'adore le ciel, j'adore la terre, j'adore les esprits qui y président, j'adore la création de Dieu, j'adore Dieu dans son ouvrage!

Des applaudissements couvrirent ces paroles. De toutes parts, on cria : Vive le Fils du ciel! vive Li-tsi.

Un vieillard était là, entraîné par la foule, ou attiré par cette vague curiosité qui guide les enfants.

C'était le même dont la vue avait paru éveiller un souvenir dans la mémoire de Pinson. Aux cris de la foule, ce vieillard parut s'éveiller d'un songe ; son œil terne s'éclaira un instant. Il passa sur son front sa main ridée et tremblante.

— Li-tsi!... Li-tsi! murmura-t-il. Quel est ce souvenir?... D'où vient l'émotion qui me saisit?... Non... je ne me souviens pas... j'ai oublié.

Et l'œil du vieillard s'éteignit, et il retomba dans sa stupidité morne.

Cependant, la paranymphe conduisit l'épouse au palanquin

couvert de soie rose qui lui était destiné. Le *Fils du ciel* lui donna la main.

— Merci pour ce que vous venez de faire, lui dit-il avec amour; votre Dieu, votre père, votre bonté vous ont inspiré les sages paroles que vous avez adressées au ciel, et qui ont satisfait mon peuple; car dès aujourd'hui mon peuple vous aime.

Puis, il monta à cheval, et prit la droite du palanquin.

En ce moment vinrent entourer les deux époux une foule de domestiques, portant des lits, des chaises, des tables, des bahuts, etc.

— Ah çà! est-ce que nous allons camper en plein air? demanda Pinson.

— Non pas, répondit Coupoutaï; ce sont là les meubles de l'épouse.

— Il n'y a donc pas d'entreprise de déménagement dans Péking?

— Il faut bien suivre le cérémonial.

Cependant, on était arrivé à la porte orientale du palais. Le fiancé descendit de cheval, et invita Li-tsi à y pénétrer. Il marcha devant elle, et entra dans la cour intérieure, où le repas nuptial était préparé. Alors, Li-tsi leva son voile, et salua son époux; celui-ci salua son épouse, et tous les deux se lavèrent les mains; Li-tsi à la partie septentrionale du portique, le Fils du ciel à la partie méridionale.

Avant de se mettre à table, Li-tsi fit quatre génuflexions devant le *Fils du ciel*, qui, à son tour, en fit deux devant elle; ensuite, ils se mirent à table tête à tête. Alors, l'époux prit une coupe pleine de vin et la répandit en forme de libation, et mit des viandes à part pour les offrir aux esprits.

Les deux époux touchèrent à peine aux mets qu'on leur avait préparés, et gardèrent un profond silence. Le Fils du ciel se leva, et invita Li-tsi à boire, et il se remit incontinent à table. Li-tsi pratiqua aussitôt la même cérémonie à son égard, et l'on apporta deux tasses pleines de vin. Les deux époux mêlèrent ce qui restait dans une seule tasse, partagèrent ce vin ainsi mêlé, et achevèrent de boire.

— C'est gentil ça! dit Pinson en remarquant cette dernière

particularité. Seulement, ils auraient eu plus tôt fait de boire dans le même verre. Quant à moi, je boirai dans le verre de Pé-tchl-li, et je saurai sa pensée.

— Chez vous, les femmes laissent donc leur pensée au fond du verre? demanda Coupoutaï.

— Quelquefois.

— Les imprudentes!

— Mon cher Coupoutaï, vous êtes désespérant!

— Vous espérez donc, pauvre ami? Allons boire, allez; cela vaut mieux. Le festin nuptial vient de s'ouvrir.

Et nos deux amis entrèrent dans la salle où était dressé un grand banquet.

Le reste de la journée fut rempli par les époux à rendre visite et à porter des présents. De grandes libéralités furent faites aux gardes, aux cavaliers et au peuple.

Enfin le soir, avant de se rendre dans la chambre nuptiale, Li-tsi et le *Fils du ciel* visitèrent les aïeux dans leur temple domestique.

On fit d'abord un sacrifice pour les instruire de la visite que la nouvelle mariée venait leur rendre. Pendant ce temps, les deux époux se prosternaient sur les degrés du temple, et ne se relevèrent que lorsqu'on eut tiré le voile qui recouvrait les tablettes où étaient inscrits leurs noms. Puis, on introduisit les mariés dans le temple. Après plusieurs génuflexions, Li-tsi et le Fils du ciel adressèrent à voix basse des prières aux esprits pour les engager à leur être propices.

Cependant, trois salves d'artillerie annoncèrent à Pé-king que le mariage était consommé. Une splendide illumination inonda la ville de feux aux mille couleurs. Toute la nuit se passa en bruits, en danses, en musiques, en festins, en feux d'artifice.

Le peuple était heureux dans la joie de son souverain.

Plusieurs mois après cette cérémonie, Pinson et Coupoutaï se trouvaient dans un cabaret à vin, devant des bouteilles vides et des verres pleins. Pinson était expansif; le philosophe était ironique.

— Oui, mon cher Pinson, le mariage est une joyeuse et agréable chose. Seulement, il en est de lui comme des pièces de théâtre; on peut y être spectateur, jamais acteur!

— Je commence à vous croire.

— Tu as donc remarqué la froideur qui règne entre Li-tsi et le Fils du ciel?

— Hélas!

— Voulez-vous en savoir la cause?

— Je ne demande pas mieux.

— Venez alors.

Il était nuit. Les deux amis se dirigèrent vers une des portes particulières du palais. Masqués par deux colonnes, ils attendirent quelques instants.

Un frôlement de robe se fit entendre, et une ombre légère sortit de la porte et passa discrètement près des deux amis.

— Li-tsi! murmura Pinson étonné.

— Li-tsi, confirma Coupoutaï avec un rire amer.

— Où peut-elle se rendre à cette heure?

— Il y a de bien beaux cavaliers à la cour du Fils du ciel, et des maisons bien discrètes au bord de l'In-ho.

— Quoi! vous croyez?...

— Nous n'avons qu'à la suivre.

Grandeur et décadence d'un mandarin

L'horloge du palais, chef-d'œuvre de mécanique exécuté par d'anciens missionnaires français, venait de sonner onze heures.

Pé-tchi-li veillait dans une des antichambres des appartements de Li-tsi. La jeune fille était triste. Elle avait vu sortir mystérieusement l'épouse du *Fils du ciel;* depuis quelque temps ces escapades nocturnes se renouvelaient quotidiennement.

Où donc allait Li-tsi?

Le *Fils du ciel* était sombre, préoccupé. Une froide contrainte régnait entre les deux époux. Il n'y avait plus entre eux ces tendres épanchements qui rendaient si doux et si gais les premiers jours de leur union.

Qu'est-ce donc que l'amour? se disait Pé-tchi-li. Faut-il avoir bravé tant de malheurs, avoir versé tant de larmes pour en arriver à cette subite indifférence après quelques moments seulement de bonheur! Ainsi de mon amour pour l'Pinson! je quitterai mon pays; je traverserai les mers; j'irai vers des bords inconnus, entraînée par les élans de mon cœur; j'aurai rêvé de longues années de joie, d'affection, d'enivrements; puis, dans quelques mois Pinson se détachera de Pé-tchi-li; son cœur cèdera à d'autres entraînements, et je serai seule, au milieu d'un monde étranger. Peut-être serai-je la première à oublier! Je puis me tromper sur la nature des sentiments qui m'agitent. Et je n'aurai pas même, dans le vide et la solitude de mon cœur, les regrets pour consolation.

La jeune fille pencha la tête.

Son amour se perdit dans le doute et l'hésitation. Enfin elle releva son front qui s'éclaira d'espérance.

— En France, se dit-elle, on est sans doute plus fidèle qu'en Chine.

Pauvre Pé-tchi-li !

En ce moment une main se posa doucement sur l'épaule de la jeune fille. Pé-tchi-li tressaillit. Elle se retourna vivement et reconnut avec effroi le *Fils du ciel.*

— Toujours seule ! dit celui-ci avec une tristesse poignante.

Pé-tchi-li courba le front et ne répondit pas.

— Ainsi, c'en est donc fait, reprit le *Fils du ciel*; Li-tsi ne m'aime plus, Li-tsi oublie mon amour, Li-tsi oublie son serment.

— Ne l'accusez pas, dit Pé-tchi-li d'une voix suppliante, les apparences sont contre elle, je le sais ; mais rien encore ne prouve qu'elle ait trahi cette ardente affection qui vous unissait. Sa conduite est étrange, je l'avoue ; elle quitte le palais de nuit, je ne puis plus le cacher ; elle s'enveloppe de mystères et de ténèbres...

— Des voiles du crime !

Le *Fils du ciel* secoua la tête et sourit d'un air de doute amer.

— Elle ne m'aime plus, reprit-il, elle ne m'aime plus !

— L'amour est-il donc si fragile ?

— Elle ne m'a jamais aimé.

— Elle vous a pourtant assez donné de preuves de son affection ; pour vous elle a tout enduré sans se plaindre.

— Un brillant espoir la soutenait.

— Oh ! elle vous croyait pauvre, et elle vous aimait.

— Le cœur des femmes est une étrange fantaisie. Les obstacles irritaient les passions fausses de son âme, la lutte aiguillonnait son cœur, aujourd'hui elle s'ennuie dans la quiétude de son bonheur. Elle cherche ailleurs des émotions que je n'ai pas su lui ménager. Cette nature habituée aux tourments a besoin de continuelles agitations.

— Les faits semblent vous donner raison, et pourtant un secret instinct les désavoue, et je suis sûre qu'au fond de l'âme vous avez foi en l'amour de Li-tsi ; je suis persuadée qu'une voix secrète vous crie intérieurement : elle n'est pas coupable! car cette voix secrète, je l'entends au fond de mon propre cœur.

— Ah! crois-tu, si j'avais perdu tout espoir, que je serais ici!

— Mais tout peut être sauvé.

— Non!... elle m'évite le jour, en ma présence elle est triste, préoccupée ; elle répond à peine à mes paroles, elle n'a plus pour moi ces épanchements dans lesquels elle mettait tout son cœur. Je ne suis plus rien pour elle ; tu vois bien qu'elle ne m'aime pas!

En ce moment, la mère de Li-tsi entra dans la chambre.

— As-say! s'écria Pé-tchi-li en se retournant vivement.

— As-say! fit le *Fils du ciel* avec un mouvement. Que se passe-t-il?

— Je ne sais rien, répondit-elle avec force, mais si je sais aimer Li-tsi, je saurais la juger si elle était coupable.

— Mais vous ne le croyez pas? objecta l'empereur.

— C'est ce que nous allons savoir, venez.

— Où voulez-vous donc aller?

— Venez, vous dis-je.

Et prenant la main du *Fils du ciel* avec une autorité maternelle, As-say s'élança au dehors, en proie à une agitation pleine de fièvre.

Nous retarderons notre récit de quelques instants et nous reviendrons un peu en arrière.

Li-tsi était furtivement sortie du palais, ainsi que nous l'avons déjà dit, et cheminait lestement le long des rues de Pé-king.

Sur ses pas venaient à petit bruit Pinson et Coupoutaï.

— Elle marche bien vite, disait le premier des deux compagnons.

— L'amour donne des ailes, répondit le second.

— Oui, elle a autant de hâte de fuir l'un que de retrouver l'autre.

— Vous finissez par me croire.

— Non, je commence.

— Cela veut dire que vous voulez poursuivre l'observation jusqu'au bout.

— Dame! ça m'intéresse.

On arriva sur les bords de l'In-ho. Là, une maison isolée, silencieuse, discrète, baignait ses pieds dans les eaux de la rivière.

Li-tsi frappa trois coups à la porte de la petite maison; un grincement se fit entendre, et la jeune femme disparut. Un instant après une fenêtre s'éclaira au premier étage, et deux ombres se dessinèrent sur les carreaux de la fenêtre.

— Ah! ah! dit Coupoutaï, nous y voici.

— Une maison au bord de l'eau; une souveraine en partie fine, fit Pinson. Cela promet.

En ce moment on entendit dans les eaux de l'In-ho la chute d'un corps lourd. Pinson et Coupoutaï bondirent de surprise et se regardèrent effarés.

— Qu'est-ce donc? demanda Pinson.

— Quelque chose a été précipité d'une des fenêtres de la maison du bord de l'eau.

— Je crois que c'est un homme.

— Oui, c'est le corps d'un homme, dit Coupoutaï en apercevant une forme humaine qui revint rapidement à la surface de l'eau.

Au centre de la rue des *Infâmes* est un bouge noir et infect; une espèce d'antre qui sert de repaire à cette population avilie que l'on nomme les *To-min*. Là, dans ce trou noir, au milieu des nuages d'une épaisse fumée de tabac que traversent à peine les rouges rayons d'une seule lampe suspendue au plafond, boit, fume, crie, hurle, chante, trépigne, une hideuse assemblée de To-min. C'est un peuple à part, qui a son costume, ses mœurs, son argot. Il y a des enfants, il y a des vieillards. Mais pas un front candide, pas un visage empreint de virginité; pas de corps sain et robuste; pas de cheveux blancs vénérables. Surtout la défloration, le vice, la dégénérescence, l'abrutissement, la honte. Ces gens-là ne sont pas *infâmes* d'origine. Mais une fois qu'ils sont tombés dans un degré d'avilissement, ils sont classés et ne peuvent sortir des rangs de leur caste maudite. Rien ne peut élever un infâme au rang d'homme honoré, à moins qu'il ne sauve d'un péril extrême l'empire ou le souverain.

Ce lieu, ce bouge, c'est la taverne des To-min. Figurez-vous une espèce de vaste hangar meublé de tables de frêne et de siéges en bambou. Là, les pieds dans une boue visqueuse, les To-min sont attablés devant de larges jattes de thé ou des bouteilles de vin au goulot allongé, au ventre pansu.

Dans un des coins les plus obscurs de la salle, seul, morne, silencieux, boit et fume un vieillard aux cheveux blancs, sur ses traits est empreinte une prostration, une torpeur voisine de l'abrutissement. Mais au milieu de sa dégradation, il a conservé une sorte de grandeur typique, un reflet de dignité qui le distinguent des autres To-min. On croirait qu'il conserve un vague souvenir des splendeurs passées. Ses haillons, plus déguenillés, plus déchirés peut-être que ceux de ses compagnons, sont portés avec moins de vulgarité et paraissent drapés avec une sorte de noblesse.

On appelle ce vieillard le mandarin grenouille.

Ce nom et cette qualification désignent les deux faces de cet homme, autrefois sans doute honoré et titré, aujourd'hui tombé bien bas.

Quand une ivresse factice soulève le voile lourd qui couvre son intelligence, cet homme se souvient; il parle, avec un rire amer, de dignités, de richesses, d'amour, d'honneurs, de plaisirs qu'il a eus en partage et qu'il a perdus.

Puis, deux noms de femme se mêlent à ses souvenirs. Alors le vieillard devient sombre, une vague douleur s'éveille dans son âme. Mais sur cette douleur passent quelques bouffées d'opium, et il retombe aussitôt dans sa somnolence stupide.

Cependant le cabaret s'était rempli de buveurs; on se serrait autour des tables que la foule envahissait. Le coin où s'était relégué le vieillard fut lui-même occupé. Celui qu'on appelait le mandarin paraissait vivement contrarié de cette invasion de consommateurs, car ses traits, ses yeux ternes s'animaient d'une vague inquiétude. Il regardait à chaque instant la porte de la taverne avec une visible anxiété.

— Eh bien, combien en avons-nous vendu de douzaines aujourd'hui? lui dit un des buveurs en lui frappant sur l'épaule.

Le pauvre mandarin était marchand de grenouilles, industrie infime dévolue à des To-min.

Il répondit par un rire niais, et porta incontinent ses yeux vers l'entrée du cabaret.

C'était le souffre-douleur des *infâmes*, et c'est sur lui que ceux-ci se déchargeaient souvent des fâcheuses vexations auxquelles ils étaient condamnés.

Mais, la porte du cabaret venait de s'ouvrir, et un grand diable d'hercule, précédant une jeune femme, entra dans la salle.

A cette vue le regard du vieillard sembla s'animer; il se souleva péniblement de son siége, et poussa un cri qui fut aussitôt répété par la jeune femme.

Ce n'était pas un cadavre qui de la petite maison du bord de l'eau était tombé dans l'In-ho. Pinson et Coupoutaï virent le corps s'agiter à la surface de la rivière, fendre énergiquement les ondes et gagner l'autre bord. Là, le nageur détacha un petit bateau dans lequel il sauta lestement et qu'il ramena vers la petite maison. A un signal donné, une femme sortit de la maison et entra dans l'embarcation; le batelier fit alors force de rames en coupant obliquement la rivière.

— C'est bien sa démarche, dit Pinson qui avait vu sortir la femme de la petite maison, mais ce n'est pas son costume.

— Avez-vous remarqué, demanda Coupoutaï, la rosette qu'elle porte au nœud de son tablier?

— Je ne l'ai pas remarquée.

— C'est le signe distinctif des femmes des To-min.

— Ce n'est donc pas Li-tsi?

— C'est elle.

— Pourquoi donc ce déguisement?

— Voyez, le bateau remonte la rivière.

— Eh bien?

— Il prend la direction du quartier des *To-min*.

— Et que fait-on dans ce quartier?

— C'est facile à voir, mais c'est difficile à dire.

— Allons voir, alors.

Un quart d'heure après les deux amis arrivèrent près de l'endroit où ils avaient vu aborder le bateau qu'ils poursuivaient.

— Quel est donc ce grand diable qui accompagne Li-tsi? demanda alors Pinson à Coupoutaï, en désignant le batelier.

— Vous rappelez-vous le chef des lanternes blanches? répondit aussitôt le philosophe.

— Parfaitement, une sorte d'hercule.

— Man-hop.

— Vous y êtes.

— Et c'est lui?

— C'est lui!

Ils venaient d'atteindre la rue des Infâmes, ils s'arrêtèrent, en même temps que ceux qu'ils suivaient, près du cabaret des To-min.

Pinson et Coupoutaï se cachèrent immédiatement dans l'enfoncement d'une porte et attendirent. Si le lecteur veut bien nous suivre, nous retournerons vers le vieux mandarin que nous avons laissé au moment où Man-hop et Li-tsi venaient d'entrer dans la salle.

C'étaient bien en effet Li-tsi et Man-hop qui venaient de faire apparition au milieu des buveurs.

Li-tsi portait avec une ravissante coquetterie le costume des femmes to-min. La merveilleuse beauté, la grâce charmante de sa démarche, la dignité suave et avenante de son sourire, l'éclat joyeux de ses yeux, tout en elle attirait, prévenait, ravissait. Aussi, à sa vue les traits du vieillard s'épanouirent comme devant un gai soleil.

Le vieillard tendit sa lèvre au front de la jeune femme, qui reçut son baiser avec un tendre enjouement.

— Je vous attendais, dit le mandarin.

— Je viens toujours, vous le savez bien, dit Li-tsi.

— Oui, vous êtes bonne; vous avez pitié du vieillard que tout le monde tourmente. Avant de vous connaître, une nuit obscure m'entourait, j'étais sombre; mon cœur avait froid, j'étais mort. Depuis que je vous ai vue, une aurore s'est levée dans mon âme.

— Ainsi vous m'aimez un peu?

— Mais c'est vous qui m'attachez à la vie; et quand vous n'êtes pas là, près de moi, les ténèbres qui m'entouraient s'épaississent autour de mes yeux, mon cœur s'éteint; seul, l'espoir de vous retrouver ici le soir soutient mon être.

— Oh! revenez à la vie, et vous ne me quitterez plus.

— Vous voyez, je ne suis déjà plus le même. Je ne pensais plus, je ne sentais plus; et je pense à vous qui m'avez entouré de soins et de protection. Je fuyais mon cœur, je fuyais ma pensée; je ne voulais plus me souvenir. Et maintenant, j'aime à les retrouver souvent, parce que je vous vois au fond de ma pensée et de mon cœur.

— Vouliez-vous donc oublier?

— Oui... oh! oui, dit le vieillard avec un frisson.

— Pourquoi cela?

— Mon passé me faisait peur.

— Mais qu'y a-t-il donc dans ce passé?

— Je ne me souviens plus.

— Pourtant vous n'avez pas toujours été *To-min?*

— Je ne sais; dans mon front sont restés quelques vagues souvenirs de grandeurs, de richesses, de puissance. C'est sans doute un rêve.

— Mais dans vos jeunes années, n'est-il pas une affection, n'est-il pas un amour dont vous gardiez la mémoire? N'est-il pas un nom de femme qui vive au fond de votre cœur?

— Une femme!... non... j'ai oublié, dit le vieillard qui parut s'assombrir.

— Une fille, alors... une enfant... votre enfant...

— Oui! oui! s'écria le vieillard en se dressant et en passant la main sur son front; mon enfant!... un jour... une femme est venue avec des pleurs, avec des cris de désespoir, elle m'a dit que cette enfant allait périr. Mon cœur s'est ému et déchiré... oh! c'est une lueur; mais parlez par pitié, parlez-moi d'elle!

— Eh bien, poursuivit Li-tsi, écoutez-moi et comprenez bien ce que j'ai à vous dire. Si cette enfant que vous pleurez avait échappé à la mort; si elle était devenue puissante; si elle pouvait enfin vous faire sortir de cette vie misérable où la fatalité vous enchaîne et vous rendre votre propre estime...

— C'est impossible!...

— Qui sait...

— Je suis *To-min...*

— Mais cette enfant dont je parle, elle a peut-être le pouvoir d'effacer les plus terribles opprobres. Elle désire sans doute vous voir réhabilité, elle voudrait entourer votre vieillesse de bien-être, de soins, d'amour.

— Non, il ne faut pas que l'enfant connaisse son père ; il ne faut pas que l'enfant méprise son père.

— Vous mépriser, elle ! qui vous vénère sans doute, qui, si elle était là, vous dirait comme moi : mon père est le maître de mes jours, le maître de mon cœur ; je suis sa fille et sa servante! Je ne puis qu'aimer et honorer celui à qui je dois la vie, celui à qui Dieu a confié mon existence.

— Elle dirait cela!... fit le malheureux vieillard.

— *Elle le dirait.*

— Ma fille.

— Votre enfant.

— Elle aimerait son père *To-min.*

— Oui, s'il pardonnait à sa mère...

— Achève!

— As-say...

— As-say! s'écria le vieillard en bondissant.

— Oui, As-say, qui peut-être fut coupable, mais qui a été épurée par le malheur, qui a racheté ses fautes par des larmes...

Et comme Li-tsi insistait avec chaleur, le vieillard la repoussa doucement :

— Non!... dit-il, non, c'est un rêve insensé... le passé est le passé... oublions-le... Moi, je ne me souviens plus, je n'ai eu ni grandeurs, ni richesses, je suis To-min... je suis infâme, je suis voué à la honte, il faut que l'on m'oublie!...

Et le malheureux retomba dans sa morne apathie; il aspira de larges bouffées de tabac chargées d'opium, son front se pencha, son œil devint terne et sans pensée.

— Mon père! mon père! exclamait Li-tsi.

Le vieux mandarin ne répondait à cet ardent appel que par un sourire idiot. Son cœur n'entendait plus, ses yeux ne voyaient plus.

C'était bien le vieux To-min infâme.

— L'œuvre n'est pas encore achevée, dit Li-tsi à Man-hop.

— C'est une torpeur lourde à soulever, dit l'hercule.

— Nous reviendrons demain.

— Vous me trouverez toujours à mon poste.

— Merci de votre dévoûment.

— Vous le payez avec assez de générosité.

— Oh ! puis-je acheter trop cher la réhabilitation de mon père !

Cependant Pinson et Coupoutaï étaient restés quelque temps dans l'enfoncement de la porte qui les abritait.

Mais rien jusqu'alors n'était venu donner raison à leur curiosité.

En ce moment, des pas discrets se firent entendre à l'extrémité de la rue des *Infâmes*. Les deux amis regardèrent à travers l'ombre.

— Il me semble que je connais ces pas, dit Pinson.

— Malheureusement on ne peut rien voir, dit Coupoutaï.

— On approche.

— Eh bien?

— Et il me semble que j'entrevois une figure qui ne m'est pas inconnue.

— Croyez-vous ?

— J'en suis certain.

— Effaçons-nous alors, et laissons-la passer.

Pinson et Coupoutaï se rangèrent le long du mur sombre d'une maison.

Un instant après un homme les effleura en marchant avec précaution, mais sans cependant les apercevoir.

Les deux amis firent un mouvement de surprise qui inquiéta l'inconnu, car il s'arrêta et porta les yeux tout autour de lui.

Comme la nuit était très sombre et que nulle clarté n'éclairait la rue, l'inconnu ne put rien voir. Il continua dès lors sa marche, tout en jetant à droite et à gauche des regards investigateurs.

— L'avez-vous reconnu? demanda Coupoutaï à Pinson, quand l'inconnu fut un peu éloigné.

— Le Fils du ciel! fit Pinson avec un étonnement mêlé d'effroi.

— Aurait-il tout découvert?

— Il peut tout savoir par sa police secrète.

— Pauvre Li-tsi !

— Elle est perdue.

— De tout ceci il peut résulter une catastrophe.

— Il faudrait l'empêcher.

— Que faire?

— Li-tsi peut sortir à chaque instant.

— Il n'y a pas de temps à perdre.

— Abordons-le.

Coupoutaï et Pinson marchèrent résolûment vers le *Fils du ciel ;* celui-ci était près d'atteindre la porte de la taverne des *To-min.*

Au bruit de leurs pas il se retourna ; il reconnut les deux amis, il fronça le sourcil.

— Vous ici ! leur dit-il avec une colère contenue.

— Nous-mêmes, dit Pinson avec son sang-froid.

— Que faites-vous? demanda impérieusement le *Fils du ciel.*

— Nous vous avons reconnu à l'entrée de cette rue et nous vous avons suivi, répondit Pinson.

— Et qui vous l'a ordonné?

— Nous avons craint quelques dangers pour vous

— N'ai-je pas mes gardes, lorsque je veux me faire suivre?

— Nous avons péché par trop de zèle, excusez-nous.

— C'est bien, vous pouvez vous retirer.

— Eh quoi ! vous voulez rester seul et sans armes dans cette rue !

Le *Fils du ciel* eut peur de laisser deviner le motif de sa course nocturne à travers les mauvais quartiers de Pé-king. Il hésita un instant, le sourcil froncé, les mains crispées, les traits contractés. Il avait à cœur d'éclaircir le but des sorties de Li-tsi. Mais il savait que la femme de César ne doit pas être soupçonnée ; il ne voulut pas laisser paraître les terribles tourments de jalousie qui déchiraient son âme, et se décida à suivre les deux amis. Il jeta donc, comme à regret, un regard vers la taverne des To-min, et se tournant vers Pinson :

— Je vous suis, dit-il vivement.

— Elle est sauvée ! dit tout bas Pinson au philosophe.

Mais la porte du cabaret s'ouvrit en ce moment, et une jeune femme, en costume de *To-min*, parut sur le seuil.

Avec l'instinct de la jalousie, le *Fils du ciel* avait déjà reconnu Li-tsi.

— Allez, dit-il brusquement à Pinson et à Coupoutaï, avec un frémissement dans la voix, allez vite; je vous rejoindrai au bout de la rue.

Les deux amis avaient également reconnu la jeune fille. Ils se retirèrent précipitamment par discrétion, vivement inquiets de l'étrange entrevue qu'allaient avoir les deux époux.

Cependant la jeune femme, après avoir jeté quelques regards interrogateurs autour d'elle, s'était hasardée dans la rue et avait fait quelques pas.

Le *Fils du ciel* s'approcha d'elle, mais à la vue de son époux, la jeune femme poussa un cri de terreur.

— Ah! vous avez peur, dit l'empereur; ma présence devrait pourtant vous rassurer.

— Oh! grâce! grâce! balbutia Li-tsi.

— Grâce pour vous, ou pour lui?

— Quoi! vous savez...

— Je sais qu'il y a là un homme que vous cherchez toutes les nuits, et je veux voir cet homme.

— Cet homme! fit Li-tsi avec effroi.

— Oui, votre amant!

— Que dites-vous? s'écria-t-elle en se reculant avec horreur.

— Ah! vous frémissez, vous pensiez pouvoir cacher à tous vos coup bles intrigues; vous espériez la sécurité et l'impunité pour votre trahison...

— Il me soupçonne, mon Dieu! il me soupçonne!

— Laissez-moi passer!

— Mais vous ne m'aimez donc plus?... sanglota Li-tsi.

— N'est-ce pas vous qui la première avez renié votre amour?

— Je vous jure.

— Où est cet homme?

— Ce n'est pas ce que vous croyez!...

— Menez-moi vers lui.

— Au nom de notre amour!...

— Ah! ne blasphémez pas! car c'est par respect pour cet amour passé que je veux que cet homme meure! Vous ne savez pas, vous, tout ce que j'ai souffert... Vous étiez heureuse pendant que la jalousie tordait mon cœur... Il dormait, lui, bercé du souvenir de la veille et du doux espoir du lendemain ! tandis que je veillais, le cœur déchiré, l'âme abîmée dans toutes les tortures... oh ! il mourra, vous dis-je, je veux qu'il meure !

— Eh ! quoi ! vous croyez à un crime, répliqua impétueusement la jeune femme, vous avez perdu la foi de mon amour ! L'épreuve n'a pas été assez longue, assez décisive ! Je n'ai pas assez souffert pour vous ! pour toi, pour ton amour ! Oh ! rappelle-toi ! mais rappelle-toi donc, n'ai-je pas bravé les tourments, la mort ! Ne t'ai-je pas dit mille fois que je t'aime ! N'as-tu pas lu cet amour dans mon cœur, dans mes yeux ! dans mes yeux où je voudrais, pour te convaincre, faire rayonner toute mon âme. Tiens, regarde-moi ; vois mon front, y a-t-il écrit quelque pli menteur, quelque pensée criminelle? Non, n'est-ce pas? oh ! aie confiance en moi ; chasse cette jalousie qui dénature ton cœur et obscurcit tes yeux. Crois en ta Li-tsi qui t'aime, et qui est digne toujours de toi.

— Serait-il vrai !...

— Pourrais-je te tromper !

Et Li-tsi enveloppa le *Fils du ciel* de ses bras et de ses regards.

— Je te crois, dit ce dernier comme enivré, il faut bien que je te croie ! car je serais trop malheureux.

— Oh ! je te retrouve enfin, tu es noble et bon toujours.

— Mais pourquoi ce mystère alors?

— M'aimes-tu ?

— Plus que la vie.

— As-tu confiance en mon amour?

— Vivrais-je sans cela !

— Eh bien, je t'en conjure, ne me demande rien.

— Li-tsi !

— Par grâce...

— Ah ! tu le vois, tu veux me tromper...

— N'exige rien.

— Je veux tout savoir.

— Eh bien, un jour je te dirai tout ; bientôt peut-être. Mais maintenant je dois me taire.

— Il faut parler...

— Je ne puis.

— Je saurai tout.

— Et le *Fils du ciel* s'avança vers la taverne.

— Non! non! n'entrez pas là, fit Li-tsi avec effroi.

— Ah! il est donc là, votre terreur vous a trahie.

— Grâce!

— Non, pas de grâce!

Et en parlant ainsi, Li-tsi s'était précipitée vers la porte, et barrait le passage en étendant les bras et en s'appuyant, chancelante, contre le seuil.

— Arrière donc, s'écria le Fils du ciel en arrachant violemment Li-tsi de la porte à laquelle elle se cramponnait.

Mais au moment où la jeune femme s'éloignait tremblante et terrifiée, la porte s'ouvrit d'elle-même, et un homme parut sur le seuil.

C'était le vieux mandarin.

— Voici cet homme, dit ce dernier, avec un regard vague; que lui voulez-vous?

— Le Fils du ciel recula de deux pas et considéra le vieillard avec attention.

Li-tsi s'était jetée à genoux, et avait rapproché les mains.

— Mon Dieu! mon Dieu! murmura-t-elle, il ne m'aimera plus, il méprisera la fille du *To-min*.

— Qui êtes-vous? reprit enfin le Fils du ciel.

— Je suis le père de cette enfant.

— De Li-tsi!

— Oui, de Li-tsi.

— Vous, un *To-min*.

— Autrefois mandarin.

— When-ti! s'écria alors une voix de femme avec explosion.

— As-say! exclama le vieillard.

C'était en effet la mère de Li-tsi qui survenait en ce moment.

— Oui, As-say, reprit la voix, As-say qui a été...

— Bien malheureuse, continua vivement le vieillard; mais le ciel a cessé de nous poursuivre, le *To-min* était tombe bien bas dans la honte et dans les ténèbres; mais, tous les soirs, notre Li-tsi, la pauvre enfant, venait tendre une main secourable à son vieux père, pour l'aider à se relever dans son estime et dans sa dignité, pour l'aider à remonter à la lumière, à l'intelligence, à la vie! Venez, Li-tsi, As-say, venez dans les bras de votre père, de votre époux, qui vous bénit, qui vous aime!

Le *Fils du ciel* avait tout compris. Il ne put retenir ses larmes à la vue de ce touchant tableau; il pleurait d'attendrissement, il pleurait d'admiration.

— Me pardonnerez-vous? dit-il en se mettant aux genoux de Li-tsi.

Et il lui prit la main, la baisa, la mouilla de ses pleurs.

— N'ai-je pas aussi douté de votre cœur? répondit Li-tsi, puisque j'ai reculé devant un aveu.

— Et puis, ne nous plaignons pas, Li-tsi, de ces épreuves dans lesquelles la vertu trouve sa gloire et son triomphe.

— Et nous, dit tout bas Pinson à Coupoutai, nous lui devons pas mal d'excuses.

— Vous me les direz à moi, fit Pé-tchi-li qui souriait.

— Décidément tout le monde est content, dit Coupoutaï.

— Excepté vous, n'est-ce pas? reprit Pinson. Votre philosophie sceptique a éprouvé un échec. Mais rassurez-vous, pour une défaite qu'elle éprouve en Chine, elle remportera cent victoires en France.

Quelques mois après cette scène, la gazette officielle du Céleste-Empire publiait un édit impérial en vertu duquel les *To-min* étaient réhabilités. As-say et When-ti étaient appelés aux plus grands honneurs.

Quant à Li-tsi, elle ne sortait plus le soir.

Man-hop est devenu, dit-on, capitaine des gardes. Tittmarsh est parti pour la Grande-Bretagne; l'honnête insulaire n'a pu se faire à la cuisine chinoise, et il est retourné dans la cité de Londres, se refaire de rosbifs et de porter.

Quant à Pinson, il est retourné à Paris, où il a épousé Pé-tchi-li, dit on; la fête s'est célébrée dans un gai restaurant du boulevard du Temple. Pour jamais il a renoncé au Céleste-Empire, et s'en tient aux seuls chinois de la mère Moreau.

Pourtant il a emmené le philosophe, son ami Coupoutaï, et

ce dernier a trouvé amplement dans la capitale du monde civilisé de quoi satisfaire sa verve caustique.

— Mon cher, disait-il dernièrement à Pinson, j'ai bien ma revanche; ici, les intrigues courent la rue.

— Pourquoi plutôt ici qu'en Chine? demanda Pinson.

— Parce qu'en Chine, mon ami, les intrigues n'ont pas de jambes, répondit le philosophe, en faisant allusion à la grande difficulté de marcher qu'éprouvent les dames chinoises.

FIN

aris. — Typ. Deaulé, rue Jacques de Brosse.

... France, les Quarante ouvrages qu'a ...

... l'Inspecteur,

... de vous adresser des Bulletins (6 signés)
... Familles et des Ecoles, — collection
... et actuellement placée sous votre bienveil-
... traite des différentes branches de l'enseigne-
... — Géographie et Voyages, — Sciences et Arts, —
etc.

... professeur nous y avons travaillé, et nous serions
... qu'une expérience de quinze années dans
... inspirées peuvent être de quelque utilité à nos

... qualité aussi que nous venons vous recommander
... sous votre patronage.

Monsieur l'Inspecteur, ...

Nous avons l'honneur de vous adresser ...
de la Bibliothèque des Familles et des ...
nouvelle entièrement terminée, et actuellement pla...
haut patronage, puisqu'elle traite des différentes ...
ment : Éducation et Morale, — Géographie et Voyag...
Histoire et Littérature, etc.

Comme ancien professeur nous y avons tr...
heureux si les observations qu'une expérience
l'Enseignement nous a inspirées peuvent être
collègues.

C'est en cette qualité aussi que n...
notre œuvre, la placer sous votre patron...

www.ingramcontent.com/pod-product-compliance
Lightning Source LLC
Chambersburg PA
CBHW070505030726
47503CB00004B/1172
9782019579593